U0043026

中國思想與抒情傳統

第三卷

聖道與詩心

蕭馳／著

聯經學術叢書

編輯委員會

于宗先(主任委員)
王汎森、何寄澎、林載爵
楊儒賓、錢永祥

代序

重現抒情傳統與中國思想間那座天橋

　　此卷寫作於十多年前。當時是企圖開解縈繞心中的一些困惑。我在《中國抒情傳統》一書的序言中曾說：中國抒情傳統不僅是中國文學的道統，而且是一種超越抒情詩文類的、持續而廣泛的文化現象。我這一觀點，是概述前輩學者高友工教授的學術思想，包括其本人以下一段文字：

> 這個觀念(抒情傳統)不只是專指某一詩體、文體，也不限於某一種主題、題素。廣義的定義涵蓋了整個文化史中某一些人(可能同屬一背景、階層、社會、時代)的「意識形態」，包括他們的「價值」、「理想」，以及他們具體表現這種「意識」的方式。[1]

　　雖然在這一段文字以下，高友工指出：理論上抒情傳統是源於一種哲學觀點，即肯定生命價值之在於個人具體的「心境」。但高氏並未對他所說的「理想」、「意識形態」作出解釋。或許多數學者都會

---

[1]　〈文學研究的美學問題：美感經驗的定義與結構〉，見《中外文學》，第7卷第12期，1979年5月，頁44-45。

首肯高先生的觀點，但此觀點本身卻是未經證明的。縱然20世紀的中國古典文學研究，已證明了許多重要詩人如杜甫、李白和王維的創作確受傳統儒道釋思想沾溉，而古代文論研究，如對曹丕的研究、對劉勰的研究、對司空圖的研究，更進一步證明了中國思想中的元氣說、儒學、玄學和佛教諸觀念實參融於中國詩學，但這一切尚不足以證實：中國抒情傳統作爲中國文化的主脈之一，乃一對應傳統「意識形態」、「理想」和「價值體系」的大傳統。因爲上述詩人和論詩者本人均並非哲學思想家。而哲學思想家如孔子、朱熹雖然偶或也會談到詩，卻究竟未對整個詩歌傳統作過理論追問。近年來出版的一些對中國文學藝術作全景式考察的學術著作，如韓林德的《境生象外：華夏審美與藝術特徵考察》、朱良志的《中國藝術的生命精神》等等，都是將中國詩學、文藝學和潛美學放置在中國思想的框架中加以審視和把握，其中提出了許多有價值的見解，筆者絕無意否定。然而，由於這些著作是在跨時代、跨文類，甚或跨越領域的視野之下展開，而這種種跨越之間的聯繫又是出自今人思維的構建，在最終的追問裡，也許都免不了用「思辯」作爲結論的依據，雖然這種思辯的結論可能不誤。但「思辯」（speculation）在學術傳統中本非褒義。在上述將中國詩學放置在傳統思想框架中加以透察的著作中，不應忘記一部英文著作——美國當代這方面最具影響的學者宇文所安（Stephen Owen）的《傳統中國詩歌與詩學：世界之識象》（*Traditional Chinese Poetry and Poetics: Omen of the World*）。此書在討論對仗和中國詩歌的結構法則等問題時，即從中國文化「非創造的宇宙」諸觀念著眼。在該書的兩篇序言中，作者皆坦言：跨越不同文明，及文學歷史時間之間的障礙去重建失去的閱讀規則，以推論（inference）和猜測（guess）進行的思辯方式是必要的條件，因爲他本來就被置身於能作確切斷言者的疆

域之外。作者在序言最後以如下一個隱喻對讀者說：

> 我在一間沒有窗戶的，愈見幽暗的房間裡。你從一個隱藏的麥克風諦聽。有人在鄰近的房間通過牆壁上的小孔對我講話。在聲音之外，我無從證實他的存在。我不斷地督促他回應，但那聲音只當它願意時，只在無從期待的間隔中才傳過來。我能設想我聽到的可能只是個人幻覺，然而當聲音傳來時，憑藉其個性及所談論的事情，我認識到那聲音屬於他人。因為我不會談論這些事情。我說過我能設想我或被欺蒙，但你作為偷聽者，卻不會被欺蒙。[2]

宇文氏在此表達了在被時間和不同文明的牆壁分隔而作理論判斷時的困難。這應該包括連結中國思想和中國詩學的那些聲音，它也「只當願意時，只在無從期待的間隔中才傳過來」，而且更其微弱，更使人難以判斷：那究竟是否只是我們「個人的幻覺」？作為本文化的研究者，我們其實只比宇文氏幸運一點點，畢竟也被時間和文學史的牆壁與古人隔絕了。正如宇文氏所說，我們也無法再祈求古人對我們解說，而只能被動地聽上一兩句。這對重建中國詩學和思想哲學之間的聯繫來說，也恰如暗室拾音、盲人摸象。除非我們能找到一位古人，他站在另一間房間裡，卻在談論與我們相似的主題。真能如此，經分析他的話，我們就能使上述關於抒情傳統和傳統「意識形態」、「理想」和「價值體系」之間的討論超越思辯和推測，成為嚴格邏輯

---

2   *Traditional Chinese Poetry and Poetics* (Madison: The University of Michigan Press, 1985), p. 10.

意義上的證明。

而在中國文化史上，恰恰有這樣一位大哲。其學遠祧孔孟，近宗張橫渠，於儒家經典皆有發明，且廣涉佛老莊學。於詩，亦縱覽古今，自詩經、楚辭、漢魏六朝三唐兩宋詩以至明人歌詠，各體之作皆有評騭。以視域之開闊，品藝之精微，論風之痛快凌厲而言，在中國文論史上，亦屬罕見。此人就是生活於明清鼎革之際的王夫之(1619-1692)，字而農，號船山。在中國文化史上，他或許是集大哲學家與大文論家於一身的孤例。對於其詩學和哲學思想關係之究詰，當可使今人關於中國抒情傳統的探討進入哲學層次之時，庶可免去純粹的「思辯」和「揣測」。

然而，反觀多年以來今人關於船山詩學的研究，包括本人1980年代初發表的這一方面的論文，卻普遍存在著將其詩學與其經學、子學割裂的現象。究其原因，大概有如下二端：首先是在中國文論史上，如亞歷士多德、叔本華和尼采那樣能一身而兼爲大文論家和大哲學家的人物，船山是絕無僅有者，研究者容易忽略其特殊性。其次，船山在上述兩個領域的著述都堪稱卷帙浩繁，綜合研究的難度較大。然而，這種割裂式的研究不僅使對於其詩學許多範疇的界定，失去了參指依據，更犧牲了上述船山詩學對探索中國抒情傳統的獨一無二的價值。本書的寫作，首先是爲補償過去的過失。我在上世紀80年代初曾就船山詩學發表過一些論文，雖然是由中國大陸最權威的學術刊物刊出，然而，囿於當時的學術環境和本人學養、視野，這些文字今天是令作者汗顏的。從學界而言，這無疑說明了近二十年間的進步，然對個人而言，卻在心中成爲難以揮去的愧怍。由於這些文字中的失誤，我亦成爲學界若干謬論的始作俑者，實有糾正之責任。所以讀者在本書各篇中都能讀到作者對過去的反省。這種反省，有時又超越個人，

成為對作者身歷其中、且有無窮瓜葛的學界若干普遍觀念的反省。具體地說，論內聖境界與船山詩學理想一章正視了船山對宋明理學的承緒，並質疑了因尚「和」遂以「優美」一類西方美學範疇界定中國傳統詩學之謬論，討論「現量」一章對時下以文藝心理學為框架解釋「情景交融」作了反省。論船山詩學與天人之學關聯一章提出在理學性命哲學和生機說易學背景下「情景交融」說的「語義」和「語法」的問題。論「勢」一章質疑了「意境」是否中國抒情詩歌中心審美範疇的觀點。論「興觀群怨」一章指出了以伽德瑪詮釋觀念比附船山觀念之不當，並提出船山對抒情傳統本體意識的修正問題。論詩樂關係一章與論「勢」一篇呼應，從宏觀詩學史的立場重新檢視明代以樂論詩的意義，以及中國抒情詩的時間藝術的本質。上述反省和批判涉及的均為有關中國詩學最重要的理論問題，僅此已說明了船山學對理解中國抒情傳統何等重要。必須說明的是：雖然就哲學思想和詩學的直接聯繫的全景而言，船山學幾乎是唯一的標本；然而從中國詩學的縱向發展而言，它又主要代表了思想史中宋明理學和詩學的關聯。故而，從歷時性而言，它又不是全景的，而是局部的。玄學和佛學映照下的傳統同樣不可忽略。但船山在易學背景之下論詩強調「勢」和以樂為詩之極詣，卻給了筆者這樣的啟示：抒情傳統在佛教散播之際，料必在形態上和觀念上有過一番嬗變。全面地描述中國抒情傳統，則必須重建佛學(或者是對佛學的誤解)與抒情傳統之間的關係，雖然不再可能找到類似船山學這樣一個思想與詩學之間全面而直接的標本了。但船山學的研究卻給筆者指出了以後的工作方向。所以在此後，我又完成了現此書中第二卷的《佛法與詩境》。而後者的寫作，又令我感到有必要於魏晉玄學和詩學的互涉中發現抒情傳統一些早期觀念的淵源，這又推動了現本書第一卷《玄智與詩興》的寫作。所以，本

卷的寫作其實是一個歷時十餘年學術艱苦探索的起點。

從一種意義上，本卷的寫作又是爲了完成一個提出了卻未能充分證明的論題。我在2001年由美國密西根大學出版的有關《紅樓夢》的著作(*The Chinese Garden as Lyric Enclave: A Generic Study of the Story of the Stone*)中，曾以這部名著討論中國抒情傳統於古代社會晚期的式微，其中提出：抒情傳統乃以審美理想重述了中國傳統文化的終極信念。但對這樣一個重要命題的全面論證，卻不可能在那本書中展開，而必須在解答了中國詩學和思想之間的種種聯繫之後方能完成。換言之，研究船山思想這一理論標本或許提供了一個論證此論題的直捷方式。我在本卷第一章(寫作順序中的第一篇)的後面部分點明了這一點，那一段話可視爲這一論證的結穴：

[船山詩學]處處體現了中國文化「有機」(organistic)宇宙觀念：即宇宙秩序呈人類藝術的「音樂的」形式，承載著人類價值，善與美；而人類藝術則在節奏上「重義地」體認出宇宙生命。筆者堅持認爲：這才是不爲宗教意識統攝的中國文化中超越儒家政治理想的終極信念，亦是此文化光輝標誌抒情傳統之審美理想。作爲藝術理論，船山詩學或許是上述信念的最完整、最透徹的表達。它處處出乎某種存有論視野，欲詩人「直與天地萬物，上下同流」。如筆者在本系列其他文章中指出，船山以樂論詩，不僅標舉「樂與天地同德」，且更欲彰顯心「因天機之固有而時出以與物相應」；船山詩學中「勢」這一概念，則旨在彰顯詩與宇宙事物之間通感(synaesthetic)意義上的共同節律或「宇宙和弦」，而任何時間上第二義的、形貌上的「再造」或「摹仿」，將使詩人永

難擺脫「迎隨之非道」的困惑；船山詩學中情景在「語法」意義上之與乾坤、陰陽這些符號範疇對應，則潛在地肯認了人所參贊之天地化育與道體所開展之世界必歸攝於一；而船山以「現量」界定詩人的審美體驗，其真正的理據是李約瑟所說的天人之間的「象徵的互應系統」。即使船山討論作者——文本——讀者關係的「興觀群怨」理論，在至少三位英文作者看來，亦不無體現宇宙動態生命的意味。

　　由這段話看，本卷的寫作是圍繞一個大的論題而進行的。的確有這樣一個初衷。作者開始這個研究時，曾大致列出了七、八個論題，對其中的關聯也有過某些考慮。但我所工作的新加坡國立大學，很難有較長的時間寫作大部頭的著作。為完成這種需恢宏視野的論題，只得取先分割包圍再最後決勝之策略。所以，各篇實際上是在兩年多時間裡分別陸續完成的。最後又斟酌各方意見，以兩、三個月時間作出修改和統稿。並增加或修改了原篇章的副標題以凸顯船山詩學揭示抒情傳統與中國思想關聯的特殊意義。最費周章的是由各篇順序體現的全書結構。按寫作的先後順序排列的想法先被否決，因為無從體現船山詩學本身的架構。而任何基於現代理論概念的「結構」都與本書的宗旨不符。最後的決定是基於船山詩學的內在思路去建構。我在研究時發現：船山論詩的最重要著作《夕堂永日緒論內編》由序言至前五條的次序並不苟然，乃取逐漸壓縮命題規模的邏輯。現在本書作為其詩學之詮解，乃根據閱讀循創作逆過程的原理，由船山邏輯衍展的終端反溯回其啟端，即取逐漸擴張命題的邏輯。根據這一想法，各篇的內容依次為：有關取景之現量——體現詩人創作瞬間際遇的情景交融——詩意在文體中開顯的勢——關乎世界、詩人、文本和讀者關係

的興觀群怨——關乎詩的終極義的詩樂關係論。而在各章之前，我又增加一篇從宋明儒學發展的縱向角度去總結的篇章，以增強全卷可能被淡化的歷史意識，以與本書第一、二卷連接。此又兼爲論證抒情傳統重述中國傳統文化之終極信念這一論題的完成。但願這樣一種安排能令讀者透過雲林森緲、重睹抒情傳統與中國思想間那座天橋。

蕭馳

目次

第三章　船山天人之學在詩學中之展開：兼論「情景交

文論可各以施萊爾瑪赫和伽德瑪爲其代表而相互對立／船山
詮釋觀念思想淵源問題的探討

孔子「興觀群怨」說是關於《詩經》的功用和效能／對「興
觀群怨」的注疏傳統／船山的「興觀群怨」涵攝了詩的閱讀
和創作，讀者和作者兩個方面

船山從讀者的接受需要而討論創作如何「能俾人隨觸而皆
可」／將儒家「興觀群怨」說倫理學和社會功利性的考量化
爲對空靈、朦朧、繚繞、無端無委的審美境界的追求／船山
的「興觀群怨」理論並不導致自覺的意義詮釋／以「興觀群
怨」論詩堪比以「淨化」論悲劇／詩與特定社會場合的人類
活動相關而成爲「人情之遊」／詩的意義被置於存有者自身
的緣構發生之中——讀詩而能「涵泳玩索」須有聖學胸次悠
然之境界／作者到讀者指涉一種遞進關係／船山亦有從橫向
（共時）立論的義涵／「四情」本身的規範性

人類生命存有觀念是西方詮釋學的背景／中國詮釋學中超越
歷史時間的同情共感生命存有的信念／此信念同時即中國抒
情傳統的「本體意識」／抒情傳統對共同生命之情的肯定繫
於片刻中「興感」／船山生命存有哲學凸顯人性間差異依據
之兩端／船山所謂人性差異並非彰顯「歷史人性」的進化，
而在體現天之搏造不主故常／船山並未眞正否認人類終極
「定性」／船山揚棄了在無窮片段中重複的個體生命體驗
論，卻並未否定抒情傳統之本體意識

船山從文化史角度再次肯認樂對詩的優位／船山所謂「意、語、氣，相得而成聲音者也」／強調詩的音樂美，船山與南朝聲律說取徑相反／與「情景」並列的「聲情」／「平」是船山推崇的「內在姿勢」／船山釋「翕如、純如、皦如、繹如」／言與聲，船山強調使言宣於聲／言與意，船山力主「以言起意」、「寓意於言」／抒情詩中「感情的眞實聲音在節律上是不可預知和不規則的」

藉以樂論詩，船山再度確認詩作爲時間和聽覺藝術的本質，強調了藝術直接性的觀念／聲言「詩者，幽明之際也」，在肯認中國藝術空漠霏微或抽象性質的同時，承繼、發揚宋以來的情景理論／藉以樂論詩，船山肯認了詩歌藝術中形式的本質意義

船山詩學諸面向中的存有論視域——以此存有論視域，船山徹底扭轉了佛學蔭庇下中國詩學之方向／反思是否宜在主體論視域內對抒情傳統進行描述／〈詩大序〉彰顯相互主體間或同一有機體中的「感」／六朝詩學亦昭顯人與宇宙自然同處一有機體之中的「感」／船山詩學更強調惟存有者人具領會、開顯存有意義之心／船山詩學與玄學、佛學詩學皆有辨分，亦爲兩者的某種合題——船山詩學彰顯華夏主流文化所宣示的人在「三才之道」中卓然而爲「天地之心」。

第一章

宋明儒的內聖境界與船山詩學理想：
兼論詩美形態與生命情調[*]

引言

　　王船山論詩，以評騭苛刻著稱。其為評家，素來旗幟鮮明，不以前人成見為意。如杜甫，歷代目為詩聖，船山卻以「其濫百於香奩」[1]、「風雅之罪魁」論之，甚而謂「操觚者有恥之心焉，姑勿言杜可也」[2]。船山議論縱激烈無匹，卻前後邏輯一貫，鮮有自相頡頏處。然則，其鋒芒究以何理念以為支持呢？正確地回答此一問題，亦即把握了船山各觀念之樞機，而能高屋建瓴地理解其詩學。

　　對此，筆者在1980年代早期，曾試圖由追蹤文論發展的歷史邏輯以尋求答案。筆者當時的結論為：船山乃從傳統詩歌文化美學總結的意義上，完成了儒、道文論思想、政教詩學和審美詩學的合題[3]。此一論點，對學界頗有影響。然以今日之進境言，此說至少有兩點可以

---

[*]　本文原載香港《中國文化研究所學報》新第10期(2001年10月)，2012年收入本書時作了修改。

[1]　〈論北門〉，《詩廣傳》卷1，《船山全書》(長沙：嶽麓書社，1996)，第3冊，頁326。

[2]　評楊基〈客中寒食有感〉，《明詩評選》卷6，《船山全書》，第14冊，頁1484。

[3]　見拙文〈王夫之的詩歌創作論——中國詩歌藝術傳統的美學標本〉，載《中國社會科學》1984年第3期，頁143-168。

質疑。其一為：文論現象，至少對船山這樣的人物而言，並非真正獨立分割的思想領域。因此，上述歸納就有了將文論現象主觀地加以隔離的嫌疑。而實際上，宋明儒者論詩，肇其始即離不開對道與文，道德和審美境界的關係問題，亦離不開外在社會規範與內在個體精神超越的統一問題的討論。其二，由其一而來，上述論點雖是對文論現象的歸納，而並非循宋明儒家思想本身內在理路梳理的結果。因此，時過境遷，已不足為世人立說。

對於上述問題，張健從船山的「文學史價值系統」的角度加以求解，從而推演出「他所崇尚的是漢魏、六朝審美精神，而不是唐詩精神」的結論[4]。此說誠自文學淵源為吾人釐析出船山詩學觀念的一些根據，對了然其體系，或許不可不知。然純自理致而言，此說亦有不足。首先，它畢竟不能回答對上述問題的終極追問：船山為何以《古詩十九首》為圭臬？何以推崇曹丕，貶斥曹植？何以對杜陵屢加撻伐？而且，謂船山崇尚漢魏六朝審美精神，亦非十分確切，因為船山屢言「三國以降，風雅幾於墜地」[5]。顯然，張氏的說法亦未能探其究竟。在所謂船山「文學史價值系統」的後面，應有一更高意義的美學理想的，乃至道德人格理想的價值系統以為矩矱。

而此美學理想和道德人格理想的價值系統對宋以還的儒者而言，其實是相互關聯，並以後者統率前者的。錢穆先生由對唐、宋論畫文字的比較提出：論書畫「特提出人品一觀念駕於氣韻之上，則不得不謂是宋代人之新觀念」，「畫之高下，更要在作畫者之人品，此不得不謂是在中國畫史上先後觀念一大轉變。」所有論畫而涉「心胸」、

4　張健，《清代詩學研究》(北京：北京大學出版社，1999)，頁282-298。
5　張協〈雜詩〉評，《古詩評選》卷4，《船山全書》，第14冊，頁704。
　　又見同卷左思〈詠史其四〉評語，《船山全書》，第14冊，頁685。

「胸中氣味」、「氣象」者,皆與此一大轉變相關 [6]。錢文旨在討論宋以還之書畫學,然移以論詩學,尤其明儒王船山之詩學,卻頗能開吾輩之茅塞。船山之詩學理想實由宋明儒者孜孜以求的道德生命境界而開顯。此境界的至高一層,即德盛仁熟的聖人境界或「天地境界」。它雖幾不可企及,對儒者而言,卻恆為道德生命追求中一種精神號召和依歸。船山論詩,其實處處以此一人格境界駕於藝術之上,或者說運此人格境界於藝術境界之中。由此,船山之詩學理想,又與發軔於宋,而在有明一代蔚為風氣的一傳統一脈相承,即許多學者已指出的宋明儒者所肯認的即真即美即善之境界。

　　本章將透過宋儒「重道輕文」的思想表層,指出其所肯認的以道德生命為旨歸的人格美育思想,並追蹤此一觀念在明代渾淪之學中的深入發展。以此為背景,筆者將討論船山對宋明儒內聖學說的修正、繼承和發揚。由此,本章將彰顯:船山之詩學理想其實是將內聖學的生命情調化為藝術情調,以內聖為尺度反觀詩歌藝術審美境界的一種體現。而此一審美境界,在本章的觀照之下,絕非時人套用西方美學範疇諸如「優美」、「崇高」所可涵攝,它是中國儒家傳統所衍生的仁者之內在超越境界。

一、宋明儒之內聖學與詩意生命體驗

　　在前引錢穆先生所撰一文中,錢氏以宏鉅之視野提出:「中國文化進展,先由整體一中心出發,其次逐漸向四圍分別展開。又其後,

6　錢穆,〈理學與藝術〉,《中國學術思想史論叢》(台北:東大圖書公司,1993),第6冊,頁219-236。

乃再各自回向中心會合調整。如文學直到東漢始成獨立觀念，即唐代，詩有李杜，文有韓柳，始再回向中心，而創文道合一的新觀念。」[7] 錢氏的論斷，可謂鞭辟入裡，但似有兩點可再作補充。其一為：所謂「文道合一」問題，雖由韓愈以「文以明道」一命題率先提出，卻如錢氏下文提到的畫學一樣，於宋代才真正展開。其二：所謂「文道合一」又經歷了一個過程。而本章以下所欲討論者，即此一新觀念漸次開顯的過程。

文與道的關係是宋代理學家文藝觀的中心問題。道重而文輕顯為諸儒所共識。理學開山者周濂溪(1017-1073)即有文以載道之說，至程伊川(1033-1107)竟激烈地提出「作文害道」：

> 問：作文害道否？曰：害也。凡為文不專意則不工，若專意則志局於此，又安能與天地同其大也？《書》云：「玩物喪志」，為文亦玩物也。……古之學者惟務養情性，其他則不學。今為文者專務章句，悅人耳目，既務悅人，非俳優而何？……人見六經便以為聖人亦作文，不知聖人只攄發胸中所蘊，自成文耳。所謂「有德者必有言」也。……
>
> 或問：詩可學否？曰：既學時須是用功方合詩人格，既用功，甚妨事。古人詩云：「吟成五個字，用破一生心」，又謂「可惜一生心，用在五字上」。此言甚當。……某素不作詩，亦非是禁止不作，但不欲為此閒言語。且如今言能詩，無如杜甫。如云：「穿花蛺蝶深深見，點水蜻蜓款款飛」，

如此閒言語，道出作甚？[8]

這一段話常為近日治文學批評史的學者引用，以為理學家主張倫理教化主義、取消文藝審美活動乃至推行「文化專制主義」之證據。據筆者看來，倫理教化之意誠有之，謂其抵制審美，推行「文化專制」則未必。因為程頤在此所否定的其實只是使人「志局於此」的「悅人耳目」的「詞章之文」和詩中的「閒言語」。在這一段被目為「取消文藝審美功能」的言談中，又以「聖人只攄發胸中所蘊，自成文耳」，「所謂『有德者必有言』」也含蘊了美與善相融和這樣的意思在內。而其所關注者，則非與帝王統治術相關的「文化專制」，而是內聖之學的「惟務養情性」和「與天地同其大」。這一點，其兄明道(1032-1086)說得更透徹：「太山為高矣，然太山頂上已不屬太山。雖堯舜事業，亦只是如太虛中一點浮雲過目。」[9]明道欲置道德境界於人生諸事之上的心曲，其實與伊川強調「惟務養情性」、「與天地同其大」的議論同出一轍。既然堯舜事業，亦只如一點浮雲過目，況詞章乎！這一層意思，後來被明儒莊定山發揮得淋漓盡致：「自非脫灑通透，流動於鳶魚滅沒天機於煙影者，豈易知此公之學當有所見，而於所謂浴沂之妙，吟風弄月之真，必有以瞠乎其後矣。……堯舜事業果浮雲也，而羲畫禹疇亦浮雲也，典墳丘索亦浮雲也，國風雅頌亦浮雲也，春秋筆削亦浮雲也，百家子史亦浮雲也。……」[10]這就將道德境界既凌駕乎事功亦凌駕乎詞章之上的意思，說得非常清楚了。並以

8　王孝魚點校，《二程集》(北京：中華書局，1981)卷18，第1冊，頁239。

9　〈謝顯道記憶平日語〉，《二程集》遺書卷3，第1冊，頁61。

10　〈工部主事夏公育才儀真德政碑記〉，見莊昶，《定山集》卷8，《文淵閣四庫全書》(台北：臺灣商務印書館影印，1983)，頁1254-311-312。

「浴沂之妙」點出明道此語實與孔子在聽了四位弟子表達「如或知爾，則何以」的人生追求後，以「吾與點也」所肯認的境界同出一轍。而曾點所追求的「暮春者，春服既成，冠者五六人，童子六七人，浴乎沂，風乎舞雩，詠而歸」，以張亨的論析，恰恰是藝苑之外人生境界中的審美經驗。張氏以爲宋儒朱熹(1130-1200)的詮釋對上述意義已作明白表述。朱熹說：

> 曾點之學，蓋有以見夫人欲盡處，天理流行，隨處充滿，無少欠闕。故其動靜之際，從容如此。而其言志，則又不過即其所居之位，樂其日用之常，初無捨己爲人之意。而其胸次悠然，直與天地萬物，上下同流，各得其所之妙，隱然自見於言外。視三子之規規於事爲之末者，其氣象不侔矣。故夫子嘆息而深許之。[11]

張亨以「人欲盡處，天理流行」爲[準]美感經驗中摒除干擾；以「隨處充滿，無少欠闕」爲美感中「無所關心的滿足」；以「初無捨己爲人之意」，不「規規於事爲之末」爲美感中之無目的性；又以「胸次悠然，直與天地萬物，上下同流」爲物我交融、互爲一體的境界[12]。此諸端即爲宋明儒深所祈嚮的內聖學人格境界，故曾點的「浴乎沂，風乎舞雩」爲宋明儒者津津樂道。

首先，宋儒的內聖境界即在瞭徹宇宙生命與個人性體相貫通後，心境的快樂與灑脫、悅志悅神：周子「每令程子尋顏子所樂何事？道

11　《論語》卷6，朱熹，《四書章句集注》(北京：中華書局，1983)，頁130。
12　張亨，〈論語論詩〉，《文學評論》(台北：巨流圖書公司，1980)，第六輯，頁25-26。

夫竊意孔顏之樂，只是私意淨盡，天理昭融，自然無一毫繫累耳，曰然」[13]。明道受業於周子，故「再見茂叔後，吟風弄月以歸，有『吾與點也』之意」[14]。其次，宋儒以為：倫理價值內在於人性和天地自然之道，內聖之成遂令儒者於道德實踐中優游從容、無思無勉：程子謂「顏子之志，則可謂大而無以加矣。然以孔子之言觀之，則顏子之言出於有心也。至於老者安之，朋友信之，少者懷之，猶天地之化，付與萬物，而己不勞焉，此聖人之所為也」[15]。又謂「一切事皆所當為，不待著意做。纔著意做，便有個私心」[16]。復次，宋儒言聖人境界，自張橫渠(1020-1078)〈西銘〉至程明道〈識仁篇〉，皆強調仁者渾然與物同體。「余茲藐焉，乃混然中處」，方能「無跡」，去「英氣」，去「圭角」。程子言聖賢氣象云：「仲尼，天地也。顏子，和風慶雲也。孟子，泰山巖巖之氣象也。觀其言，皆可以見之矣。仲尼無跡，顏子微有跡，孟子跡著。」[17]又云「子厚謹嚴，纔謹嚴便有迫切氣象，無寬舒之氣。孟子卻寬舒，只是中間有些英氣。纔有英氣，便有圭角，英氣甚害事。」[18]

　　上述內聖境界之完成，以唐君毅由詮釋孔子「不得中行而與之，必也狂狷乎」一語而作的概括，則為：自狂狷入，然「必由狂者而進於中行或中庸。中行中庸者，由狂而再益以狷；於一往進取向上，以希涵蓋之精神中，再去其英銳之氣；於高明之外，再充之以博厚與寬

13　見〈周子遺事〉，《周濂溪集》(上海：商務印書館，1937)卷9，頁158。

14　《二程集》，第1冊，遺書卷3，頁59。

15　《二程集》，第2冊，外書卷3，頁368。

16　錄自黃宗羲，《宋元學案》卷15，(北京：中國書店，1990)，上冊，頁293。

17　《二程集》，第1冊卷5，頁76。

18　《二程集》，第1冊卷18，頁196-197。

闊，以歸平易近人，斯成爲具太和元氣之聖德」[19]。牟宗三先生則以
「挺立『大體』以克服小體或主導小體」，進而「充實而有光輝之謂
大」，最終以「化除此『大』，而歸於平平」描述成聖。正是在此
「平平」裡，實踐理性的道德境界涵攝了審美境界：

> 到此無相關時，人便顯得輕鬆自在，一輕鬆自在一切皆輕鬆
> 自在。……故聖人必曰「游於藝」。在「游於藝」中即涵有
> 妙慧別才之自由翱翔與無向中之直感排盪，而一是皆歸於實
> 理之平平，而實理亦無相，此即「灑脫之美」之境也。故聖
> 心之無相即是美，此即「即善即美」也。[20]

明乎宋儒的至善境界本身即已涵容了審美境界，涵容了一種不設文字
的人生之詩意，朱子下面一段文字的義蘊則不難窺見：

> 聖賢之心既有是精明純粹之實，以旁薄充塞其內，則其著於
> 外者亦必自然條理分明，光輝發越，而不可掩蓋。不必託於
> 言語，著於典冊，而後謂之文。但自一身接於萬事，凡其語
> 默動靜，人所可得而見者，無所適而非文也。[21]

此應是牟宗三所說的即善即美的境界。亦可視爲在嚴滄浪之外，對黃

---

19 唐君毅，〈中國之人格世界〉，《中國文化之精神價值》（台北：正中
    書局，1994），頁417-419。

20 牟宗三，〈以合目的性之原則爲審美判斷之超越的原則之疑實與商
    榷〉，《鵝湖月刊》第17卷第12期，1992年6月，頁30-31。

21 朱熹，〈讀唐志〉，《朱子大全》卷70，《四部備要》（上海：中華書
    局，1937），第3冊，頁1246。

山谷「以文字為詩」風氣的另一種抵制。並可謂對伊川「聖人只攄發所蘊自成文耳，所謂『有德者必有言』也」的一個呼應。

　　另一方面，以上述涵攝審美主體的道德主體，理學家遂得以從天地間萬象體認出道德生命根源的意味。馮友蘭所云，「能知天者……他所見底事物，對於他亦另有意義」即謂此[22]。宋儒謂詩文害道的同時，卻時時展示詩意的思維。邵康節(1011-1077)以物觀物，遂有「一氣旋回無少息，兩儀覆燾未嘗私」[23]，程明道亦有「書窗前有茂草覆物，或勸之芟，曰：『不可，欲常見造物生意。』又置盆池，蓄小魚數尾，時時觀之，或問其故，曰：『欲觀萬物自得意。』」[24]又有所謂「『維天之命，於穆不已』，不其忠乎？天地變化草木蕃，不其恕乎？」[25]此皆為對道德形上追問作詩意解求，融自然於人類價值之中。此思路可追溯至早期儒家典籍如《禮記》〈孔子閒居〉篇的「天有四時，春秋冬夏，風雨霜露，無非教也」[26]。但作如是詩意解求，宋儒更多是對古人詩句斷章取義。如程明道讀石曼卿詩「樂意相關禽對語，生香不斷樹交花」曰：「此語形容得浩然之氣。」[27]羅大經(1226)讀杜甫絕句「遲日江山麗，春風花鳥香，泥融飛燕子，沙暖睡鴛鴦」曰：「上二句見兩間莫非生意，下二句見萬物莫不適性，於此而涵泳之，體認之，豈不足以感發吾心之真樂乎！」且謂：「大抵

22　馮友蘭，〈新原人〉，《貞元六書》(上海：華東師範大學出版社，1996)，下冊，頁633。

23　劭雍，〈伊川擊壤集序〉，《伊川擊壤集》，上海涵芬樓藏明成化乙未畢亨刊本影印(出版年不詳)，第1冊，頁2-3。

24　《宋元學案》卷14，上冊，頁281。

25　《二程集》，第2冊，外書卷7，頁392。

26　《禮記正義》卷51，阮元主編，《十三經注疏》(北京：中華書局，1983)，下冊，頁1617。

27　《二程集》，第2冊，外書卷11，頁413。

古人好詩，在人如何看，在人把做甚麼用，如『水流心不競，雲在意俱遲』，『野色更無山隔斷，天光直與水相通』，『樂意相關禽對語，生香不斷樹交花』等句，只把做景物看亦可，把做道理看，其中盡有可玩索處。大抵看詩，要胸次玲瓏活絡。」[28]如此評價詩歌作品，已與前述以作詩為害道的態度判然不同了。

然能「把做道理看」的詩，其文本亦須具人格教育的潛能。朱熹謂「樓台側畔楊花過，簾幕中間燕子飛」二句，「只是富貴者事，做沂水舞雩意思不得」[29]。與此相對，朱熹倡導的是與前述內聖境界中「無迫切」、「寬舒」、「無跡」、「無英銳氣」、「平易」相對應的「蕭散沖澹之趣」[30]。故而，韋蘇州之詩被認為是「氣象近道」：

> 杜子美「暗飛螢自照」語，只是巧。韋蘇州云：「寒雨暗深更，流螢度高閣」，此景色可想，但則是自在說了。因言《國史補》稱韋為人高潔，鮮食寡欲，所至之處，掃地焚香，閉閣而坐。其詩無一字做作，直是自在。其氣象近道，意常愛之。問：「比陶如何？」曰：「陶卻是有力。但語健而意閒。隱者多是帶性負氣之人為之。陶欲有為而不能者也，又好名。韋則自在。其詩則有作不著處便倒塌了底。晉、宋間詩多閒淡。杜工部等詩常忙了。」陶云：「身有餘勞，心有常閒。」乃《禮記》「身勞而心閒」則為之也。[31]

28　羅大經，《鶴林玉露》（北京：中華書局，1983），乙編卷1，頁149。

29　〈答陳同甫〉，轉引自吳文治主編，《宋詩話全編》，（南京：江蘇古籍出版社，1998），第6冊，頁6128。

30　〈與內弟程洵帖〉，《宋詩話全編》，第6冊，頁6135。

31　《清邃閣論詩》，《宋詩話全編》，第6冊，頁6112。

此處朱熹批評了杜詩的「只是巧」、「忙了」，亦對陶詩的「語健而意閒」頗不以爲然。其所謂「巧」、「忙了」係自所謂「近世諸公作詩費工夫，要何用？」[32]觀念而來。與伊川所謂[作詩]「既用功，甚妨事」的思路相承。而其以「意閒」一語批評陶詩時，特謂其「帶性負氣」，「欲有爲而不能」。而韋詩則與此相反，「無一字做作，直是自在」。所謂「氣象近道」一語的「氣象」，是宋代理學家表達人格境界、內在心胸的詞語。此顯出朱熹亦以品詩而品人。其所推崇的詩歌境界應與前述宋儒內聖人格境界的「不待著意」、無思無勉的祈嚮一致。而下文將說明，船山後來對陶、杜兩大詩人的苛責，實與朱子，以及後來王心齋等的苛責一脈相連。不無意味的是，「拾遺句中有眼，彭澤意在無弦」，陶與杜恰是山谷論詩的圭臬。

透過「作文害道」說辭的表層，不難窺見宋儒即善即美的境界。此境界之兩面，正類似余英時論述儒家「君子」理想所說的「以自我爲中心而展開的一往一復的循環圈」中的「內轉」和「外推」[33]。自內言之，是私意淨盡，天理昭融，從而和樂醇默，無思無勉，混然中處，無英氣圭角，而分明是天地氣象；自外言之，則見「兩間莫非生意」，「萬物莫不適性」，時時處處莫非宇宙普遍生命流行的美好境域。兩重過程的往復，即有康節所謂「自樂」與「非唯自樂，又能樂時與萬物之自得」，故由「觀物」而有「其間情累都忘去，爾所未忘者，獨有詩在焉」[34]的境界。自明道開出而爲明儒陽明、甘泉青藍相承的思路而言，此兩方面亦是渾淪而一的。明道謂「仁者以天地萬物

32　《清遠閣論詩》，《宋詩話全編》，第6冊，頁6115。

33　余英時，〈儒家「君子」理想〉，《中國思想傳統的現代詮釋》（南京：江蘇人民出版社，1995），頁160。

34　〈伊川擊壤集序〉，《伊川擊壤集》，頁1，3。

為一體，莫非己也」[35]，陽明謂「大人之能以天地萬物為一體也，非意之也，其心之仁本若是與天地萬物而為一也」[36]，二語依牟宗三解說，乃「是由『仁者』底境界來了解仁體底實義」或肯認「仁體即天命流行之體也」[37]。對本章的論題而言，則有孔顏的心境，方體味得兩間道體的流行；而詩意地感悟道德生命超越之根據，本身即為孔顏之樂的源泉。此即善即美之境界正是內聖圓熟的體現。

然無庸諱言，宋明理學以仁心貫通天命與性體，克服勞思光所謂「欲託於『存有理論』或形上學理論以建立『道德形上學』系統」之困難[38]，歷經了一個過程。早期的濂溪、橫渠，由《中庸》、《易傳》而入，更注重由外轉內，逐顯出「客重而主輕」：濂溪「猶在觀賞之境界中」；而橫渠言性，則「猶只從變化與養氣說」[39]。朱子顯然有注重認知之傾向，難怪其晚年對前引論「曾點之學」那段話十分懊悔[40]。將上述兩面打成一片的天命與性、仁相貫通的境界，當從承明道、象山和明儒體認之學中去尋繹。

理學由宋代到明代，歷經一大轉變。日本學者岡田武彥不無弔詭地以從客觀到主觀，又從「內在的、知思的傾向」逐漸轉移到「外在的、抒情的東西」來描述這一轉變。這一矛盾表述恰恰說明了明學的渾淪傾向，它被岡田以「由二元論到一元論，由理性主義到抒情主

---

35 《二程集》，第1冊，語錄二，頁15。

36 〈大學問〉，《王陽明全集》(上海：上海古籍出版社，1992)，下冊卷26，頁968。

37 牟宗三，《心體與性體》(台北：正中書局，1991)，第2冊，頁220，232。

38 勞思光，《新編中國哲學史》(台北：三民書局，1998)，第3冊上，頁89。

39 《心體與性體》，第1冊，頁347，357，519。

40 見錢穆，《論語新解》(成都：巴蜀書社，1985)，頁280。

義」來概括[41]。而此「抒情主義」實將社會規範和偏枯的義理轉爲個體的具體生命，在操存踐履裡詩意化。或許，比「一元論」、「抒情主義」更恰當的表達應當是，以某種存有論的視野，明儒強調在存有者與存有界相互構成中開顯道境。吳康齋(1391-1469)最早自其日常生活中在場地領悟內聖境界的韻味和詩意。黃梨洲《明儒學案》故謂「微康齋，焉得有後時之聖」，雖然學理上吳氏仍不免「秉宋人成說，言心則以知覺而與理爲二」[42]。此種生活情景中詩意的內聖境界，可從其《日錄》中隨手拈出：

> 二月二十八日晴色甚佳，寫詩外南軒，嵐光日色，曨映花木，而和禽上下，情甚暢也。值此暮春，想舞雩千載之樂，此心同等。
>
> 峽口看水，途中甚適。人苟得本心，隨處皆樂，窮達一致。[43]
>
> 雨後生意可愛。將這身來放在萬物中一例看，大小大快活。[44]
>
> 村外閒行，《遺書》在手，徐步自後坊坑過大同源，觀山玩水而歸，於峽裡憩久，枕石藉草而臥，暖日烘衣，鳴泉清耳，有浴沂佳致。[45]
>
> 月下詠詩，獨步綠陰，時倚修竹。好風徐來，人境寂然，心甚平淡，無康節所謂攻心事。

41　吳光、錢明、屠承先譯，《王陽明與明末儒學》(上海：上海古籍出版社，2000)，頁1-3。

42　黃宗羲，〈聘君吳康齋先生與弼〉，《明儒學案》(台北：明文書局，1991)，第1冊卷1，頁14。

43　見吳與弼，《康齋集》卷11，《文淵閣四庫全書》，第1251冊，頁1251-570。

44　《康齋集》，頁1251-585。

45　《康齋集》，頁1251-581。

> 早觀生意可樂，殘月尚在，露華滿眼。箇中妙趣，非言語所
> 能形容。東齋柱帖云：「窗前花草宜人意，几上詩書悅道
> 心。」[46]

所謂「將這身來放在萬物中一例看」、「人苟得本心，隨處皆樂」云云，皆顯示康齋於時已融入了與道體流行的存有界相互構成的韻律之中。在此，明儒的「抒情主義」已將上述即善即美境界的兩面——對道德形上追問的詩意解求和內聖工夫中恬淡醇和、無思無勉——完全綰合。在一種存有論的視野裡，大自然的生意盎然亦充滿吾心以為聖學清樂了。儒者於此而能「免夫朝夕之懽而有以超然樂乎群物之表」[47]。比之宋學，康齋更不分析，更不著跡，更不支離，一切義理均已化作生意競滿的山水花木、嵐光日色中的一片真趣。

康齋開拓的這一日常生活裡的道學真趣，在弟子陳白沙(1428-1500)和同時的莊定山(1437-1499)、羅一峰(1431-1478)的世界裡俯拾即是。以下白沙記敘遊歷湖山的一段文字裡，聖學之樂亦即個人領略的詩意：

> 當其境與心融，時與意會，悠然而適，泰然而安。物我於是
> 乎兩忘，死生焉得而相干？亦一時之壯遊也。迨夫足涉橋
> 門，臂交群彥，撤百氏之藩籬，啓六經之關鍵。於焉優游，
> 於焉收斂，靈臺洞虛，一塵不染。浮華盡剝，真實乃見。鼓
> 瑟鳴琴，一回一點。氣蘊春風之和，心遊太古之面。其自得

---

46 《康齋集》，頁1251-578。
47 〈與徐希仁訓導書〉，《康齋集》卷1，頁1251-515。

之樂亦無涯也。……嗟夫！富貴非樂，湖山爲樂；湖山雖
樂，孰若自得者之無愧怍哉！[48]

「當其境與心融……物我於是乎兩忘」是沒有主、客分化的天、人一
體的體道境域。顏回和曾點的聖學境界在此已化爲一片「湖山雅趣」
了。另一方面，於感性世界對道德形上追問作詩意解求，宋儒不過偶
一爲之，至莊定山則將宋人各類話頭「打成一片」而概括爲儒家的
「目擊道存」：

> 予在定山種竹天峰閣，左右各千餘竿。每大雪，竹益蒼翠，清
> 映窗牖。予坐其間，觴詠嘯傲，無不相對，意甚適也。雖窗草
> 不除，花柳前川，不過是矣。窗草不除，春意也；前川花柳，
> 亦春意也。雪竹何春意哉？夫春意不過以道言耳，道無不在，
> 使果以道，何春？何夏？何冬？何春草？何花柳？又何雪竹？
> 一大渾淪者，散在萬物。散在萬物者，俱可打成一片。而眾
> 人則不知也，而春草自春草矣，而與花柳無干；花柳自花柳
> 矣，而與雪竹不與。……萬紫千紅，總是一般，溪聲山色，
> 無非至道，人豈知之哉？[49]

此處周茂叔的逸事「窗草不除」，程明道的詩句「傍花隨柳過前川」
和話頭「萬物皆有春意，便是『繼之者善』」，以及朱晦庵的詩句
「萬紫千紅總是春」皆被用來體認道體。所謂「散在萬物者，俱可打

48　〈湖山雅趣賦〉，《陳獻章集》(北京：中華書局，1987)，上冊卷4，頁275。
49　〈竹雪軒記〉，《定山集》卷8，頁1254-314。

成一片」的「一大渾淪者」，即是由性體體認的天道流行。然定山在肯認「觀物之樂」時，卻強調此乃「聖學之樂」或「自得性天」之樂，而非尋常詩人的感受：

> 夫月也，有詩人之月，有文人之月，有詩顛酒狂之月，有自得性天之月。韓昌黎〈盛山十二詩序〉謂追逐雲月，文人之月也；杜子美詩謂「思家步月清宵立」，詩人之月也；李太白捉月采石，而其詩又謂「醉起步溪月」，詩顛酒狂之月也；黃山谷謂周茂叔人品甚高，其人如光風霽月，自得於性天者之月也。夫詩文人之月，無所真得，無所真見，口耳之月也；詩顛酒狂之月，醉生夢死之月也；惟周茂叔之月，寂乎其月之體，感乎其月之用，得夫性天之妙而見乎性天之真，自有不知其我之為月而月之為我也，所謂曾點之浴沂，孔子之老安少懷，二程之吟風弄月、傍柳隨花，朱紫陽之千花萬蕊爭紅紫者是已，蓋與天地萬物為一體者也，上下與天地同流者也，所謂聖賢之月也。[50]

此處定山以辨別「自得性天者之月」與詩人、文人、詩顛酒狂之月，強調了審美活動與道德履踐交融。豈止有明道見草知生意，見魚知自得意一層意思[51]，且詩意地從天地萬象體認道體與在工夫中復其和暢之性體已然無從分辨。因為周茂叔是在人與存有(天)的共現同流的存有論視野裡，開顯天人合德的境界：「得夫性天之妙而見乎性天之

---

50 〈月軒序〉，《定山集》卷7，頁1254-295。
51 《宋元學案》卷14，上冊，頁281。

真，自有不知其我之爲月而月之爲我也。」故曾點之浴沂，孔子之老安少懷，二程之吟風弄月、傍柳隨花，朱紫陽之千花萬蕊爭紅紫，同爲「見乎性天之眞」。羅一峰亦曰：

> 孟子曰：「萬物皆備於我矣。反身而誠，樂莫大焉。」邵子曰：「觀物者非觀之以目，而觀之以心，非觀之以心，而觀之以理也。」……天機流動，至誠無息者，造化自然之理也，觀物以窮理，窮理以反身，君子爲學之要也。觀天以常其健，觀地以常其順，觀山以常其止，觀澤以常其說，觀風以常其巽，觀雷以常其奮，觀日月以常其明，觀水之洊習以常其進。凡寓於目而備於我者，無不反之於身，此誠之事也。學之至則誠矣，學至於誠，天地與大，日月與明，鬼神與順，五行與敘，天下與仁，萬世與名，超有無，外生死，天壤之間復有何樂可以代此也？[52]

羅一峰期能「凡寓於目而備於我者，無不反之於身」，故能觀天地萬物而渾然進入天人合德的境界。明儒此一渾淪傾向的最大代表，當然是王陽明(1472-1529)。陽明摒棄朱子以「格物致知」爲認知的做法，而以格物爲渾一工夫。其所謂「格物者，格其心之物也……正心者，正其物之心也……此豈有內外彼此之分哉？」[53]一語，最能體現由心而致天理與性的貫通。而其所謂「樂是心之本體。仁人之心，以

52　羅倫，〈八景樓記〉，《一峰文集》卷4，《文淵閣四庫全書》，第1251冊，頁1251-684。

53　〈答羅整庵少宰書〉，《王陽明全集》卷2，上冊，頁76。

天地萬物爲一體。訢合和暢，原無間隔」[54]，則表明孔顏之樂其實亦
是以渾一工夫爲基礎的。但明代渾淪體認之說又非獨爲標舉「良知」的
陽明一系所持，標舉「天理」的湛甘泉(1466-1560)亦不例外。甘泉曰：

> 蓋心與事應，然後天理見焉。天理非在外也，特因事之來，
> 隨感而應耳。故事物之來，體之者心也；心得中正，則天理
> 矣。……蓋人與天地萬物一體，宇宙內即與人不是二物，故
> 少不得也。[55]

甘泉申言「天理非在外也，特因事之來」。由「因事」和「隨感而
應」，其學亦如陽明一樣「不離日用常行間」。儘管後者重良知，前
者重天理。「事」和「感」且彰顯了即地即時的當處認取。「蓋人與
天地萬物一體，宇宙內即與人不是二物」一語，更是聲言儒者體認天
理乃不離乎存有世界，且惟有在世存有之心能開顯天理。所謂「聖賢
佳處」，故已不在知性義理，而在「隨處體認」中領悟的「默識」：

> 默而成之，不言而信；默則自識，識不可言。嗟夫！默識，
> 聖人之本教而君子之至學也。《記》曰：「維天之命，於穆
> 不已。」蓋曰天之所以爲天也。「於乎不顯，文王之德之
> 純」，蓋曰文王之所以爲文也。「純亦不已」，文王默識之
> 道同於天。文王沒，道在孔子。故語子貢曰：「予欲無
> 言。」蓋以天自處，此孔門之本教也。子貢疑焉，曰：「天

---

54 〈與黃勉之〉，《王陽明全集》卷5，上冊，頁194。
55 湛若水，〈答轟文蔚侍御〉，《湛甘泉先生文集》卷7，《四庫全書存目
叢書》(台南：莊嚴文化事業有限公司，1997)，集部第56冊，頁573。

何言哉？四時行焉，百物生焉，天何言哉？」孔子後，道在
顏子，故明道程氏曰：「惟顏子便默識。默識不待啓，啓不
待語。」……子思沒，道在孟子，曰：「必有事焉而無正，
心勿忘，勿助長。」蓋發默識之功也。周濂溪曰：「無思則
無不通，為聖人。」程明道曰：「勿忘勿助之間，無絲毫人
力。」此其存之之法。孟子之道在周程。周程沒，默識之道
在白沙，故語予日用間隨處體認天理，何患不到聖賢佳處？[56]

日用間隨處體認的默識之道，是將宋儒間或而有的道德形上問題的詩
意解求，進而化作存在者本己世界中時時在在的領悟。甘泉將它追溯
到《禮記》和《論語》〈陽貨〉篇。然這已不只是對道體作直覺的體
認，「隨處體認天理，何患不到聖賢佳處」，乃謂即開顯天理即臻企
內聖境界，故而能「無思則無不通」，「勿忘勿助之間，無絲毫人
力」。甘泉在此從孟子說到濂溪、明道和白沙，實將濂溪所論的誠體
流行，濂溪令程子所尋的孔顏樂處完全打成一片。「尋仲尼顏子樂
處」故而必是「不尋之尋也，尋不尋之間，乃至尋也自有其樂也」[57]，
本身已是以準審美的灑落生活體驗，去作人格境界的「不尋之尋」。

　　陽明和甘泉可說在博文窮理的意義上救正了朱子學支離外求之
弊，而為明儒從學理上樹起新幟。而甘泉、白沙、定山及其學所出之
康齋，則更關注個人操存踐履，展示了明學形成的過程，亦彰顯了明
學注重過程即個體精神超越的內在性而非超越本體之特徵。對本卷的
主題船山詩學而言，更為重要的是，自吳康齋以降明代理學中的某種

56　〈默識堂記〉，《湛甘泉先生文集》卷18，頁集57-10-11。
57　〈尋樂齋記〉，《湛甘泉先生文集》卷18，頁集57-9。

存有論向度，是本卷各章即將展開的船山類似視野的歷史脈絡。但回到本章的主題：出入烽火的船山，是否仍肯認內聖之學呢？

二、船山學的內聖世界

　　內聖境界對研究船山而言是一需要特別討論的問題。青年船山即逢天崩地解、宗社沉淪之禍。而立之年曾舉兵南嶽，事敗後又投效永曆，力圖匡復。時抗清勤王烽火四起，以經世為指歸的外王精神隨之亦壓倒內聖之學。在此風氣之下，船山對風靡於王學的內聖學之不能全然認同，至少見於二端：首先，船山不能認同其對治平事功的忽略。船山藉論曾點之學而譴責「無所期慕，只自灑落去」的虛妙作風，質問：「豈兵農禮樂反是末，是枝葉，春遊沂詠反為根本乎？」[58]作為亡國之孤臣，船山鄙夷不事君主的隱逸之士，以其「薄於以身受天下亦薄於以身任天下」：「故嚴子陵之重辭光武，吾弗知之矣；邵康節之不仕盛宋，吾弗知之矣；猶之乎王仲淹之為隋出，吾弗知之也。將無其聊且之心與！」[59]又對生當末世，「蕭然自適於栗里、王官谷之下」託名清高的陶潛、司空圖，以及移心泉石的王維、鄭虔均頗有微詞[60]。其次，對王學現成派學聖的恣樂觀念，船山亦難苟同，故批評姚江之徒「速期一悟之獲，幸而獲其所獲，遂恣以佚樂。佚樂之流，報以觖觭惰歸之感，老未至而耄及之」[61]。顯然，對船山而

58　《讀四書大全說》卷6，《船山全書》，第6冊，頁760。
59　〈論衛門一〉，《詩廣傳》卷2，《船山全書》，第3冊，頁374。
60　〈論苑柳〉，《詩廣傳》卷3，《船山全書》，第3冊，頁432。〈論民勞三〉，《詩廣傳》卷4，《船山全書》，第3冊，頁460。
61　《思問錄內篇》，《船山全書》，第12冊，頁422。

言，「憤」應是前提，聖功是一日新日進的「漸修」歷程。

　　然而，船山難道眞因身爲亡國孤臣而忽視其學統的中心觀念了麼？他以下的話是一個解答：

> 孤臣嫠婦、孤行也，而德不可孤，必有輔焉。輔者非人輔之，心之所函、有餘德焉，行之所立、有餘道焉……夫能裕其德者，約如泰，窮如通，險如夷，亦豈因履變而加厲哉？如其素而已矣。弗可以爲孤臣嫠婦而詭於同，亦弗可以爲孤臣嫠婦而矜爲異。非無異也，異但以孤臣嫠婦之孤行，而勿以其餘也。居之也矜，尚之也絞，刻意以爲嶢嶢之高、皦皦之白，而厲於人，是抑緣孤嫠而改其生平，豈其能過？不及焉耳已。指青霜，誓寒水，將焉用溫？溯逆流，披回風，將焉用惠？「終溫且惠」，未亡人其有推遆之心乎？嗚呼！斯其所爲終無推遆者也。當其爲嫠，如未爲嫠也，而後可以爲嫠矣。當其未爲嫠，溫且惠也。如其未爲嫠者以嫠，而何弗終之邪？志之函也固然，氣之守也固然，威儀之在躬、臣妾之待治也固然。習險已頻，則智計愈斂；閱物多變，則自愛益深。廣以其道於天下，不見有矜己厲物之地；守以其恆於後世，斯必無轉石卷席之心。無所往而非德也，其於貞也，乃以長裕而不勞設矣。[62]

船山縱爲亡國孤臣，卻提倡如其未爲孤臣。即以「溫且惠」爲孤、嫠之「餘德」，強調「約如泰，窮如通，險如夷」，即身爲孤臣亦須脫英銳

62　〈論燕燕一〉，《詩廣傳》卷1，《船山全書》，第3冊，頁320。

之氣。而非議「居之也矜，尙之也絞，刻意以爲嶢嶢之高，皦皦之白，而屬於人」，則是在特殊處境裡重申程子以「迫切氣象，無寬舒之氣」爲下，而以平易無跡爲聖德之最的人格標準。而此處與所謂「孤行」相對者則是「能裕其德」的「餘德」、「餘道」，此爲船山表示「仁者有函」的特殊語彙。所以，儘管時世艱危，船山祈嚮的卻是志士與仁人境界的合一。其自題墓石中「抱劉越石之孤憤」與「希張橫渠之正學」即表達此一「合一」祈嚮。而以下則將此人格理想表達得更爲充分：

> 時當其不得從容，則仁人亦須索性著。若時合從容，志士亦豈必決裂哉？劉越石、顏清臣，皆志士也，到死時卻盡暇豫不迫。夫子直於此處看得志士、仁人合一，不當更爲分別。近瞿、張二公殉難桂林，別山義形於色，稼軒言動音容不改其素，此又氣質之高明、沉潛固別，非二公一爲志士，一爲仁人，可分優劣也。[63]

「到死時卻盡暇豫不迫」、「言動音容不改其素」的「志士」兼「仁人」，是處艱危之世的聖者境界，是歷經了神州陸沉後被修正的內聖觀。其釋《離騷》，亦於此反覆寄託：「君子從容就義，固非慷慨、奮不顧身之氣矜決裂者所得與」；縱「處無可如何之世，置心澹定，以隱伏自處」，亦「非柴桑獨酌、王官三休之所能知」[64]。

其實，船山學仍是承有明一代思潮，強調以心體的道德創造達致宇宙生命與性體之貫通：

---

63 《讀四書大全說》卷6，《船山全書》，第6冊，頁827-828。
64 《楚辭通釋》卷1，《船山全書》，第14冊，頁223，242。

盡性者，極吾心虛靈不昧之良能，舉而與天地萬物所從出之
理合，而知其大始，則天下之物與我同源，而待我以應而
成⋯⋯無一物之不自我成也。[65]

然而，在陽明、甘泉之間，船山似更近後者，即如甘泉那樣強調
「[非徒逐外而忘內謂之支離]是內而非外者，亦謂之支離」[66]。由
此，船山不僅愈肯認超越之道體，以天地萬象體之[67]，且亦更重內
聖與外王，「證體」和兵農禮樂事業之渾淪爲一。此見於其對《論
語・先進篇》「吾與點也」一段的詮釋：

承夫子之問，乃捨瑟而作，其氣象之悠然自得也，爲能兼容
並包三子於靜涵之中，不廢兵農禮樂之實，而渾然無跡
者⋯⋯三子之各有撰也，於未之知而構一知之境，於未有以
而立一以之局，若民物之即受其經營，而指畫之各成其規
量。點則有異也。點未有撰而若有撰存也。點有所撰而一無
所撰也⋯⋯就今日而言之，因今日而爲之，不預謀其往
也。⋯⋯於是觸夫子天地同情萬物各得之心，而覺因時自足
之中，有條有理，以受萬有而有餘者之在是也，乃喟然嘆

65　《張子正蒙注》卷4，《船山全書》，第12冊，頁144。

66　《明儒學案》卷37，第2冊，頁882。

67　如其論內聖之境以宇宙論始：「日月環而無端，寒暑漸而無畛，神氣
充於官骸而不著，生殺因其自致而不爲，此天地之撰也。曼而不知止
則厭，無端而投之則驚，前有所詘，後有所申則疑，數見不鮮而屢涸
之則怒；無可厭而後歆，無所驚而後適，無可怒而後喜，此萬物之情
也。天地之妙合，輯而已矣。萬物之榮生，懌而已矣。輯而化浹，懌
而志寧，天地萬物之不能遺，而況於民乎？」見〈論板〉一，《詩廣
傳》卷4，《船山全書》，第3冊，頁460-461。

曰，吾與點也！⋯⋯點能出兵農禮樂之外，而有其浴風詠歸
之自得矣；點能入兵農禮樂之中，而以浴風詠歸之自得者，
俾事無不宜而物無不順乎？[68]

在船山看來，孔子之所以首肯曾點，乃以其能以悠然自得、渾然無跡
的聖者氣象經營兵農禮樂，從善如流，儒緩有餘，「不預謀其往」，
以致有「未有撰而若有撰存也」，「有所撰而一無所撰也」的境界，
此亦即朱子「初無捨己爲人之意」，不「規規於事爲之末」的準審美
的道德境界或即善即美的境界。在船山卻又涵容了事功。而孔子正於
此領略了「天地同情萬物各得之心」，而覺其「因時自足之中，有條
有理」，即能率性爲道，貫通道體與性體。並以此「受萬有而有餘」
的風度，感受了如朱子體驗的「直與天地萬物，上下同流」的仁者氣
象。值得注意的是，船山在此正視了兵農禮樂和天地萬物，卻又從
「德充於內」的心體去「兼容」兩者。其所謂「於春風沂水而見天地
萬物之情者，即於兵農禮樂而成童冠詠歸之化」[69]，以今日的話說，
能以即美即善之妙慧自天地萬物對道德形上問題作詩意解求者，即能
以事功而成全其聖賢氣象者。這裡多麼透徹地呈現了一個「內轉」與
「外推」同步的渾淪境界，一個對道體當下呈現、踐仁盡性、兵農禮
樂皆無分內外的眞善美的合一！

　　所以，船山即使不忘事功和人文化成，卻要將道德意志的目的性
融爲自然。所謂聖人之道在於與時偕行，「達於太和絪縕之化，不執
己之是以臨人之非」[70]，在於「不離物以自高，不絕物以自潔」[71]，

68　《四書訓義》卷15，《船山全書》，第7冊，頁675-676。
69　《四書訓義》卷15，《船山全書》，第7冊，頁678。
70　《張子正蒙注》卷5，《船山全書》，第12冊，頁201。

「不崇己以替天下」[72]。而對「矜己屬物」、「高而不易」的「崟岑者」[73]，對「欲以其孤鶩之情……睨天下而無足以當其意」者[74]，船山無不以「己私」責之。其思路實亦出自程子：

> 聖人只是天理渾成，逢原取給……顏子則去一分私，顯一分公，除彼己之轍跡，而顯其和平。先儒謂孟子為有圭角，竊意顏子亦然。用力克去己私，即此便是英氣。有英氣，便有圭角矣。[75]

船山以為：聖人為「逢原取給」而「用力克去己私」，已是「英氣」的表現，故而顏子與聖人相去甚遠。這裡已包含了程子論內聖境界所說的熟則不勉的觀念。船山縱強調「懼」為臻內聖之境的前提，謂「張子以勉為非性，似過高而不切於學者」[76]，然卻主張內聖境界之極致乃「大則無以加矣，熟值而不待擴充，全其性之所能，而安之以成乎固然，不待思勉矣」[77]。

　　同樣的思路，亦見諸船山如何評說「孔顏之樂」。船山雖不贊同恣樂，卻不否認成聖與樂相關。船山非議的是「只在樂上做工夫」，而強調「顏子之樂，乃在道上做工夫」：

　71 《張子正蒙注》卷5，《船山全書》，第12冊，頁209。
　72 《張子正蒙注》卷5，《船山全書》，第12冊，頁215。
　73 〈論樛木〉，《詩廣傳》卷1，《船山全書》，第3冊，頁303。
　74 〈論長發〉，《詩廣傳》卷5，《船山全書》，頁514-515。
　75 《讀四書大全說》卷5，《船山全書》，第6冊，頁715。
　76 《張子正蒙注》卷3，《船山全書》，第12冊，頁139。
　77 《張子正蒙注》卷4，《船山全書》，頁160。

在道上做工夫，則樂爲禮復仁至之候，舉凡動靜云爲，如馳
輕車、下飛鳥，又如殺低棋相似，隨手輒碎，如之何無樂！[78]

「樂爲禮復仁至之候」是從工夫結果而言。此外，船山亦從學聖者心
態的角度強調和樂重要。其釋橫渠「和樂，道之端乎」一句說：

和者於物不逆，樂者於心不厭。端，所自出之始也。道本人
物之同得而得我心之悅者，故君子學以致道，必平其氣，而
欣於有得，乃可與適道；若操一求勝於物之心而視爲苦難，
則早與道離矣。……非和樂，則誠敬局臨而易於厭倦，故能
和能樂，爲誠敬所自出之端。[79]

由此可見，船山雖不苟同現成派但以月好風清、身心泰順爲欣暢，卻
堅持了聖學漸修中的和樂觀念。然船山畢竟身履迷亂淪胥之世，憂憤
填膺、壯懷激烈本自難免。他無法如白沙、定山那般一味恬淡醇和，
心中塊壘令其「對酒有不消之愁，登山有不極之目，臨水有不愉之
歸，古人有不可同之調，皇天有不可問之疑」[80]。於是，內聖傳統中
的灑落之樂輒時時化爲「不毗於憂樂」，「裕於憂樂」[81]，「恢恢乎
其有餘也」[82]的一派曠達精神。既在清虛脫灑，又在憂憤哀慟境界之
外；既非氣矜決裂者所得與，亦非柴桑獨酌者所得知。

78 《讀四書大全說》卷5，《船山全書》，第6冊，頁678。
79 《張子正蒙注》卷3，《船山全書》，第12冊，頁136。
80 〈論柏舟〉，《詩廣傳》卷1，《船山全書》，第3冊，頁318。
81 〈論東山三〉，《詩廣傳》卷2，《船山全書》，第3冊，頁384。
82 〈論抑二〉，《詩廣傳》卷4，《船山全書》，頁466。

　　船山既強調將道德意志的目的性融爲自然，則必自融化於道德意
義中的自然裡汲取詩意。而且，這已不僅是目擊道存，謂「四時不
忒，萬物各有其類之謂信」[83]那樣以自然現象去比擬倫常法規，而是
在內外合一的「現在之境」中體認詩意的天理：

> 目前之人，不可遠之以爲道；唯斯道之體，發見於人無所
> 間，則人皆載道之器，其與鳶魚之足以見道者一幾矣。現在
> 之境，皆可順應而行道；唯斯道之[用]，散見於境無所息，
> 則境皆麗道之墟，其與天淵之足以著道者一理矣。……現在
> 之境，皆可行道，是在天則飛、在淵則躍之理也。無人不可
> 取則，無境不可反求，即此便是活潑潑地。邵子〈觀物〉兩
> 篇，全從此處得意。[84]

這已不止於「見兩間莫非生意」。所謂「斯道之體，發見於人無所
間，則人皆載道之器」，乃如甘泉一樣強調「心與事應，然後天理見
焉，天理非在外也」。倘若存有者不在與存有界相互構成的境域裡，
「現在之境」何以「皆可行道」？人又焉能爲「載道之器」？此即船
山的內聖境界，它是以在世存有之心達致天理與性體的貫通。

三、以內聖學爲尺度的船山詩學

　　上文所論宋明儒之內聖境界，可使吾人洞知船山詩學理想之終極

83　《張子正蒙注》卷2，《船山全書》，第12冊，頁67。
84　《讀四書大全說》卷2，《船山全書》，第6冊，頁501。

理據。然而,船山不是以爲《詩》與禮樂有別,故而「善不善俱存」麼[85]?《詩經》尚且如此,豈可以詩比附聖賢氣象?本章對此詰問的回答是:詩歌並不實然爲內聖超越之終極境界,卻應然爲體現趨向內聖超越之過程。前文論及,注重過程即體認的內在性而非超越本體,強調「不尋之尋也,尋不尋之間,乃至尋也自有其樂也」乃明儒的特徵。而這也是船山以內聖學論詩的出發點,詩的意義對船山而言,正是時時在在地親證受命成性,此即孔子所謂「興於詩」[86]。論詩者的海德格說過:「一個詩人的獨一之詩始終是未被道出的。……可是,每一首詩作都是出於這首獨一之詩的整體來說話的,並且每每都道說著這首獨一之詩。」[87]或許吾人可以說,在論詩者船山心中,這個傳統亦有一「獨一之詩」,即是寓居在語言中的人與天共現同流中開啓的聖境。它始終未被道出,而每一首詩卻又都在道說此獨一之詩,即在不同程度上「被託付給這種獨一性」[88]。有學者以「人格美育」概括宋明儒學[89],船山詩學的意義在於:它體現爲這一美育傳統的集大成。自理學家的詩學觀念而言,它又與宋儒伊川分道揚鑣,發展了明初白沙、定山一系的詩學觀念。

由前述詩意體認之學,白沙、定山等對於作詩一事,有比宋儒遠爲積極和鼓勵的態度。如其門生湛甘泉所說,白沙「著作之意寓於詩也」,「道德之精,必於詩焉發之……是故風雨雷霆者皆天之至教

---

85 《周易外傳》卷7,《船山全書》,第1冊,頁1091。
86 《論語》卷8,《四書章句集注》,頁104-105。.
87 海德格,〈詩歌中的語言〉,《在通向語言的途中》,孫周興(譯)(北京:商務印書館,2005),頁30。
88 同上書,頁30。
89 潘立勇,〈宋明理學的人格美育思想及其現代意義〉,載《文藝研究》2000年第1期,頁63-72。

也。」[90]白沙則謂：

> 天道不言，四時行，百物生，焉往而非詩之妙用？會而通
> 之，一眞自如。故能樞機造化，開闔萬象，不離乎人倫日用
> 而見鳶飛魚躍之機。若是者，可以輔皇極，可以左右六經，
> 而教無窮。小技云乎哉？[91]

這裡從即興而詩，說出後來甘泉所謂「隨處體認」的意思。在同一語
脈之下，定山談道亦「多在風雲月露，傍花隨柳之間」[92]。或謂「橫
騖乎羲軒堯舜之上，追蹤乎風花雪月之豪」[93]。但定山的詩畢竟是
「自得性天者」之詩，讀之觸目盡是「鳶魚」、「活水」、「窗前
草」、「太極濂溪，梅花幾點」、「浴沂」、「萬紫千紅」和「隨花傍
柳」一類字眼。它一方面顯示：散見於《論語》、《中庸》等經典及宋
儒著作中表明道德境界涵攝審美體驗的語錄，人已耳熟能詳，道學已
多麼生活情景化；另一方面，它也透露出：生活情景竟也可以如此道
學化。

　　船山追隨白沙、定山，有直接表白。康熙十九年，即《夕堂永日緒
論內編》寫作的十年以前，他即在〈薑齋六十自定稿自敘〉中寫道：

> 此十年中，別有《柳岸吟》，欲遇一峰白沙定山於流連眺宕

90　〈詩教解原序〉，《陳獻章集》，下冊，附錄，頁699。
91　〈夕惕齋詩集後序〉，《陳獻章集》，上冊，頁11-12。
92　黃宗羲，〈郎中莊定山先生昶〉，《明儒學案》卷45，第2冊，頁
　　1082。
93　呂懷，〈定山莊先生祠田記〉，《定山集》補遺，頁1254-359。

中。學詩幾四十年，自應捨斿，以求適於柳風桐月，則與馬
班顏謝了不相應，固其所已。彼體自張子壽《感遇》開之
先，朱文公遂大振金玉。竊謂使彭澤能早知此，當不僅爲彭澤
矣。阮步兵彷彿此意，而自然別爲酒人。故和阮和陶各如其
量，止於阮陶之邊際，不能欺也。[94]

《柳岸吟》頗有道學氣，可入《濂洛風雅》。船山自謂「欲遇一峰白
沙定山於流連駘宕中」，透露出船山與明初幾位儒者的精神往來。又
稱「求適於柳風桐月，則與馬班顏謝了不相應」，說明其如定山辨別
「自得性天者之月」與「詩文人之月」、「詩顛酒狂之月」一樣，以
詩爲內聖工夫之詩爲最佳之詩，馬班顏謝則爲次。所以是「使彭澤能
早知此，當不僅爲彭澤矣」。但船山以張九齡爲彼體之始，下面的話
更說明他並非僅留心詩人的道學身分：

陳正字、張曲江始倡《感遇》之作，雖所詣不深，而本地風
光，駘蕩人性情，以引名教之樂者，風雅源流於斯不昧矣。朱
子和陳張之作，亦曠世而一遇。此後唯陳白沙爲能以風韻寫天
眞，使讀之者如脫鉤而遊杜蘅之沚。王伯安屬聲吆喝：「箇箇
人心有仲尼。」乃遊食髡徒敲木板叫街語。[95]

船山極不以伯安的說教詩爲然，他所讚賞的「本地風光，駘蕩人性
情，以引名教之樂者」，乃是由本己的居有世界、即時即地的審美體

94　《薑齋詩集》，《船山全書》，第15冊，頁331-332。

95　《夕堂永日緒論內編》，戴鴻森，《薑齋詩話箋注》(北京：人民文學
　　出版社，1981)，頁141。

驗導引出儒家的人格美育的詩篇。在船山看來，與其爲王伯安之「厲聲叱喝」，不如爲陳正字、張曲江之《感遇》，爲阮步兵之《詠懷》、陶彭澤之田舍。由此可知：船山以詩爲儒家人格美育的思想，其實又並不狹隘，幾可涵攝所有以「本地風光，駘蕩人性情」的作品，雖然評價可以不同，卻皆當視作具「導情」即人格美育的意義。此與羅大經將杜甫寫景詩「把做道理看」的思路一致。而其最爲稱道的，則顯然是循《古詩十九首》而來、以阮步兵《詠懷》、張曲江《感遇》爲代表的「以淺求之，若一無所懷，而字後言前，眉端吻外，有無盡藏之懷」[96]的作品。這類詩作，最能彰顯高友工所謂由「內省性詩歌」（reflexive poetry）的特質，即由「自省和象徵的結構化的非自覺行爲」，使「詩成爲經驗自身」，而不著重表現[97]。而這又與船山出乎某種存有論視野，以詩爲時時在在地受命成性，完成人格美育的觀念契合[98]。

但船山又與定山、白沙以及宋儒明道、羅大經不同，後者是以詩體味內聖境界，而船山則以內聖境界反觀種種詩境之高下。在這一點上，他令人想起稱嘆韋蘇州「氣象近道」的朱晦庵。此即前引錢穆所謂以「人品一觀念駕於氣韻之上」。如其評石寶〈擬君子有所思行〉所說：

96　阮籍〈詠懷〉其一評，《古詩評選》卷4，《船山全書》，第14冊，頁677。

97　Yu-Kung Kao, "The Nineteen Old Poems and the Aesthetics of Self-Reflection," *The Power of Culture: Studies in Chinese Cultural History*, ed. Willsrd J. Peterson, Andrew H. Plaks, and Ying-shih Yü(Hong Kong: The Chinese University Press, 1994), p.91.並請參看本書第一卷《玄智與詩興》第一章〈「書寫的聲音」：〈古詩十九首〉詩學質性與詩史地位的再探討〉。

98　詳見本卷第三章〈船山天人之學在詩學中之展開〉。

崆峒、滄溟，心非古人之心，但向文字中索去，固爲輕薄子所嘲
也。詩雖一技，然必須大有原本，如周公作詩云：「於昭於
天」，正是他胸中尋常茶飯耳，何曾尋一道理如此説。[99]

船山強調詩是「胸中尋常茶飯」，而非「向文字中索去」的結果，正與
朱熹、白沙不以工、拙論詩[100]，反對「只如個詩，盡命去奔做」[101]，
「矜奇眩能」[102]的思路相承。所謂「何曾尋一道理如此說」，即謂
周公之詩不過自其德盛仁熟境界中無思無勉而來。唐人張巡有一首五
律，寫虜騎逼近邊塞之際而於更樓上聞笛，頗得其激賞，乃因是詩表
現了近乎內聖境界的胸次悠然，暇豫不迫的人格風致：

此何等時，而云「試一臨」，云「旦夕」、「遙聞」：忠孝
深遠人遊刃有餘，不甚張皇將作驚天動地事。謝太傅見桓溫
時正如此。文山燕獄詩未免借氣以輔志。「死有重於太
山」，非軀命之謂。軀命鴻毛，何所其不悠然耶？[103]

船山推崇處危不驚、遊刃有餘、又「不甚張皇將作驚天動地事」那樣
一種無英氣、無圭角、無泰山巖巖的儒緩從容。船山此處將謝安與文
天祥作了比較，謂文天祥「燕獄詩未免借氣以輔志」，如言「別山義
形於色」，皆意在申明爲志士易，爲志士而兼仁人者難。而船山心儀

99 《明詩評選》卷1，《船山全書》，第14冊，頁1170。
100 見〈認眞子詩集序〉，《陳獻章集》，上冊，頁4。
101 朱熹，《清遼閣論詩》，《宋詩話全編》，第6冊，頁6115。
102 〈夕惕齋詩集後序〉，《陳獻章集》，上冊，頁11。
103 張巡〈聞笛〉評，《唐詩評選》卷3，《船山全書》，第14冊，頁1025。

謝安，乃因後者聞桓公伏甲設饌，欲誅之而神意不變，作洛生詠，令桓憚其曠遠[104]。船山將此與此詩所寫虜近聞笛作比。船山亦曾藉苻堅南寇時謝安出墅與兄子圍棋事，說明謝安的恢恢乎有餘，便便乎不見難的氣度：「屐履之細，生死成敗之大，皆其適也：芥穗而適於遠，四海萬年，興亡得喪，而如指掌之間也。……淝水之功，孰云幸勝哉？」[105]船山藉此以表明：非近聖賢氣象者，不足以於艱危之際應大事。而其所謂近聖賢氣象者，則能「於兵農禮樂而成童冠詠歸之化」。

由於船山並不以內聖超越之終極境界，而以趨向此之過程論詩，其對於體現於詩中「胸次」的欣賞可以有不同層次的肯定：

> ……要亦各視其所懷來而與景相迎者也。「日暮天無雲，春風散[扇]微和」，想見陶令當時胸次，豈夾雜鉛汞人能作此語？程子謂見濂溪一月坐春風中。非程子不能知濂溪如此，非陶令不能自知如此也[106]。

這是以朱光庭(依戴鴻森)見明道而如一月坐春風，比擬陶淵明詠日暮天朗，春風微和。兩者均是「視其所懷來而與景相迎」。下面的評語則將三位詩人「胸次」之高下作出比較：

> 太白胸中浩渺之致，漢人皆有之，特以微言點出，包舉自宏。太白樂府歌行，則傾囊而出耳。如射者引弓疾滿，或即發矢，或遲審久之：能忍不能忍，其力之大小可知已。要至

104　余嘉錫，《世說新語箋疏》(北京：中華書局，1983)，頁369。
105　〈論抑〉四，《詩廣傳》卷4，《船山全書》，第3冊，頁468。
106　《夕堂永日緒論內編》，《薑齋詩話箋注》，頁50。

於太白而至矣。一失而爲白樂天，本無浩渺之才，如決池
水，旋踵而涸；再失而爲蘇子瞻，菱花敗葉，隨流而漾，胸
次局促，亂節狂興，所必然也。[107]

顯然，太白、樂天和子瞻均非船山心中聖賢之輩。然太白胸中有「浩
渺之致」，以內聖境界爲尺度言之，其詩遂比「如決池水，旋踵而
涸」的樂天，比「菱花敗葉，隨流而漾，胸次局促，亂節狂興」的子
瞻，更值得稱賞。這裡船山標舉所謂「忍」、「微言點出，包舉自
宏」，仍有強調「暇豫不迫」和「寬舒」、「無迫切氣象」的意思。

船山既以去內聖境界的「獨一之詩」之遠近爲評價詩歌作品之尺
度，將詩作爲人品、胸次之高下之表徵，故其亦常於談論倫理道德、
聖學踐履的文字中批評詩人。據筆者的統計，《詩廣傳》在上述場合
竟提到四十餘位詩人，包括杜甫、曹植、陶潛、阮籍、嵇康、孟郊、
司空圖、林逋、何景明、鍾惺等；《讀四書大全說》論道時亦涉及十
餘位詩人，包括顏延之、陶潛、庾信、李白、杜甫、白居易、韋應
物、楊萬里和辛棄疾等。船山以此爲例，一方面如定山辨別文人、詩
顛酒狂和自得性天者之月一樣，旨在說明聖學、異端如何皂白溝分；
另一方面，亦時或以爲學聖者之懲戒。

可見，在船山看來，人格境界是應運於詩之藝術境界之中的。由此，
他其實肯認了一種以詩爲道德象徵或形式化的人格形態的藝術觀念——這
也許是船山詩學最令人心折之處，也是錢穆所說的「文道合一」的眞正
完成。在此，宋明儒內聖境界的尺度化爲了詩學理想和審美趣味追求。

此一詩學理想之中心觀念爲：由即眞即善即美，而使性體與道體

107 《薑齋詩話箋注》，頁66。

之相貫通呈爲詩境的情景契合，渾然與物同體。並且，強調由詩人的
境界來體驗此一契合──故船山屢屢強調「人中景」、「景中有
人」、「暗主賓中」、「於賓見主」和「胸中勝概」：

> 「日暮天無雲，春風扇微和」，摘出作景語，自是佳勝，然
> 此又非景語。雅人胸中勝概，天地山川，無不自我而成其榮
> 觀。[108]
> 語有全不及情而情自無限者，心目爲政，不恃外物故也。
> 「天際識歸舟，雲間辨江樹」，隱然一含情凝眺之人，呼之
> 欲出。從此寫景，乃爲活景。故人胸中無丘壑，眼底無性
> 情，雖讀盡天下書，不能道一句。[109]
> 全寫人中之景，遂含靈氣。[110]
> 隱然有景中人在，故佳。[111]

船山在此所說的「人中景」、「景中有人」、「暗主賓中」，亦即高
友工討論「內省性詩歌」時藉沃海姆(Richard Wollheim)的繪畫理論
術語所強調的「內在觀者」(internal spectator)：他被設定在詩歌所表
現的實際空間和封閉時間之間，卻又不被詩所描繪[112]。所謂「天地

108　陶潛〈擬古〉其四評，《古詩評選》卷4，《船山全書》，第14冊，頁721。
109　謝朓〈之宣城郡出新林浦向板橋〉評，《古詩評選》卷5，《船山全
　　　書》，第14冊，頁769。
110　任昉〈濟浙江〉評，《古詩評選》卷5，《船山全書》，頁791。
111　隋樂府〈陽春曲〉評，《古詩評選》卷3，《船山全書》，頁641。
112　Kao, "The Nineteen Old Poems and the Aesthetics of Self-Reflection," pp.
　　　93-95. 並請看本書第一卷《玄智與詩興》第一章〈「書寫的聲音」：
　　　〈古詩十九首〉詩學質性與詩史地位的再探討〉。

山川，無不自我而成其榮觀」一語的思路，正順明道所謂「仁者以
天地萬物爲一體，莫非己也」而來。馬一浮據此而言詩興便是仁：

> 仁是心之全德，即此實理之顯現於發動處者，此理若隱，便
> 同於木石。如人患痿痹，醫家謂之不仁……故聖人始教，以
> 詩爲先，故《詩》主仁。……人心若無私係，直是活潑潑
> 地，撥著便轉，觸著便行，所謂「感而遂通」，纔聞彼，即
> 曉此，何等俊快，此便是興。……興便有仁的意思，是天理
> 發動處，其機不容已。《詩》教從此流出，即仁心從此顯
> 現。[113]

馬一浮此一觀點，可在船山學中找到最直接的根據。船山即以「形於
吾身之外」之「化」與「生於吾身之內」之「心」的「相值而相
取」，「幾與爲通」論詩興[114]。《詩譯》在論興時有：

> 興在有意無意之間，比亦不容雕刻。關情者景，自與情相爲
> 珀芥也。情景雖有在心在物之分，而景生情，情生景，哀樂
> 之觸，榮悴之迎，互藏其宅。[115]

此處船山設珀芥爲譬說明情與景、心與物之間的感通。然此對譬喻在
寫作《詩譯》五年以前，即已出現在其論宋五子之一橫渠之學的著作

---

113 馬一浮，《復性書院講錄》第2卷，虞萬里校點，《馬一浮集》（杭
　　州：浙江古籍出版社，1996），第1冊，頁161。
114 《詩廣傳》卷2，《船山全書》，第3冊，頁383-384。
115 《夕堂永日緒論內編》，《薑齋詩話箋注》，頁33。

《張子正蒙注》中：

> 物各爲一物，而神氣之往來於虛者，原通一於絪縕之氣，故
> 施者不吝施，受者樂其受，所以同聲相應，同氣相求，琥珀
> 拾芥，磁石引鐵，不知其所以然而感。聖人感人心而天下和
> 平，亦惟其固有可感之性也。[116]

在這段話中，船山並非在論詩，而是在討論「盡性」，即前引「極吾
心虛靈不昧之良能，舉而與天地萬物所從出之理合」的道理，但他同
以「琥珀拾芥」爲譬，說明詩興對他而言，亦爲由在世存有之心開顯
出與宇宙生命的感通。美國學者漢德森（John B. Henderson）以船山爲
清初「反宇宙論觀念」（anticosmological world view）的思想表現之一[117]，
恐有違船山學之本質。其實，只以其詩學而言，即處處體現了中國文
化「有機」（organistic）宇宙觀念：即宇宙秩序呈人類藝術的「音樂
的」形式，承載著人類價值，善與美；而人類藝術則在節奏上「重
義地」體認出宇宙生命。筆者堅持認爲：這才是不爲宗教意識統攝
的中國文明超越儒家政治理想的終極信念，亦是此文明中抒情傳統
之審美理想[118]。作爲藝術理論，船山詩學或許是上述信念的最完
整、最透徹的表達。它處處出乎某種存有論視野，欲詩人「直與天
地萬物，上下同流」。筆者將以本卷各章論證：船山以樂論詩，不
僅標舉「樂與天地同德」，且更欲彰顯心「因天機之固有而時出以與

---

116 《張子正蒙注》卷3，《船山全書》，第12冊，頁105。

117 見John B. Henderson, *The Development and Decline of Chinese Cosmology*
(New York: Columbia University Press, 1984), pp. 227-256.

118 詳見我的英文著作*The Chinese Garden as Lyric Enclave: A Generic Study
of the Story of the Stone*的導論和第14章（Ann Arbor: The Centre of
Chinese Studies Publications, Michigan University, 2001）。

物相應」[119]；船山詩學中「勢」這一概念，則旨在彰顯詩與宇宙事物之間通感（synaesthetic）意義上的共同節律或「宇宙和弦」，而任何時間上第二義的、形貌上的「再造」或「摹仿」，將使詩人永難擺脫「迎隨之非道」的困惑[120]；船山詩學中情景在「語法」意義上之與乾坤、陰陽這些符號範疇對應，則潛在地肯認了人所參贊之天地化育與道體所開展之世界必歸攝於一[121]；而船山以「現量」界定詩人的審美體驗，其真正的理據則是李約瑟所說的天人之間的「象徵的互應系統」[122]。即使船山討論作者—文本—讀者關係的「興觀群怨」理論，在至少三位英文作者看來，亦不無體現宇宙動態生命的意味[123]。由此可知，船山詩學處處彰顯宋明儒「與天地合德」之觀念，然卻以彰顯情具「獨運之神」的乾知之能和「人中景」以及宇宙間生意充滿（見鳶魚足以見道，謂「無人不可取則，無境不可反求，即此便是活潑潑地」）而與道家之天人合一辨分。

由儒家內聖學的生命情調——「直與天地萬物，上下同流」——船山強調詩人寫作亦須從容優游，無思無勉，即其所謂「裕其德」之「餘情」，它充分體現將道德意志的目的性已融化為自然，而成為無向之目的，道德經驗遂成為審美體驗：

> 道生於餘心，心生於餘力，力生於餘情。故於道而求有餘，不如其有餘情也。古之知道者，涵天下而餘於己，乃以樂天

---

119 《禮記章句》卷19，《船山全書》，第4冊，頁889。
120 詳見本卷第四章〈船山以「勢」論詩和中國詩歌藝術本質〉。
121 詳見本卷第三章〈船山天人之學在詩學中之展開〉。
122 詳見本卷第二章〈船山詩學中「現量」義涵的再探討〉。
123 詳見本卷第五章〈船山對儒家詩學「興觀群怨」概念之再詮釋〉。

下而不匱於道；奚事一束其心力，畫於所事之中，皺皺以昕
夕哉？畫焉則無餘情矣，無餘者沾滯之情也。沾滯之情，生
夫愁苦；愁苦之情，生夫劬倦；劬倦者不自理者也，生夫憩
佚；乍憩佚而甘之，生夫傲佚。力趨以供傲佚之為，心注
之，力營之，弗恤道矣。……〈葛覃〉，勞事也。黃鳥之飛
鳴集止，初終寓目而不遺，俯仰以樂天物，無沾滯焉，則刈
濩絺綌之勞，亦天物也，無殊乎黃鳥之寓目也。……故詩者
所以蕩滌沾滯而安天下於有餘者也。[124]

此處船山藉〈葛覃〉所寫的「黃鳥于飛」和刈濩絺綌之勞發揮出道德
實踐中應蕩滌沾滯，而無須「畫於所事之中，皺皺以昕夕」的道理。
所謂「刈濩絺綌之勞，亦天物也」，即「於兵農禮樂而成童冠詠歸之
化」，鮮明地表達出其欲將意志行為融為自然的觀念。而船山以為這
正是詩之所以為詩者。故而，船山論詩自然要強調作詩者本身的不
「束其心力，畫於所事之中」，與前述朱子批評杜詩「巧」、「忙
了」，白沙恥言詩之工的思路一脈相承：

作者初不作爾許心，為之早計，如近日倚壁靠牆漢說埋伏照
映。天壤之景物，作者之心目如是，靈心巧手，磕著即湊，
豈復煩其躊躇哉？[125]
不謀而至，不介而親，不裁而止。……此所謂大音希聲也[126]。
當其始唱，不謀其中；言之已中，不知所畢；已畢之餘，波

---

124 〈論葛覃〉，《詩廣傳》卷1，《船山全書》，第3冊，頁301-302。
125 謝靈運〈遊南亭〉評，《古詩評選》卷5，《船山全書》，第14冊，頁733。
126 胡翰〈鬱鬱孤生桐〉評，《明詩評選》卷4，《船山全書》，第14冊，頁1279。

> 瀾合一；然後知始以此始，中以此中：此古人天文斐蔚，天
> 矯引伸之妙。[127]

這可說是與追求從善如流，「猶天地之化，付與萬物，而己不勞焉」
的內聖學生命情調一致。船山謂「興在有意無意之間」，實亦令人想
起甘泉論「兩勿」是意與不意之間。而且，此種閒遠優游的生命情
調，有時更直接映出內聖學對「無跡」、「去英氣」、「去圭角」的
要求。「英氣」、「圭角」在船山詩學時或指爲「霸氣」、「鬼
氣」，時或直以「英氣」論之：

> 昔人謂書法至顏魯公而壞，以其著力太急，失晉人風度也。
> 文章本靜業，故曰「仁者藹如也」。[128]
>
> 子山小詩佳者皆挾英氣；英氣最損韻度，正賴其俯仰有餘
> 耳。[129]
>
> 文章與物同一理，各有原始，雖美好奇特，要爲霸氣、閏
> 統。王江寧七言小詩，非不雄深奇麗，而以原始揆之，終覺
> 霸氣逼人，如管仲之治國，過爲精密，但此便與王道背馳，
> 況宋襄之煩擾裝腔者乎？[130]
>
> 從始至末只是一致，就中從容開合，全不見筆墨痕跡。鍾嶸
> 論詩，寶一「平」字，正謂此也，「亂石排空，驚濤拍

---

127 曹操〈秋胡行〉評，《古詩評選》卷1，《船山全書》，第14冊，頁499。

128 《夕堂永日緒論外編》，《薑齋詩話箋注》，頁225。

129 庾信〈和侃法師別詩〉評，《古詩評選》卷3，《船山全書》，第14冊，頁637。

130 隋元帝〈春別應令〉評，《古詩評選》卷3，《船山全書》，第14冊，頁642。

岸」，自當呼天索救，不得復有吟詠。[131]

子昂以亢爽凌人，乃其懷來氣不充體，則亦酸寒中壯夫耳。[132]

他人於此必猖，而小謝當之，但覺曠遠。[133]

所詠悲壯，而聲情繚繞，自不如吳均一派裝長髯大面腔也。

丈夫雖死，亦且閒閒爾，何至頳面張拳？[134]

三首一百二十字，字字是淚，卻一倍說得閒曠和怡，故曰詩
可以怨。杜陵忠孝之情不逮，乃求助於血勇。丈夫白刃臨頭
時且須如此。[135]

　　在幾部詩歌評選中，船山對「英氣」、「霸氣」、「狂」、
「猖」的批評觸目可見——雖然從這種標準來看，船山本人即難免
「英氣」和「猖氣」。這些詞彙本來即為宋明儒在比較中描述聖賢人
格境界時使用，而船山在品詩使用這些詞彙時，更經常特別賦予其人
格批評的意味。如以上「仁者藹如也」，「霸氣逼人，如管仲之治
國」，「懷來氣不充體，則小酸寒中壯夫耳」，「丈夫雖死，亦且閒
閒爾」，「杜陵忠孝之情不逮」，「丈夫白刃臨頭時且須如此」云
云，均是從詩的審美境界透視人格境界。船山重複地提出「平」字作
為詩歌高境界之標準，此一「平」字，除卻在音節上強調「徐」和

131　張九齡〈奉和聖製送尚書燕國公說赴朔方軍〉評，《唐詩評選》卷3，
　　　《船山全書》，第14冊，頁1053-1054。
132　陳子昂〈登幽州臺歌〉評，《唐詩評選》卷1，《船山全書》，第14
　　　冊，頁891。
133　謝惠連〈泛南湖至石帆〉評，《古詩評選》卷5，《船山全書》，第14
　　　冊，頁744。
134　漢樂府〈戰城南〉評，《古詩評選》卷1，《船山全書》，第14冊，頁485。
135　鄭邀〈山居三首〉評，《唐詩評選》卷3，《船山全書》，第14冊，頁1044。

「猶夷出之」，又何嘗不與表示相對「泰山巖巖」而顯豁的聖賢天地氣象相關呢？橫渠有「爲山平地，此仲尼所以惜顏回未至」，船山謂「殆聖而聖功未成」[136]。牟宗三先生下面的話強調了「平平」之於美善合一境界的至關重要的意義：

> 這必須是性體、心體、自由、意志之因果性徹底呈現後所達
> 到的純圓熟的化的境界，平平的境界，而不是以獨立的美的
> 判斷去溝通意志因果性與自然因果性。踐仁盡性到化的境
> 界、「成於樂」的境界，道德意志之有向的目的性之凸出便
> 自然融化到「自然」上來而不見其「有向性」，而亦成爲無
> 向之目的，無目的之目的，而「自然」，亦不復是那知識系
> 統所展開的自然，而是全部融化於道德意義中的「自然」，
> 爲道德性體心體所通徹了的「自然」：此就是眞善美之眞實
> 的合一。[137]

牟先生在此肯定：「平平的境界」是臻至「眞善美之眞實的合一」之前提。無此即無涵攝審美體驗的道德踐履。船山執著於此，而指斥一切與此扞格者：「欲其涯傑戍削以矜其清孤」者，有「崎嶇嶢确之態」者，「窮酸極苦、桀毛豎角之色」者，「亢爽凌人」者，「刻意以爲嶢嶢之高，皦皦之白，而屬於人」者，爲有違風雅之教。而杜甫所謂「健筆縱橫」，其爲詩之「趨新而僻、尙健而野、過清而寒、務縱橫而莽」，更被船山斥爲「小人之技，初非雅士之所問

---

136 《張子正蒙注》卷4，《船山全書》，第12冊，頁181。
137 《心體與性體》，第1冊，頁177。

津」[138]。雖似激烈，實與朱晦庵、王龍溪對杜詩的指摘一脈相承，均表現了弘揚內聖學的宋明儒已與唐代「詩聖」對儒家精神的理解如何涇渭判然了。

然而，吾人是否可依此渾然與天地萬物為一體而平平無跡，即以「優美」範疇論定船山詩學的美學性質呢？無庸諱言，時下許多研究，包括筆者於1980年代前期對船山詩學的討論，正是如此概括的。而由人對世界的體驗和境界以論優美和崇高，則是自康德到現象學西方美學的方向。康德說：「應該稱做崇高的不是那個對象，而是那精神情調。」[139]鮑桑葵（Bernard Bosanquet）在評述康德論美時亦指出：康德雖未明言，卻實際上認為美只為知覺者而存有，但其主觀性並不妨礙其亦為客觀[140]。這樣自體驗和境界去討論美，正與明儒「豈有內外彼此之分」的態度頗有類似之處。船山以內聖學為理據的「情景相為珀芥」或「情景互藏其宅」之說，倘僅自內外諧和、集多為一的包容性[141]及其所喚起的「訢合和暢」之「樂」而言，似乎的確與優美相仿。然而，優美卻與其所推崇的「胸中浩渺之致」，「丈夫雖死，亦且閒閒爾」，「閒曠和怡……丈夫白刃臨頭時且須如此」的精神氛圍不合，更與內聖學之「直與天地萬物，上下同流」的「天地氣象」絕難同日而語。內聖之學強調的「塞乎天地之謂大」，船山欲詩人面對的「天地之際，新故之跡，榮落之觀，流止之幾，欣厭之

138　庾信〈詠懷〉其三評，《古詩評選》卷5，《船山全書》，第14冊，頁821。

139　宗白華（譯），《判斷力批判》（北京：商務印書館，1965），上冊，頁89。

140　張今（譯），《美學史》（北京：商務印書館，1985），頁346。

141　此係柯勒律治對優美的界定，詳見M.H. Abrams, *The Mirror and the Lamp: Romantic Theory and the Critical Tradition* (London: Oxford University Press, 1971), pp. 220-221.

色」[142]的渾涵磅礴景象，倒是與康德界定崇高(sublime，朱光潛譯作「雄偉」)時所說的「無法較量的偉大的東西」相通。因為在西方美學的傳統裡，優美當與小(small)、光滑(polished)和精緻(delicate)相關，而不應是遼闊(vast)和渾淪的(obscure)[143]。

　　然船山依內聖學所肯認的詩學境界，又斷然不是西方美學所論之崇高。首先，從朗吉努斯(Longinus)、博克(Edmund Burke)到康德，西方美學界定崇高時都包括了心理恐懼和痛感。崇高乃展現主體克服無可度量的自然加諸吾人的恐懼、壓抑而升起愉快的一個過程[144]。而船山基於內聖之學的「余茲貌焉，乃混然中處」，絕不會同意上述以主、客為對立的心態，而恐懼和痛感更與其倡言「輯而化浹，懌而志寧，天地萬物之不能違，而況於民乎」的精神相悖。其次，船山斷不肯認西方崇高論對主體的高揚和超越自然的意識。梁宗岱指出西文sublime自字源而論即有「高舉」之意[145]。康德論崇高時強調「雖然我們作為自然物來看，認識到我們物理上的無力，但卻同時發現一種能力，判定我們不屈屬於它，並且有一種對自然的優越性」[146]。而上文已指出：船山對於「高而不易」的「崟岑」，對於「亢爽凌人」，對於「矜己屬物」，從來不免批評。基於其儒家內聖學的立

---

142 〈論東山〉二，《詩廣傳》卷2，《船山全書》，第3冊，頁383-384。

143 參見Edmund Burke, *A Philosophical Enquiry into the Origin of Our Ideas of the Sublime and Beautiful*, ed. James T. Boulton(Notre Dame: University of Notre Dame Press, 1968), p. 124.

144 詳見Burke, *A Philosophical Enquiry into the Origin of Our Ideas of the Sublime and Beautiful*, p. 39和康德，《判斷力批判》，上冊，頁96-100。

145 梁宗岱〈論崇高〉，李振聲編，《梁宗岱批評文集》(珠海：珠海出版社，1988)，頁107，注1。

146 《判斷力批判》，上冊，頁101-102。

場，船山追求的境界當為「大人不離物以自高，不絕物以自潔，廣愛以全仁，而不違道以干譽」[147]。

由此可見，無論優美或崇高，均無法藉用以概括船山詩學，因為西方古典和近代美學中的這兩個範疇，均以主體論和主、客二分為基礎。而船山則以某種存有論視野解說其心目中那首「獨一之詩」：那須是在世存有之心與本己居有世界相互構成中顯現的聖境，體證著宋明儒之生命情調。方東美說：「各民族之美感，常繫於生命情調，而生命情調又規模其民族所託身之宇宙，斯三者如神之於影，影之於形，蓋交相感應。」[148]內聖學所追求的聖賢之生命情調，如唐君毅在〈中國之人格境界〉所分析，當在聖君賢相、豪傑之士、俠義之士、氣節之士、獨行人物等等之上，或者如前引牟宗三所說，是業已超越「充實而有光輝之謂大」而最終以「化除此『大』，而歸於平平」作為聖功之完成。換言之，它是超越英雄主義和悲劇精神的儒者內在超越（transcendental）境界。而西方抒情詩歌中的崇高，卻在18世紀以後與悲劇情調混合[149]，故而總不免有「雄踞一己生命之危樓……宇宙與生命彼此乖違」的生命之情[150]。囿於西方古典與近代美學的理論範疇，焉能透察船山論詩的學問[151]？

---

147 《張子正蒙注》卷5，《船山全書》，第12冊，頁209。

148 方東美，〈生命情調與美感〉，《生生之德》（台北：黎明文化有限公司，1989），頁117。

149 參見W.P. Albrecht, *The Sublime Pleasures of Tragedy* (Lawrence: University Press of Kansas, 1975), p. vii.

150 方東美，〈生命悲劇之二重奏〉，《生生之德》，頁102。

151 而此中道理，其實有不限對船山詩學的研討，王建元由對中國傳統詩歌的論析亦指出：詩人對雄偉景色的描繪「卻平平實實地肯定了詩人與自然世界的『奇偉』無所繫縛、融和悠遠地結合在一起。」見《現象詮釋學與中西雄渾觀》，頁24。

結論

　　總上所論，可知船山詩學的出現主要不應看作儒、道文藝觀念的合題，而是隨宋儒內聖之學興起而發展的一個傳統的發展與完成，雖然宋明儒學本身對道家之學不無汲取。宋儒標榜道德境界，令其凌駕政治和文章之上，乃至以學詩「甚妙事」。但不無弔詭地，其所祈嚮的道德境界之極致，卻又涵容了不必託於言語、淨化了的詩意或個體審美體驗。主體的有向意志之融於自然而臻灑脫之境，與由天地間萬象對道德形上追問作詩意解求，構成了上述審美體驗之一體兩面。這樣，在宋儒倡言教化，否定詞章的命題中，其實又包含了它的悖論，即對詩歌內在審美境界的肯認。而明儒的內外渾淪之學和個體主義則深化了被岡田武彥稱爲「抒情主義」的美育思想。其中，康齋、白沙、定山等更注重體認的內在過程而非超越本體，開啓了某種存有論視野，並以詩爲教爲心法，直與船山視詩爲覿面親證天人性命授受往來，以詩應然爲趨向內聖超越境界過程的思想一脈相承。至此，宋儒內聖學所肯認的詩意體驗的一體兩面，遂化爲船山詩學中以情景契合而開顯人「合天地之德」、心與宇宙生命的感通。宋明儒內聖之學的生命情調，終在船山詩學中體現爲藝術情調。或者說，內聖境界成爲了船山詩學的終極理據。

第二章

船山詩學中「現量」義涵的再探討：
兼論傳統「情景交融」與相關系統思想*

引言

　　「現量」（pratyrsa）乃王船山由研討持有相唯識立場的中國佛教法相宗和因明學而引入其詩學的一個重要理論術語。根據我的統計，此一術語在其論詩的文字中共出現七次，即《夕堂永日緒論內編》二次，《古詩評選》一次，《唐詩評選》二次，《明詩評選》一次，《薑齋詩集》（〈題盧雁絕句序〉）一次。與「情」、「景」等範疇比較，其出現不算太多，卻比出自佛教華嚴宗的「兩鏡相入」[1]等更頻繁亦更重要。而且，此範疇因涉及其有關詩學本體、詩境生成、到詩歌社會功用等諸多層面，理論意義非比尋常。而相對中國傳統詩學中由佛學引進的術語——如「境」、「妙悟」等——對「現量」作為詩學範疇義涵的研討卻比較薄弱。筆者在1980年代初所作的船山詩學研究中曾對「現量」進行過初步考量，但僅限於對船山詩論中的「現

---

*　　本文原載《漢學研究》第18卷第2期（2000年12月），2012年收入本書時作了修改和增補。

1　　其評邢邵〈三日華林園公宴〉有「相參互入之妙」，《古詩評選》卷5；其評盧照鄰〈長安古意〉有「互入一鏡」，《唐詩評選》卷1；其評李白〈春思〉有「華嚴有兩鏡相入義」，《唐詩評選》卷2；其評劉炳〈燕子樓同周伯寧賦〉有「兩鏡互參」，《明詩評選》卷2。均見《船山全書》第14冊，頁817，887，953，1188。

量」與其關於法相宗的著作《相宗絡索》中對「三量」定義間的對照，並未從其詩學乃至思想體系的整體深思此一範疇的義涵和理論意義。我當時對此一詩學範疇的界定為：「在直接對象面前的審美直覺的結果。」[2] 由於因襲學風的瀰漫，筆者這一研究中的膚淺乃至謬誤，竟貽害不淺——某些研究者對拙文從觀點到文字生吞活剝[3]，不僅未使之在學術上獲益，反而不幸步入歧途。這使得作俑者深感有責任去糾正這一錯誤。

在中國大陸以外，學界對此一範疇的討論持謹慎態度。譬如，美國學者布萊克(Alison Harley Black)的《王夫之哲學思想中的人與自然》(*Man and Nature in the Philosophical Thought of Wang Fu-chih*)一書的末章以「文學表現的本質」為題討論了《薑齋詩話》，然而卻並未接觸到「現量」這一概念[4]。孫築瑾(Cecile Chu-chin Sun)的《龍口之珠：中國詩歌中景與情的探求》(*Pearl from the Dragon's Mouth: Evocation of Scene and feeling in Chinese Poetry*)以專門篇幅分論王船山和王國維的詩論，並以此結束對中國詩學探索情、景這一對範疇歷史的研究，然而，作者在引用和分析《夕堂永日緒論內編》第五條目時，卻似乎有意識地迴避了有關「現量」的文字[5]。宇文所安(Stephen Owen)的《中國文學思想讀本》(*Readings in Chinese*

2　見拙文〈王夫之的詩歌創作論——中國詩歌藝術傳統的美學標本〉，載《中國社會科學》1984年第3期，頁143-168。

3　莊嚴、章鑄所著《中國古典詩歌美學史》是其中一例。見該書(長春：吉林大學出版社，1994)，頁266-268。

4　Alison Harley Black, *Man and Nature in the Philosophical Thought of Wang Fu-Chih* (Seattle: University of Washington Press, 1989), pp. 242-290.

5　Chu-chin Sun, *Pearl from the Dragon's Mouth： Evocation of Scene and feeling in Chinese Poetry* (Ann Arbor：Center for Chinese Studies, The University of Michigan, 1995), pp. 146-154.

Literary Thought）一書爲《薑齋詩話》的翻譯和評析闢有專章，並譯出了《夕堂永日緒論內編》第五條中有關「現量」的一段文字。但作者對「現量」的翻譯僅止於「呈現」（presence），雖然他也借此發揮了自己對中國傳統詩歌的一貫見解：要求「經驗性眞實」之「非虛構詩歌傳統」（non-fictional poetic tradition）。令人遺憾的是，作者未對「現量」這一範疇本身的原始和引申義涵作一考量[6]。黃兆傑（Siu-Kit Wong）於1970年代末曾撰專文討論船山批評理論中的「情」和「景」，但「現量」卻在其論題的視野之外[7]。他對《薑齋詩話》一書的譯注將「現量」譯作thinness或perception-of-thisness，從翻譯而言，應比宇文氏更接近船山的本義。但他在注解中，卻僅限於援引戴鴻森的臆度：「大抵指詩中有人，情味深永，觸類而長者爲現量。」[8]但是，何以船山要從佛學中取一與此義涵相距甚遠的術語來表達？戴氏卻未能說明。在台灣，蔡英俊的《比興物色與情景交融》中的第四章〈王夫之詩學體系析論〉是船山詩學研究中很見功力的一篇長文，旨在爲「情景交融」理論史作結，其中卻也見不到有關「現量」的任何討論[9]。

　　我想以上諸位學者或許並非眞正忽略了船山詩論中此一獨特術

6　Stephen Owen, *Readings in Chinese Literary Thought* (Cambridge, MA.: Council on East Asian Studies, Harvard University, 1992), pp. 462-463.

7　Siu-Kit Wong, "Ch'ing and Ching in the Critical Writings of Wang Fu-Chih," *Chinese Approaches to Literature from Confucius to Liang Ch'i-ch'ao* (Princeton: Princeton University Press, 1978), pp. 121-150.

8　Siu-Kit Wong, *Notes on Poetry from the Ginger Studio*(Hong Kong: The Chinese University Press, 1987), pp. 63-66, 172-173.戴鴻森語見其《薑齋詩話箋注》，頁154-155。

9　見蔡英俊，《比興物色與情景交融》（台北：大安出版社，1986），頁239-341。

語，亦並非眞的無視此術語可能爲這位17世紀偉大思想家的理論創
造。他們避開討論此一範疇或許更多是出於審愼——因爲依「現量」
在因明中的義涵似乎與船山思想的諸多觀念以及一些問題中的流行看
法，頗有扞格之處。爲求論證的邏輯嚴密，只好置諸討論之外。然
而，這對於完整理解船山的詩學體系而言，卻是極大的損失。本章以
下的論證將表明：由對「現量」意義的掘發，學者正可以眞正窺其詩
學之堂奧，並藉以糾正時下對傳統詩學「情景交融」研討中一個具普
遍性的錯誤。而這種對意義的掘發，卻賴於對船山思想體系的理解。
我以下的討論將分別涉及「現量」與船山詩論和心性論的體系。從船
山詩學而言，上述兩部分則又分別是對「景」與「情」在詩之生成中
體用問題的討論。

一、「現量」之三層義涵與船山詩學

在古代印度，將認識的尺度，以及認識、知識的根據稱爲
pramāna，舊譯爲「量」。有現量、比量、傳承量、譬喻量等。有相
唯識說的開創者陳那(Dinnaga)將量限定爲現量和比量。在〈因明正
理門論本〉中說：「爲自開悟唯有現量及與比量，彼聲喻等攝在此
中。故唯二量由此能了自共相故。」[10] 陳那釋「現量」爲：

> 此中現量除分別者，謂若有智於色等境，遠離一切種類名
> 言。假立無異諸門分別。由不共緣現現別轉，故名現量。[11]

10　陳那(大龍域菩薩)，〈因明正門理論本〉，《大正新修大藏經》(台
　　北：新文豐出版公司，1983)，第32冊，論集部，頁3。
11　〈因明正門理論本〉，《大正新修大藏經》，第32冊，論集部，頁3。

陳那門人商羯羅主撰〈因明入正理論〉，界定現、比二量為：

> 為自開悟，當知唯有現、比二量。此中現量，謂無分別。若
> 有正智於色等義。離名種等所有分別，現現別轉，故名現
> 量。言比量者，謂藉眾相而觀於義。相有三種，如前已說，
> 由彼為因，於所比義有正智生；了知有火，或無常等，是名
> 比量。[12]

此處所謂「除分別」、「離各種等所有分別」和「離一切種類名
言」，乃以現量為脫離單獨概念(名)，種類概念(種)和屬性概念(等)
的知識，此即陳那所謂顯現一切法(事物)之「自相」(個別相)，即剎
那滅的、一次性的純粹感覺經驗。所謂「謂若有智於色等境」或「若
有正智於色等義」，按〈因明正理門論本〉的譯者，玄奘弟子、法相
宗的開創人窺基在〈因明入正理論疏〉的解釋則為：「此中正智，即
彼無迷亂離旋火輪等，於色等義者，此定境也，言色等者，等取香
等。義謂境義，離諸映障。」[13]即能量須為正智，所量亦須為真境。
窺基又釋「由不共緣現現別轉」句為：

> 五根各各明照自境，名之曰現。識依於此，名為現現。各別
> 取境，名為別轉。境各別故，名不共緣。[14]

12　商羯羅主〈因明入正理論〉，《大正新修大藏經》，第32冊，論集
　　部，頁12。

13　窺基，〈因明入正理論疏〉卷下，《大正新修大藏經》，第44冊，論
　　疏部，頁139。

14　窺基，〈因明入正理論疏〉卷下，《大正新修大藏經》，第44冊，論
　　疏部，頁139。

「現量」顯然是指各由「五根」之感覺知識。在這種知識中,事物的自相本然地、一次性地呈現著。而「比量」則涉及概念(共相)和推理。

船山在《相宗絡索》中這樣界定「量」;「識所顯著之相,因區劃前境為其所知之域也。境立於內,量規於外。前五以所照之境為量,第六以計度所及為量,第七以所執為量。」[15]此與上文所謂「認識、知識的根據」的說法近乎一致。船山在這部研討法相宗的著作中,對「現量」作了如下界定:

> 現者,有現在義,有現成義,有顯現真實義。現在,不緣過去作影。現成,一觸即覺,不假思量計較。顯現真實,乃彼之體性本自如此,顯現無疑,不參虛妄。前五於塵境與根合時,即時如實覺知是現在本等色法,不待忖度,更無疑妄,純是此量。[16]

船山的定義中顯然包含了上文所歸納的陳那、商羯羅主和窺基論「現量」的三個要點:所謂「現成,一觸即覺」、「前五於塵境與根合時,即時如實覺知是現在本等色法,不待忖度」,是說明「現量」乃「五根各各明照自境」的感覺知識;所謂「有顯現真實義」、「顯現無疑,不參虛妄」是重複上文說到的「此中正智,即彼無迷亂離旋火輪等……離諸映障」一層意思;所謂「乃彼之體性本自如此」則有「除分別」之一切法之自相的意味。參諸船山下文對「比量」的界

---

15 《相宗絡索》,《船山全書》,第13冊,頁536。
16 《相宗絡索》,《船山全書》,第13冊,頁536-537。

定，此層意思輒愈顯豁。船山談到「比量」時寫道：

> 比者，以種種事，比度種種理。以相似比同，如以牛比兔。
> 同是獸類；或以不相似比異，如以牛有角，比兔無角，遂得
> 確信。此量於理無謬，而本等實相原不待比。[17]

與「比量」的「以種種事，比度種種理」，從而「藉眾相而觀於義」，「現量」顯現的是事物的自相。與陳那等人的定義相比，船山的定義更強調了「現在義」、「現成義」——他是以此來詁訓「現」字的，這種詁訓，顯然有法稱(Dharmakirti)強調以是否在現前來確定知識媒介(知覺或推理)的色彩。但此一層意義應已隱含在陳那等人的定義中了——因為刹那滅的、一次性的純粹感覺是離不開「現在」、「現成」的事物的。窺基故亦以「後時樂為，非當時之所樂」說明「與現量等相違」[18]。「現量」強調第一觸刹那間的感覺經驗。按唯識宗的「五心法」，人的認知過程應經過：(1)觸(contact)(2)作意(concentration)(3)受 (feeling)(4)思 維 (thinking process)(5)想(conception or volition)。在此過程中，「觸」、「作意」和「受」屬於純感覺的狀態，此狀態消失以後，「心」便生起，在「思維」活動中，形成主、客體的對立。又經由末那識，「思維」便帶有「我」之色彩[19]。因此，船山之「現量」應相當於唯識「五心法」中的「心」(即船山所謂「情」)起之前的「觸」、「作意」和「受」。在此，世

---

17 《相宗絡索》，《船山全書》，第13冊，頁537。
18 窺基，〈因明入正理論疏〉卷中，《大正新修大藏經》，第44冊，論疏部，頁114。
19 此文涉及唯識學的知識，得諸古正美博士講解者甚多，謹此致謝。

界已是人的經驗世界——所謂「現者，有現在義」，「現在」是只對存有者而言才有的時間。對此，船山了然於心：「今、昔、初、終者，人循之以次見聞也。」[20]然其時乃「心念」尚未起，「思維」尚未開啓，主、客之分別心尚未昭顯之際。是處於「境識俱起而未分」、「境識俱起」、和「境識俱泯」之前的狀態。對佛教而言，由此可對一切法作如實觀，而觀吾人所執著之空。所以，船山論詩時亦說：「禪家有三量，唯現量發光，爲依佛性。」[21]

藉佛學的「量」以論詩，並不自船山始，中唐僧人皎然的《詩式》一書中已有「彼清景當中，天地秋色，詩之量也」[22]。但船山論詩獨標「現量」。「現量」定義中所謂「現在義」、「現成義」和「顯現眞實義」這三層義涵與其詩學思想在整體上相當一致。且看船山在論詩時如何運用此一概念：

> 「僧敲月下門」，只是妄想揣摩，如說他人夢，縱令形容酷似，何嘗毫髮關心？知然者，以其沉吟「推」、「敲」二字，就他作想也。若即景會心，則或推或敲，必居其一，因景因情，自然靈妙，何勞擬議哉？「長河落日圓」，初無定景；「隔水問樵夫」，初非想得，則禪家所謂現量也。[23]
> 弔古詩必如此乃有我位，乃有當時現量情景。不爾，預擬一詩，入廟黏上，饒伊議論英卓，只是措大燈窗下鑽故紙物

20 《周易外傳》卷7，《船山全書》，第1冊，頁1078。
21 《薑齋詩話箋注》，頁153。
22 見《詩式・文章宗旨》，李壯鷹，《詩式校注》（濟南：齊魯書社，1986），頁90。關於皎然詩論中「詩之量」的討論，參見本書第二卷《佛法與詩境》第三章〈中唐禪風與皎然詩境說〉第二節。
23 《薑齋詩話箋注》，頁52。

事，正恐英鬼笑人，學一段話來跟前賣弄也。[24]

船山以爲詩中佳境，對詩人而言，不可「預擬」、「初無定景」、「初非想得」，否則，「只是措大燈窗下鑽故紙物事」，或者「妄想揣摩，如說他人夢」了。佳句乃「當時現量情景」，即詩人「即景會心」、「因景因情」時所拾得，「何勞擬議哉」？此處的「現量」的確與其《相宗絡索》定義中的「現在，不緣過去作影」之「現在義」以及「現成，一觸即覺，不假思量計較」之「現成義」相符。

　　船山以「現量」論詩，有時亦會凸顯因明概念中「除分別」、「離各種等所有分別」的義涵，此層義涵應可歸入其所謂「現成義」：

> 「蟬噪林愈靜，鳥鳴山更幽」……「愈」、「更」二字，斧鑿露盡，未免拙工之巧；擬之於禪，非、比二量語，非現量也。[25]
> 家輞川詩中有畫，畫中有詩，此二者同一風味，故得水乳調和，俱是造未造、化未化之前，因現量而出之。一覷巴鼻，鷂子即過新羅國去矣。[26]

此處爲船山批評的「斧鑿露盡，未免拙工之巧」，「覷巴鼻」，顯然與「現成義」中的「不假思量計較」相違。雖然船山對王籍〈入若耶

24　皇甫涗〈謁伍子胥廟〉評，《明詩評選》卷4，《船山全書》，第14冊，頁1321。

25　王籍〈入若耶溪〉評，《古詩評選》卷6，《船山全書》，第14冊，頁840。

26　《薑齋詩集·題盧雁絕句(序)》，《船山全書》，第15冊，頁652。

溪〉中這一名聯的批評過於苛刻，因爲這兩句詩以「愈」、「更」二字只作了感覺上的，而非眞正邏輯上的「思量計較」。至於船山以詩、畫「同一風味」而提到「現量」則意在彰顯詩人「在未有字句之前」（「造未造、化未化之前」）的新鮮視感覺。但此處有一點須作說明：任何詩思，一旦物化爲文字以傳達給他人，就已不是因明本來意義上的「現量」了，因爲其中已無可避免地有了概念意義的「比量」。船山所言之詩人狀態，其實至少已「心起」。其有所謂「當時現量情景」（見前引）即爲證據。此處船山的理解與「現量」在唯識學中的原義未能盡合，或許與船山本人對唯識說的某些誤解有關。「現量」所證爲「性境」，而船山《相宗絡索》論第六識卻以爲亦含「一分性境」[27]。這樣的誤解的原因，如王恩洋所說，蓋因「明末唐人著作均經喪失，無所依憑」之故[28]。但本章最後將指出：船山畢竟了解「主受」，「心思之用，黯然未能即章」[29]與其論詩強調「與景相迎」和「心目相取」不甚合，並斥爲「小人之所樂從」。因而，船山實亦有意轉化概念爲論詩之用，「現量」只指示出其思考詩歌生成本質的一個方向，其與因明和唯識的「現量」義涵是有距離的。古人能選擇的理論術語有限，今人不應苛責。

以上所論船山詩學中「現量」範疇的「現在義」和「現成義」，可在船山其他詩學論述中獲得充分支持。《夕堂永日緒論內編》條目第七以全稱判斷的形式肯認了上文辨認的「初非想得」，「因景因

---

27 「第六依前五隨聲色等起如實法，不待立名思義自爾分別者，其一分性境也。」《船山全書》，第13冊，頁524。此點蒙嚴壽澂兄點撥，特此致謝。

28 〈《相宗絡索》內容提要〉，載吳立民、徐蓀銘編，《船山佛道思想研究》（長沙：湖南出版社，1987），頁183-190。

29 《讀四書大全說》卷10，《船山全書》，第6冊，頁1088-1089。

情」的義涵：

> 身之所歷，目之所見，是鐵門限。即極寫大景，如「陰晴眾
> 壑殊」、「乾坤日夜浮」，亦必不逾此限。非按輿地圖便可
> 云「平野入青徐」也，抑登樓所得見者耳。隔垣聽演雜劇，
> 可聞其歌，不見其舞；更遠則但聞鼓聲，而可云所演何齣
> 乎？[30]

此段話凸顯了詩人寫作中的身觀限制，與劉勰《文心雕龍‧神思》所
說的「思接千載」、「視通萬里」的意思相悖。但與船山一再強調的
「觸目生心」、「只於心目相取處得景得句」、「寓目警心」等等的
意思卻頗為符應。船山批評竟陵詩人「埋頭則有，迎眸則無」[31]，亦
肯定了「觸目」是寫詩的前提。由身觀限制，船山提出了如何寫「大
景」的問題。他對此一再關注，亦與「現量」不無關聯：

> 有大景，有小景，有大景中小景。「柳葉開時任好風」、
> 「花覆千官淑景移」，及「風正一帆懸」、「青靄入看
> 無」，皆以小景傳大景之神。若「江流天地外，山色有無
> 中」、「江山如有待，花柳更無私」，張皇使大，反令落拓
> 不親。[32]
> 凡取景遠者，類多梗概；取景細者，多入局曲；即遠入細，

30　《薑齋詩話箋注》，頁55。
31　《明詩評選》卷5，《船山全書》，第14冊，頁1453-1454。
32　《薑齋詩話箋注》，頁92。

千古一人而已。[33]

右丞之妙，在廣攝四旁，圜中自顯。如〈終南〉云闊大，則以「欲投人處宿，隔水問樵夫」顯之。……右丞妙手能使在遠者近，摶虛作實，則心自旁靈，形自當位。[34]

船山所推崇的「以小景傳大景之神」、「即遠入細」、「使在遠者近，摶虛作實」皆為其所孜孜的「現在義」有關。詩若欲寫「闊大之景」，而又須寫「目之所見」，當然只得「以小景傳大景之神」了。

船山論詩經常透露出其對「當下證悟」式興會的關注，這裡既指示了「現量」範疇的「現在義」亦涵攝了「現成義」：

不以當時片心一語入詩，而千古以還，非陵、武離別之際，誰足以當此淒心熱魄者？[35]

以追光躡景之筆，寫通天盡人之懷，是詩家正法眼藏。[36]

情感須史，取之在己，不因追憶。若援昔而悲今，則如婦人泣矣，此其免夫！[37]

33　謝靈運〈石壁精舍還湖中作〉評，《古詩評選》卷5，《船山全書》，第14冊，頁737。

34　王維〈觀獵〉評，《唐詩評選》卷3，《船山全書》，第14冊，頁1001-1002。

35　李陵〈與蘇武詩〉評，《古詩評選》卷4，《船山全書》，第14冊，頁655。

36　阮籍〈詠懷〉（「開秋兆涼氣……」）評，《古詩評選》卷4，《船山全書》，第14冊，頁681。

37　謝靈運〈廬陵王墓下作〉評，《古詩評選》卷5，《船山全書》，第14冊，頁741。

就當境一直寫出，而遠近正旁情無不屆。[38]

但用吟魂罩定一時風物情理，自爲取捨。古今人所以有詩者，藉此而已。[39]

由所謂「當時片心一語」，所謂「追光躡景」，所謂「情感須臾，不因追憶」，所謂「但用吟魂罩定一時風物情理」云云，船山不僅銜接著魏晉以降抒情傳統之時觀[40]，且沿承和彰顯了一個由鍾嶸倡導「即目」、「直尋」所概括的注重「直接性」(immediacy)的詩學傳統。從詩歌藝術本身而論，此一傳統應主要追溯到東晉以後山水詩的發展。元康、永嘉時期以郭象爲代表的玄學則爲此一重自然生命原發精神的思想表徵[41]。但在船山之前，此一源遠流長的傳統並不曾被鑄爲一個範疇——一個從「異學」借用的範疇。而且，在鍾嶸強調「即目」、「直尋」，司空圖力主「俯拾即是」、「過雨採萍」之時，都不曾隱括船山那樣一個直接承自《周易》的宇宙哲學背景。

在船山心目中，宇宙本存有於一絪縕生化，流動洋溢，無始無終的動態之中。以其《張子正蒙注・可狀篇》的描述，則是：

至虛之中，陰陽之撰具焉，絪縕不息，必無止機。故一物去而一物生，一事已而一事興，一念息而一念起，以生生無

38　杜甫〈初月〉評，《唐詩評選》卷3，《船山全書》，第14冊，頁1023。

39　曹學佺〈十六夜步月〉評，《明詩評選》卷5，《船山全書》，第14冊，頁1449。

40　參見本書第一卷《玄智與詩興》第三章〈阮籍《詠懷》對抒情傳統時觀之再造〉。

41　參見本書第一卷《玄智與詩興》第五章〈郭象玄學與山水詩之發生〉。

窮……皆吞虛之和氣，必動之幾也。[42]

此一變動不居之大化，亦為詩人時時在在地面對著。船山亦以美辭寫
道：

> 兩間之固有者，自然之華，因流動生變而成其綺麗。心目之
> 所及，文情赴之，貌其本榮，如所存而顯之，即以華奕照
> 人，動人無際矣。[43]

此兩間之「綺麗」只因「流動生變」而生。「情」與「景」，「吾之
動幾」與「物之動幾」間的往來授受，亦只在此動態之中：

> 言情則於往來動止、縹緲有無之中，得靈蠁而執之有象；取
> 景則於擊目驚心、絲分縷合之際，貌固有而言之不欺……神
> 理流於兩間，天地供其一目，大無外而細無垠。落筆之先，
> 匠意之始，有不可知者存焉……[44]

言情於「往來動止、縹緲有無之中」，取景於「擊目驚心、絲分縷合
之際」，故心「神」與物「理」能於兩間「相值」而「湊合」，該只在
候然之間。故而，詩家之「興」亦只於此「流止之幾」中湻然而生：

---

42 《船山全書》，第12冊，頁324。
43 謝莊〈北宅秘園〉評，《古詩評選》卷5，《船山全書》，第14冊，頁
752。
44 謝靈運〈登上戍石鼓山詩〉評，《古詩評選》卷5，《船山全書》，第
14冊，頁736。

天地之際，新故之跡，榮落之觀，流止之機，欣厭之色，形
於吾身以外者，化也；生於吾身以內者，心也；相值而相
取，一俯一仰之間，泮然興矣。……俯仰之間，幾必通也，
天化人心之所爲紹也。[45]

由此，船山詩學對當下之興會特別關注的原因亦可以了然了：天地之
間乃一絪縕不息，必無止機的「流行的存有」，詩人情動之幾亦在
「往來動止、縹緲有無之中」倏爾一現，然則「新故之跡，榮落之觀，
流止之幾，欣厭之色」，即如僧肇〈物不遷論〉所說：「往物既不來，
今物何所往。」欲把捉外化與內心的「相值相取」，須非在「俯仰之
間」而不可。於詩情而言，「現在」因而是唯一的真實。此中之興
會，已與漢魏詩中之轉喻之興不同，是歷經佛學之「境」浸染之後的
興會。船山所謂「當時片心一語」，所謂「追光躡景之筆」，所謂
「情感須臾，取之在己」，所謂「但用吟魂罩定一時風物情理」云
云，都只爲及時捉握這樣「神理湊合」的微妙瞬刻，可謂「纔著手便
煞，一放手又飄忽去」。詩之於船山，乃人所擷取的流動洋溢宇宙大
化之一片光影而已。而此眾動不窮的大化，在此後依然流動洋溢。正如
不少學者已指出的，此一眾動不窮的大化，還將在讀者「各以其情遇」
而對詩作詮釋時開顯[46]──「人情之遊也無涯……斯所貴於有詩。」
　　船山由「現量」範疇而對抒情詩的界定，使他合邏輯地牴觸「詩

45　《詩廣傳》卷2，《船山全書》，第3冊，頁383-384。

46　見Siu-Kit Wong, "Ch'ing and Ching in the Critical Writings of Wang Fu-
chih," p. 148. 又見 Alison Harley Black, *Man and Nature in Philosophical
Thought of Wang Fu-Chih*, p. 281.又見 Cecile Chu-chin Sun, *Pearl from the
Dragon's Mouth*, pp. 153-154.

史」說。船山宣說「夫詩之不可以史爲，若口與目之不相爲代也」[47]，
宣說「以『詩史』譽杜，見駝則恨馬背之不腫」[48]，並非對錢牧齋等
「以千古之興亡……皆於詩發之」，「詩中可見一代之升降盛衰」[49]
的說法有異議，因爲此觀念其本人亦時有所發[50]。船山著眼的仍然是
「不緣過去作影」之「現在義」：

> 一詩止於一時一事，自十九首至陶謝皆然。……要以從旁追
> 敘，非言情之章也。[51]

宇文所安說，船山此處在以類似亞歷士多德對時間—事件統一性的要
求，提出了抒情詩的文類界定問題：船山「真正的興趣在直接性的
詩，他要以此防止隨距離而產生的不真實」[52]。據筆者看來，更重要
的也許是：船山於此——在與亞歷士多德全然不同的意義上——指出
了詩與史的界限：史是「從旁追敘」，即站在事件和時間的距離之
外，以第三者的立場敘述，「挨日頂月，指三說五」[53]；而詩則要在
「天人性命往來授受」的當下，「覿面相當」地親證。這裡，亞歷士

47　《薑齋詩話箋注》，頁24。

48　〈上山採蘼蕪〉評，《古詩評選》卷4，《船山全書》，第14冊，頁651。

49　詳見龔鵬程，《詩史本色與妙悟》(台北：臺灣學生書局，1993)，頁60-
　　68。

50　見其〈論揚之水、野有蔓草等〉，《詩廣傳》卷1，〈論選〉，《詩廣
　　傳》卷2，〈論民勞一〉，《詩廣傳》卷4，《船山全書》，第3冊，頁
　　349-350，頁354，458。

51　《薑齋詩話箋注》，頁57。

52　見其 *Readings in Chinese Literary Thought*, p. 467.

53　祝允明〈董烈婦行〉評語中論元白「詩史」語，《明詩評選》卷2，
　　《船山全書》，第14冊，頁1203。

多德和船山均以辨別詩與史之不同而爲詩正名，但前者立足史詩、劇詩傳統，而船山則立足於抒情詩傳統。

　　由「現在義」生發的上述義涵，的確使得船山彰顯了抒情傳統。詩即便涉史，以他的看法，亦須「攪碎古今，巨細入其興會」[54]，而詩境最終應如「夏雲輪囷，奇峰頃刻」[55]，「用俄頃之性情，而古今宙合，四時百物、賅而存焉。」[56]在此，船山的確令人想到愛倫・坡（Edgar Allan Poe, 1809-1849）──他幾乎像坡那樣斷然認爲長詩根本就與詩這個詞語矛盾了。在坡看來：詩之價值以「激勵靈魂」（elevating the soul）來衡量，而任何興奮在心理上都必然是短暫的[57]。而由「現量」的「現在義」、「現成義」所肯認的亦正是興會與詩的生成時間的同一性。其在很大程度上接近歐陽禎（Eugene Eoyang）在論析謝靈運（船山最心折之詩人）山水詩而提出的「顯示詩」（indicative poetry）的概念。歐陽氏說：「謝靈運詩歌完全存有於那個觸發該詩靈感的此地和此時（here-and-now）之瞬間之中，並且被讀者在讀詩時再次體驗。他所涉及的『自然』則是眞實的，事實上的，從歷史和地理而言可以核實的自然：他對於此一自然種種關聯並非出自心靈的構建，而毋寧是現象的指示。」以他的說法，在詩歌中有三種瞬間：實際經驗的瞬間，寫詩的瞬間，以及我們讀詩的瞬間。在「顯示詩」中，這三個瞬間被定爲實際上一致。吾人讀詩時即刻就作出反

54　湯顯祖〈吹笙歌送梅禹金〉評，《船山全書》，第14冊，頁1224。

55　徐渭〈沈叔子解番刀爲贈〉評，此語後繼曰「藉雲欲爲詩史，亦須如是，此司馬遷得意筆也。」《船山全書》，第14冊，頁1221。

56　〈論周頌・清廟〉，《詩廣傳》卷5，《船山全書》，第3冊，頁481。

57　Edgar Allan Poe, "The Poetic Principle," *Critical Theory since Plato* ed. Hazard Adams (New York: Harcourt Brace Jovanovich, 1971), p. 564.

應，正如謝靈運難以區分其成詩的瞬間與經驗的瞬間一樣[58]。

以上的論證足使吾人確認：船山「現量」範疇中的「現在義」和「現成義」乃爲其整個詩學體系所支持，亦與中國詩歌和詩學中一傳統一脈相承。然而，船山界定「現量」的第三重義涵——「顯現眞實義」，卻有難使現代學者認同、以致不得不迴避之處。而迴避了第三重義涵的「現量」，則淪爲筆者多年前所界定的「直接對象面前審美直覺的結果」。但船山強調其詩學中的「現量」不僅區別於「以意計分別而生」的「比量」，且有辨於「情有理無之妄想」的「非量」[59]。因之，此中所謂「顯現眞實義」顯然應亦針對窺基「似現」五種智中的「於現世諸惑亂智」（「謂見杌爲人，睹若陽炎謂之水」）[60]，即涵有熊十力《因明大疏刪注》之〈簡旨〉篇辨別「現量」時所說的三要點——「非不現見相」、「非思構所成相」和「非錯亂所見相」（此三點頗近乎船山之「三義」）——中的「非錯亂所見相」[61]。倘若吾人迴避此層義涵而將船山之定義支離，以「現成一觸即覺，不假思量計較」，「不待忖度」解釋「現量」爲「審美心理的直覺特徵」，那僅僅是吾人之一隅之說，而非船山之說[62]。因爲船山既在研討唯識論的著作中從三義界定了「現量」，絕無理由忽略其中一重要義涵。

58　Eugene Eoyang ,"Moments in Chinese Poetry: Nature in the World and Nature in the Mind," in *Studies in Chinese Poetry and Poetics* ed. Ronald C. Miao（San Francisco: Chinese Materials Center, INC, 1978), p. 112.

59　《相宗絡索》，《船山全書》，第13冊，頁536-537。

60　〈因明入正理論疏〉卷下，《大正新修大藏經》，第44冊，論疏部，頁140。

61　熊十力，《因明大疏刪注》（台北：廣文書局，1971），頁2-3。

62　見拙文〈王夫之的詩歌創作論——中國詩歌藝術傳統的美學標本〉，頁147。不幸的是，有相當多的著作沿用了這一解釋。

　　檢討起來，吾人之所以迴避或誤解船山「現量」界定中這一層義涵，乃欲納船山詩學於一預設之主體論詩學和創作心理學框架。而此理論框架則幾乎涵蓋了今人對於所謂「情景交融」的理解。因之，對船山「現量」之「顯現真實義」之再探討，當能廓清「情景交融」研究之理論迷誤。

　　船山論「現量」之「顯現真實義」，如前文所引，乃為：「乃彼之體性本自如此，顯現無疑，不參虛妄。前五於塵境與根合時，即時如實覺知是現在本等色法，不待忖度，更無疑妄，純是此量。」此中自然有陳那所謂「除分別」或熊十力所謂「非思構所成相」的義涵（「乃彼之體性本自如此」「不待忖度」），亦即區別「比量」之義涵，但船山同時亦著眼於區別「非量」之義涵（「不參虛妄」，「現在本等色法……更無疑妄」）。船山對「非量」的界定為：

> 情有理無之妄想，執為我所，堅自印持，遂覺有此一量，若可憑可證。第七純是此量。蓋八識相分，乃無始熏習結成根身器界幻影種子，染淤真如，七識執以為量，此千差萬錯，畫地成牢之本也。忽起一念，便造成一龜毛兔角之前塵。一分夢中獨頭意識，一分亂意識，狂思所成，如今又妄想金銀美色等，遂於意中現一可攘可竊之規模，及其甚喜甚憂驚怖病患所逼惱，見諸塵境，俱成顛倒。或緣前五根塵留著過去影子，希冀再遇，能令彼物事倏爾現前，皆是一分非量。前五見色聞聲等，不於青見黃，於鐘作鼓想等，故不具此量。[63]

63　《相宗絡索》，《船山全書》，第13冊，頁537-538。

對船山詩學進行整體的考量，當會發現：其對詩歌作品應排除「妄想」，排除「龜毛兔角」、「於青見黃，於鐘作鼓」的幻想成分，是十分堅持的。如他在《明詩評選》中批評前七子的作風時寫道：

> 神韻心理，俱不具論。平地而思躡天，徒手而思航海；非雨黑霾昏於清明之旦，則紅雲紫霧起户牖之間。仙人何在，倏爾相逢；北斗自高，遽欲在握。又其甚者，路無三舍，即云萬里千山；事在目前，動指五雲八表。似牙儈之持籌，輒增多以飾少。如斯之類，群起吠聲。[64]

此不正是要於詩作中排除「龜毛兔角」、「於青見黃，於鐘作鼓」的表現麼？船山批評陶潛〈癸卯歲始春懷古田舍〉其一中「平疇交遠風，良苗亦懷新」兩句時，提出對詩中一類現象的關注，它牽扯到其對杜甫「花柳更無私」、「水流心不競」等佳句的詬病：

> 「良苗亦懷新」乃生入語，杜陵得此遂以無私之德橫被花鳥，不競之心武斷流水，不知兩間景物關至極者如其涯量亦何限，而以己所偏得非分相推。良苗有知，不笑人之曲詼哉？[65]

此處船山強調「兩間景物關至極者如其涯量亦何限」，而不得「以己所偏得非分相推」，亦包含了「顯現真實義」中的「彼之體性本自如此」、「不參虛妄」、「現在本等色法」諸義在內。船山或許未能在

64　《明詩評選》卷5，《船山全書》，第14冊，頁1397。
65　〈癸卯歲始春懷古田舍〉其二評，《古詩評選》卷4，《船山全書》，第14冊，頁719。

其批評中時時處處貫徹以上兩觀念，但據其更為理論化的表述，則可確定：「非錯亂所見相」的「顯現真實義」應為其詩學的「現量」範疇所涵攝：

> 兩間之固有者，自然之華，因流動生變而成其綺麗。心目之所及，文情赴之，貌其本榮，如所存而顯之。
>
> 取景則於擊目驚心、絲分縷合之際，貌固有而言之不欺。

這些都是非常明確的對以上「顯現真實義」之表述。顯然，船山在研討法相宗所界定的「現量」三層義涵，皆為船山的批評和詩學體系所一一肯認。綜合以上三層義涵，船山欲詩人「因現量而出之」，意思是非常清楚的：詩人應在其有所懷來之當下，於流動洋溢之天地間「取景」，取景應不加追敘、不假思量、不參虛妄，而顯現其體相之本來如此。船山是以其研討唯識所界定的上述義涵來概括詩之生成。吾人無視或曲解此一義涵，則因為預設了某種理論框架。

二、船山以「現量」論詩之立論基礎

按照一種相當流行的理論觀念，所謂「情景交融」是一種「內在的動態過程」（inner dynamics），是「景物」（或景物的表象）與感情在審美心理中的「合成」（fusion），包括詩人「把自己的感情注入」，使「客觀物境遂亦帶上了詩人主觀的情意」[66]，從而由「表

66　見袁行霈，〈中國古典詩歌的意境〉，《中國詩歌藝術研究》（北京：北京大學出版社，1987），頁26-47。英文著作的例子如Cecile Chu-chin Sun, *Pearl from the Dragon's Mouth*, pp. 142-145, 作者明確地使用了

象」上升爲「意象」。此處筆者無意批評這一理論，因爲以現代心理
學成果對古代文論概念如「意境」、「意象」進行重新解釋，本是無
可非議之事。然須了解：這樣的解釋，正如以西方近代美學的移情論
詮釋中國詩學一樣，乃出自吾人之理解，卻不必是古人之概念本身所
已賦予之義涵。這一主體論的解釋能於學界流行，乃因符合學界對抒
情傳統的界定──文學價值內在於一己之心。而船山論詩強調身觀限
制和「顯現眞實」、排除比量、非量的現量說，以及本卷以下各章即
將展開的情景交融說、詩勢說、興觀群怨說、詩樂關係說，其實皆彰
顯了抒情傳統的一個存有論向度。或者說，船山詩學體現了抒情傳統
如何在不失堅守情感論的同時，開始越出唯主體主義藩籬的努力。於
今日學界，尤具理論反思的價值。

　　船山向被認作是情景交融理論的完成者。然而，至少其本人有關
情景關係的經典論點卻並不涉及以上審美心理學的內容。如：

> 情景雖有在心在物之分，而景生情，情生景，哀樂之觸，榮
> 悴之迎，互藏其宅。[67]

「互藏其宅」一語出張載《正蒙》。船山對此的解釋爲：

> 互藏其宅者，陽入陰中，陰麗陽中，〈坎〉、〈離〉其象
> 也。太和之氣，陰陽渾合，互相容保其精，得太和之純粹，
> 故陽非孤陽，陰非寡陰，相函而成質，乃不失其和而久安。[68]

（續）──

　　"inner dynamics" 和 "fusion" 以描寫情景遇合。
67　《薑齋詩話箋注》，頁33。
68　《張子正蒙注》卷1，《船山全書》，第12冊，頁54。

此處「陰陽渾合」和「相函而成質」並不意味著陰「注入」陽，或陽
「注入」陰，從而「合成」為渾然一體。因為從船山所舉的坎、離二
卦看，是一陽爻在二陰爻之間和一陰爻在二陽爻之間，故而是「固合
為一氣，和而不相悖害」[69]。「陰陽並建」仍然是「一陰一陽」，
「參伍相雜合而有辨也」[70]。所以是「互相容保其精」。「互藏其
宅」又見諸其有關「人心」與「道心」關係的論述：

> 今夫情則迥有人心道心之別也。喜、怒、哀、樂，兼未發，
> 人心也。惻隱、羞惡、恭敬、是非，兼擴充，道心也。斯二
> 者，互藏其宅而交發其用。雖然，則不可不謂之有別已。[71]

此處的意思非常明確：「互藏其宅」謂人心、道心交發其用，然而卻
「不可不謂之有別已」。如此理解情與景之「互藏其宅」，則兩者亦
是「互相容保其精」，「參伍相雜合而有辨也」。所以，在船山的觀
念中，並不應當存有由「情」之注入「景」，而將「表象」鑄成「意
象」的「內在動態過程」。船山當然也談到情景「妙合無垠」[72]和
「情景合一」[73]，但「合」字在此應理解為「契合」，而非「水乳交
融之融合」（fusion）。正如本卷第三章所將論證：「情景之合」對應
著「乾坤並建」，兩者的關係同樣是「乾以陰而起用，陰以乾為用而
成體」，分別具「創生義」和「呈法義」。故而船山所謂「融合一

69　《張子正蒙注》卷2，《船山全書》，第12冊，頁80。
70　《張子正蒙注》卷1，《船山全書》，第12冊，頁38。
71　《尚書引義》卷1，《船山全書》，第2冊，頁262。
72　《薑齋詩話箋注》，頁72。
73　《古詩評選》卷4，《船山全書》，第14冊，頁726。

片」，又時時伴隨著「賓主歷然」，並不曾泯去「分劑之不齊」的義涵[74]。否則，他不應以「顯現真實義」、「現在本等色法」來強調詩所呈現僅為法之本來體相。船山之詩觀絕不同於王國維所謂「以我觀物，故物皆著我之色彩」的境界。那麼，船山立論「詩以道情……詩之所至，情無不止」[75]之基點又在哪裡？

筆者以為：船山所謂情景關係雖然涉及創作心理層次的現象，而其立論之基礎或理據卻並非藝術心理學，而是作為中國文化特色之一的相關系統論(correlative thinking)思想。從藝術理論而言，它屬沿南朝宗炳(375-443)「感類」觀念發展而來的一派思路[76]。而「感類」則被李約瑟(Joseph Needham)稱為「象徵的相關系統」(symbolic correlation system)[77]。正如宗像清彥所指出，所謂「感類」乃一源自早期泛靈論的信念：「對宗炳而言，感類現象乃宇宙間發生的種種現象後面的精神因緣互動的神秘顯現。」[78]宇文所安解釋劉勰「聯類」(categorical associations)概念也寫道：「它涉及構成物質世界的神秘相應（mysterious correspondences），包括使吾人回應季候變化以及萬物變化的神秘聯繫。」[79]南宋以後主宰中國詩論的情、景或心、物關

74　《周易外傳》卷2：「陰陽而無畔者謂之沖；而清濁異用，多少分劑之不齊，而同功無忤者謂之和」，《船山全書》，第1冊，頁882。詳見本卷第三章〈船山天人之學在詩學中之展開〉。

75　李陵〈與蘇武詩〉評，《古詩評選》卷4，《船山全書》，第14冊，頁654。

76　詳見本書第一卷《玄智與詩興》第二章〈王弼易學與中國古典詩律化之觀念背景〉。

77　Joseph Needham, *Science and Civilization in China* (Cambridge: Cambridge University Press, 1956), 2: 279-280.

78　Kiyohiko Munakata, "Concepts of lei and Kan-lei in Early Chinese Art Theory", in *Theories of the Arts in China* (Princeton: Princeton University Press, 1983), p. 124.

79　*Readings in Chinese Literary Thought*, p. 280.

係論正屬此觀念之繼續。在此一意義之上，「情景相生」或「情景契合」因而是一比「情景交融」更不易產生誤解的表述。

「感類」或「聯類」亦爲船山論情景問題的理據。船山以「現量」所彰顯詩生成之當下，正如宇文所安在分析杜甫〈旅夜書懷〉一詩所說，乃詩人面對其「平行的認同」（parallel identity）[80]之瞬刻。當然，船山所謂「現量」，並非任意「現成一觸」而已，理應基於「取景」，一「取」字須著意：

> 「日落雲傍開」，「風來望葉回」，亦固然之景。道出得未曾有，所謂眼前光景者，此耳。所云眼者，亦問其何如眼。若俗子肉眼，大不出尋丈，麄欲如牛目，所取之景，亦何堪向人道出？[81]

此處已隱含了「與景相迎」時詩人之「所懷來」當非「麄欲」，而是「心中獨喻之微」。詩人有此心境，或「有識之心而推諸[物]者」，或「有不謀之物相值而生其心者」，皆是取一「現量」之「景」以爲「情」之「平行的認同」（或T.S. Eliots所謂「客觀的相關物」objective correlative），在此意義上，詩人是「拾得」「天壤間生成好句」[82]。此即「取景含情」或「從景得情」[83]：

80　Stephen Owen, *Traditional Chinese Poetry and Poetics: Omen of the World* (Madison: The University of Wisconsin Press, 1985), p. 27.

81　陳後主〈臨高臺〉評，《古詩評選》卷6，《船山全書》，第14冊，頁852。

82　李白〈擬古西北有高樓〉評，《唐詩評選》卷2，《船山全書》，第14冊，頁951。

83　《船山全書》，第14冊，頁564，617，746，920。

寓目吟成，不知悲涼之何以生。詩歌之妙，原在取景遣韻，
不在刻意也。[84]

心理所詣，景自與逢，即目成吟，無非然者，正此以見深人
之致。[85]

「日暮天無雲，春風扇微和」，摘出作景語，自是佳勝，然
此又非景語。雅人胸中勝概，天地山川，無不自我而成其榮
觀，故知詩非行墨埋頭人所辦也。[86]

寫景至處，但令與心目不相睽離，則無窮之情正從此而生。[87]

船山關於「取景」得以言情的理據則應是相關系統論的天人之學。下
面的話將「感類」的這一思路表述得明白無誤：

情者陰陽之幾也，物者天地之產也。陰陽之幾動於心，天地
之產應於外。故外有其物，內可有其情；內有其情，外必有
其物。……絜天下之物，與吾情相當者不乏矣。天下不匱其
產，陰陽不失其情，斯不亦至足而無俟他求者乎？[88]

船山在此自存有的進路，肯認了情與物之間存有著李約瑟承葛蘭言
（Marcel Granet）所論的宇宙「有機系統」（organism）。其所謂「天下

84　〈敕勒歌〉評，《古詩評選》卷1，《船山全書》，第14冊，頁559。
85　江淹〈無錫縣曆山集〉評，《古詩評選》卷5，《船山全書》，第14
　　冊，頁780。
86　陶潛〈擬古〉評，《古詩評選》卷4，《船山全書》，第14冊，頁721。
87　宋孝武帝〈濟曲阿後湖〉評，《古詩評選》卷5，《船山全書》，第14
　　冊，頁749。
88　《詩廣傳》卷1，《船山全書》，第3冊，頁323。

之物，與吾情相當者」正是上文所說的「平行認同」或「客觀相關物」。「無俟他求」則否定了任何擬借、變形的必要性。如余寶琳（Pauline Yu）所說，中國詩旨在「喚起一個詩人和世界之間，以及一組意象之間的先已存有的對應網絡」[89]。這裡讓人想到波特萊爾（Charles Baudelaire, 1821-1867）在〈互應〉（Les Correspondances）一詩中所描述的物質和精神世界之間的呼應[90]。但船山此段話的微妙之處在於：他並未因肯定此「有機系統」的普遍性，而斷然否定了在整體存有界中人的審美活動的獨異性——他說「外有其物，內可有其情；內有其情，外必有其物」，對內之情和外之物以一「可」字和一「必」字加以區分，此一「可」字予詩人本身的審美、立美以一定的自由。這樣，他所謂「絜天下之物，與吾情相當者不乏矣」，所謂「天情物理，可哀而可樂，用之無窮，流而不滯，窮且滯者不知爾」[91]亦才有了依據。在此，船山顯然在尋求天與人，必然與自由之間的某種平衡。關鍵卻主要並非個體主義的才能，而在於在世存有者在與存有同現共流中對機遇的及時把握——「現量」的意義正在這裡。

今人對意象與情的關聯一種可能的解釋是朗格（Susanne K. Langer）以「形式類似」（formal analogy）為根據的象徵理論。朗格說：「藝術是象徵人類感情形式的創造。」[92]當然，對船山而言，這

89　Pauline Yu, *The Reading of Imagery in the Chinese Poetic Tradition* (Princetoy: Princeton University Press,1987), p.36.

90　正如A.C. Graham 所說，此詩正代表了一種相應論思想。見其*Yin-Yang and the Nature of Correlative Thinking* (Singapore: The Institute of East Asian Philosophies, Occasional Paper and Monograph Series no. 6, 1986), p. 44.

91　《薑齋詩話箋注》，頁33。

92　Susanne K. Langer, *Feeling and Form: A Theory of Art Developed from Philosophy in A New Key* (London: Routledge & Kegan Paul LIT., 1967), p. 40.

種情感的「象徵」並非出自「創造」，否則輒淪爲「非量」了。詩人乃從兩間神理之流、自然之華中擷取其情感「平行的認同」。但朗格賦予「創造」（creation）一詞的義涵，並非對本章的論題全無意義。朗格寫道：

> 「創造」是在充分明了它的問題性質而被引進這裡的。有明確的理由說一個手藝人生產了物品，卻不創造藝術品；一個工匠造了一座房子，卻並非一個哪怕是最樸素意義上的建築作品。……一件藝術作品絕不僅僅是特定材料——即便是有質量的材料——的一個「配置」而已。有些因素從色彩和樂音的配置中出現，而它此前卻並不在哪兒，而且，正是此一因素，而並非配置的材料，乃是感覺的象徵。[93]

對於本章的論題而言，這段話說明了「現量」正好替代了朗格欲藉「創造」的原創義所要強調的意義：詩人欲發現情感的「平行認同」或「客觀相關物」，然而此「平行認同」卻不應出自預先的「配置」——「它此前並不在哪兒」。故而，詩人「要以俯仰物理，而詠嘆之，用見理隨物顯，唯人所感，皆可類通。」[94]否則，即會淪爲船山所指斥的「憎影而畏日」了：

> 只詠得現量分明，則以之怡神，以之寄怨，無所不可……俗目不知，見其有葉落、日沉、獨鶴、昏鴉，輒妄臆其有國削

---

93 *Feeling and Form: A Theory of Art Developed from Philosophy in A New Key*, p. 40.

94 《薑齋詩話箋注》，頁127。

君危、賢人隱、奸邪盛之意……六義中唯比體不可妄，自非
古體長篇及七言絕句而濫用之，則必湊泊迂塞。[95]

在船山看來，「詠得現量分明」詩人遂不至因「湊泊迂塞」而淪爲只
從《流類手鑒》、《二南秘旨・論總例物象》一類書籍討生活的「藝
苑之羞」。由此，自然中的「平行認同」亦不至淪爲「符號」
（emblem）了。

　　在藉用朗格的理論以解說船山時，還有極其重要的一點需要修
正：「景」或「景語」對船山而言，並非眞正意義上的「象徵」。因
爲「[宇宙]有機系統」理論已經肯定了心、物之間的連續性
（continuity），而象徵與被象徵的事物間並不具有「連續性」。以此
「連續性」，某些西方哲學家所分辨的一元的「有機系統論」與二分
的「相關系統論」之差異[96]，在中國文化中其實並無意義。船山情景
相生理論的最好現代依據，也許是美國學者布萊克的「表現」
（expression）理論。

　　布萊克本人認爲其「表現理論」爲李約瑟「有機系統」說的另一
表述。照她的說法，「表現」的最大特徵在於被表現者與其表現形式
之間，表現者與其表現的行爲之間的「連續性」。譬如，在被主體體
驗的情緒與表情之間就存有一種「連續性」，後者僅僅是前者這一內
在來源的「外流」（outflow）而已。當船山聲言「陰陽之幾動於心，
天地之產應於外。故外有其物，內可有其情；內有其情，外必有其
物」，聲言「寫景至處，但令與心目不相睽離，則無窮之情正從此而

95　杜甫〈野望〉評，《唐詩評選》卷3，《船山全書》，第14冊，頁
　　1019。
96　此點承蒙周勤博士點撥，特此銘謝。

生」之時，他的確是在肯認「情」與「景」之間的「連續性」或「有機二價」形式(organic dyad)[97]。

　　而且，正如布萊克所指出：「作為從隱含到外現活動的表現概念無可避免地會生發出植物生活的類比性。」因之，表現行為就動因而言具有本能或自發(spontaneity)特點。表現是油然而生的(by-product)而非行為的目的。表現乃「非自覺意志」(unconscious volition)的結果：「作品的發展本身傳達了一種目的性，然而藝術家本人卻不知目的何在直到他完成了作品。」[98]船山論詩之「自生性」(autogenerative)以「天之寒暑，物之生成」作譬，恰好印證了上述「植物生活的類比性」的論點。而他的「現量說」則充分體現了詩生於自然——客體的自然與主體的自然[99]。

　　布萊克從西方文藝理論中藉用了「表現」這一概念以解釋宇宙秩序即為價值秩序，其所謂「表現」乃指宋明儒學道德價值之歸諸宇宙過程。布萊克的出發點並非以此研討船山詩學，並非旨在說明作為個體的詩人之情感與兩間自然風物之華間的「連續性」。但布萊克的理論用諸船山詩學特別契合之原因即在於：船山不惟如濂溪、橫渠那樣以宇宙天道為德性之源，曰「三才各有兩體，陰陽、柔剛、仁義，皆

97　見其 *Man and Nature in the Philosophical Thought of Wang Fu-Chih*, pp. 13-18.

98　*Man and Nature in the Philosophical Thought of Wang Fu-Chih*, pp. 21-27.

99　船山以下面的話說明詩文的構成亦如布萊克所說的表現的特徵：「當其始唱，不謀其中；言之已中，不知所畢；已畢之餘，波瀾合一；然後知始以此始，中以此中：此古人天文斐蔚，天矯引伸之妙。蓋意伏象外，隨所至而與俱流，雖今尋行墨者不測其緒，要非蘇子瞻所云行雲流水，初無定質也。維有定質，故可無定文。質既無定，則不得不以鉤鎖映帶，起伏ল架為畫地之牢矣。」見其曹操〈秋胡行〉評，《古詩評選》卷1，《船山全書》，第14冊，頁499-500。

太和之氣」[100]，而且亦如象山、陽明般肯認「極吾心虛靈不昧之良能，舉而與天地萬物所從之理合……則天下之物與我同源，而待我以應而成」[101]。由此，其思想宣示出人的生命與宇宙韻律的相互滲透。此一事實本身已說明：船山詩學體現了此文化中的根本信念。其詩學的情景關係觀念，亦如波特萊爾的〈互應〉所描繪的一樣，是描述一具本體意味的世界。在此天、人「連續」的觀念之下，詩人所面對的是一個「具表現意味的宇宙」（expressive universe），一個本然地具備審美價值理序的自然。詩人只須「審幾」——把握「吾之動幾與天地之動幾相合」之際，而取「現在」、「現成」、「顯現真實」之景以道其情——此即其以「現量」論詩之真義。

三、「現量」與繼善成性

然而，船山以「現量」論詩，難道不與儒者孜孜以求的繼善成性[102]信念衝突麼？依船山之說，孟子「『思』之一字，是繼善、成性、存存三者一條貫梢底大用」[103]。而「因現量而出之」則應是「不假思量計較」、「不待忖度」，這難道不悖於「心之官則思」麼？果然，在《讀四書大全說》中，船山對釋氏「樂獎現量」大加撻伐：

> 不思而易得，故釋氏謂之現量。心之官不思則不得，故釋氏

---

100 《張子正蒙注》卷7，《船山全書》，第12冊，頁276。
101 《張子正蒙注》卷4，《船山全書》，第12冊，頁144。
102 見其《周易內傳》卷5，《船山全書》第1冊，頁526-528；《周易外傳》卷5，《船山全書》，第1冊，頁1006-1008。
103 《讀四書大全說》卷10，《船山全書》，第6冊，頁1092。

謂之非量。耳目不思而亦得,則其得色得聲也,逸而不勞,
此小人之所以樂從。心之官不思則不得,逸無所得,勞而後
得焉,此小人之所以憚從。……

釋氏唯以現量爲大且貴,則始於現量者,終必緣物。現量主
受故。……故聖學雖盡物之性,而要無所倚:則以現量之
光,的然著明,而已著則亡,不能持。心思之用,黯然未能
即章,而思則日章;先難而後獲,先得而後喪,大小貴賤之
分,繇此以別。[104]

對「樂獎現量」者,船山此處的言辭可謂針鋒相對。以「現量」語
詩,豈非與船山強調「盡心」、「用思」的觀念相悖?而船山不是明
明以具道德實踐意味之「導情」作爲詩的目的嗎?欲開解此一悖謬,
須深入船山之心性哲學。

船山對《周易·繫辭上》中「繼善成性」命題的詮釋首先強調人
以繼天:

合一陰一陽之美以首出萬物而靈焉者。人也。「繼」者,天
人相續之際,命之流行於人者也。……

同一道也,在未繼以前爲天道,既成而後爲人道,天道無擇,而
人道有辨。聖人盡人道,而不如一端之欲妄同於天。[105]

比較孔穎達對此句的解釋:「道是生物開通,善是順理養物,故繼道

---

104 《船山全書》,第6冊,頁1088-1089。
105 《周易內傳》卷5,《船山全書》,第1冊,頁526-529。

之功者唯善行也」[106]，船山的說法顯然更強調存有者人與存有界天之間既連續又分辨的關係，強調人能轉變「天之天」爲「人之天」，強調人之受命成性。而這一轉變過程無時不在持續：「此則有生以後，終始相依……是一陰一陽之妙，以次而漸凝於人，而成乎人之性。」[107]「繼」故而又有了強調道德履踐在時間上連續的意味：

> 天命之性有終始，而自繼以善無絕續也。川流之不匱，不憂其逝也，有繼者爾；日月之相錯，不憂其悖也，有繼之者爾。[108]

然而，以「繼」標示的持續性又是「繼其所自繼」，即不斷於天人相紹之際受天命以爲人性，轉「天之天」爲「人之天」，而並非持守性初生之性命而不變。「繼其所自繼」體現了船山性命哲學最具創意的命題——本卷下一章要展開討論的「日新之性命觀」。此性命觀置存有者人於日日爲新的流行的存有界之理氣周流之中，以此「形日以養，氣日以滋，理日以成……故天日命於人，而人日受命於天」[109]。「現量」範疇中一次性的現在、現成和顯現眞實，不妨說恰恰彰顯了「繼善成性」過程中存有界的「日新」的性質和「心」的「當處便認取」[110]。然「黯然未能即章，而思則日章」的「心思之用」又在何處？

　　許多學者已指出貫串船山思想方法中的「兩端歸於一致」[111]和

---

106 孔穎達，《周易正義》，《十三經注疏》，上冊，頁78。

107 《周易內傳》卷5，《船山全書》，第1冊，頁526。

108 《周易外傳》卷5，同上書，頁1008。

109 《尚書引義》卷3，《船山全書》，第2冊，頁300。

110 牟宗三，《圓善論》（台北：臺灣學生書局，1985），頁135。

111 見林安梧，《王船山人性史哲學之研究》（台北：東大圖書公司，1987），頁87-94。Kim Young-Oak則稱之爲「二元的二元論」，見其博士

「一元雙極」（bipolarity within oneness）[112]模式的普遍存有。此一模式亦貫串於船山關於性／情，道心／人心的觀念。船山頗不以朱熹道心／人心的二元論爲然，以爲：「『心統性情』，『統』字只作『兼』字看。……自其函受而言。」[113]心兼函性、情。而性與心的關聯則是：

> 性爲天所命之體，心爲天所授之用。仁義禮知，性也，有成
> 體而莫之流行者也。[114]

由主絪縕生化的宇宙觀念，船山道德實踐的側重之點自然不在「靜以納」之「性」，而在「動以出」之「心」。蓋以「仁與義卻俱在動處發見。……而動者必因於物之感」[115]。如此一個「心」，才具有存有論的義涵以凸顯人具有領會、詮釋自我的可能[116]。船山故能以非

(續)———————————————————

論文"The Philosophy of Wang Fu-Chih(1619-1692)"：「『二元論』係指宇宙由兩種基質構成的思想體系。此處，在王的個案中，乾和坤或陰和陽乃所有宇宙變化的兩個基本根據，而且，在最終意義之上，兩者可歸納爲一。『二元』作爲詞語指出每一事物皆爲乾坤的混和，但是，同時每一乾和坤又同時作爲潛在勢力包藏在它的相反基質之中。」金氏以爲此一「二元的二元論」船山爲吾人呈現了「一幅變化中宇宙的動態圖畫，隱現因素在其中交錯」。Harvard University Ph. D. diss., 1982, pp. 68-70.布萊克則謂之「二元論的有限形式」(limited form of dualism)，見 *Man and Nature in the Philosophical Thought of Wang Fu-Chih*, p. 64.

112 見嚴壽澂(Yan Shoucheng), "Coherence and Contradiction in the Worldview of Wang Fuzhi (1619-1692)," Ph.d. diss., Indiana University, 1994, p. 116.

113 《讀四書大全說》卷8，《船山全書》，第6冊，頁945。

114 《讀四書大全說》卷8，《船山全書》，第6冊，頁552-553。

115 《讀四書大全說》卷8，《船山全書》，第6冊，頁944-945。

116 見袁保新，〈盡心與立命——從海德格基本存有論重塑孟子心性論的一項試探〉，《從海德格、老子、孟子到當代新儒學》(台北：國立編譯館、臺灣學生書局，2008)，頁57-64。

常開放的態度對待「人心」和「情」：

> 蓋惻隱、羞惡、恭敬、是非之心，其體微而其力亦微，故必
> 乘之於喜怒哀樂以導其所發，然後能鼓舞其才以成大用。喜
> 怒哀樂之情雖無自質，而其幾甚速亦甚勝。　故非性授以
> 節，則才本形而下之器，蠢不敵靈，靜不勝動，且聽命於情
> 以為作為輟，為攻為取，而大爽乎其受型於性之良能。[117]

「情」在船山的心性論中，堪為道德實踐的積極因素。船山道心／人心間的「二元論的有限形式」，正基於對「情」的正面肯定。如嚴壽澂所說，「對船山而言，在道德修養中人應以性制情，然而同時人須倚仗情以強化性之控制力。」以致「性與情形成一輸入（input）和反饋（feedback）的關係」[118]。「情」因而不必是「溺人也甚於水」者，而是「為善則非情不為功」[119]。

而且，對此能成大用之情，船山並不純自主體言之，謂：

> 情固是自家底情，然竟名之曰「自家」，則必不可。蓋吾心
> 之動幾，與物相取，物欲之足相引者，與吾之動幾交，而情
> 以生。然則情者，不純在外，不純在內，或往或來，吾之動
> 幾與天地之動幾相合而成者也。……唯其為然，則非吾之固
> 有，而謂之「爍」。金不自爍，火亦不自爍，金火相搆而爍

---

117 《讀四書大全說》卷8，《船山全書》，第6冊，頁1064-1067。
118 "Coherence and Contradiction in the Worldview of Wang Fuzhi（1619-1692），" p. 196, 202.
119 《讀四書大全說》卷10，《船山全書》，第6冊，頁1069。

生焉。[120]

船山論情展現的是天地之動幾來與吾之動幾相合之存有論視野。此與
「一觸即覺」、「主受」的「現量」頗有相契之處。詩情於此方為本卷
第一章所論「涵天下而餘於己」、「不見有矜己屬物之地」[121]之「餘
情」。由「餘情」船山強調有情存有者與整體存有界的互相涵容：

> 善用其情者，不斂天物之榮凋、以益己之悲愉而已矣。夫物
> 何定哉？……當吾之悲，有未嘗不可愉者焉；當吾之愉，有
> 未嘗不可悲者焉；目營於一方者之所不見也。故吾以知不窮
> 於情者之言矣：其悲也、不失物之可愉者焉，雖然，不失悲
> 也；其愉也，不失物之可悲者焉，雖然，不失愉也。導天下
> 以廣心，而不奔注於一情之發，是以其思不困，其言不窮，
> 而天下之人和平矣。[122]
> 情已盈而姑戢之以不損其度。故廣之云者，非中枵而旁大之
> 謂也，不舍此而通彼之謂也，方遽而能以遐之謂也，故曰廣
> 也。[123]

自有情的存有者本身而言，言情須閒遠容與而無陵囂之氣，「情已盈
而姑戢之」和「不奔注於一情之發」。自對天物的態度而言，則是
「不斂天物之榮凋」和「初終寓目而不遺，俯仰以樂天物」。倘自時

---

120 《讀四書大全說》卷10，《船山全書》，第6冊，頁1067。
121 《詩廣傳》卷1，《船山全書》，第3冊，頁320。
122 《詩廣傳》卷3，《船山全書》，第3冊，頁392。
123 《詩廣傳》卷1，《船山全書》，第3冊，頁302。

機智慧而言，則是「幾應而不爽其所逢」：

> 兩間之宇，氣化之都，大樂之流，大哀之警，暫用而給，終
> 用而永，泰而不憂其無節，幾應而不爽其所逢，中和之所
> 成，於斯見矣。悉必墮耳紬目以絕物，而致其惆情哉？[124]

此「幾應而不爽其所逢」已幾乎無異「前五於塵境與根合時，即時如
實覺知是現在本等色法」的現量了。然而，聖賢能「幾應而不爽其所
逢」，卻並非經由莊子的「心齋」境界，而是「以心繫道」。船山論
《召南・采蘩》作了如下發揮：

> 餘於見，肅肅者猶在也，餘於聞，惻惻者猶在也。是則人之
> 有功於天，不待天而動者也。前之必豫，後之必留，以心繫
> 道，而不宅虛以俟天之動。故曰「誠之者，人之道也。」若
> 夫天之聰明，動之曰介然，前際不期，後際不繫，俄頃用之
> 而亦足以給，斯蜂蟻之義，雞雛之仁焉耳，非人之所以為道
> 也。人禽之別也幾稀，此而已矣。或曰：「聖人心如太
> 虛。」還心於太虛，而志氣不為功，俟感通而聊與之應，非
> 異端之聖人、孰能如此哉？異端之聖，禽之聖者也。[125]

他以「前之必豫，後之必留」說明「心」的恆持。詩人「欻然而覺」
並非「俟感通而聊與之應」而已。由於強調「豫」和「留」，又要

124　《詩廣傳》卷4，《船山全書》，第3冊，頁450。
125　《詩廣傳》卷1，《船山全書》，第3冊，頁309。

「不奔注於一情之發」，船山之論詩興特別注重心、物或情、景之間的「相值而相取」或「相爲珀芥」，既非「於情上布景」[126]，亦非傳統興義中以「觸物以起情」的被動態[127]。儒家學說中的「盡心」、「用思」於此成爲了樞機：

> 思乃心官之特用。……迨其發用，則思抑行乎所睹所聞而以盡耳目之用。唯本乎思以役耳目，則或有所交，自其所當交；即有所蔽，亦不害乎其通。故曰「道心爲主，而人心皆聽命焉。」此又聖學之別於異端黐紐聰明，以爲道累而終不可用也。[128]
>
> 若夫善審幾者，以心察幾，而不以幾生其心。故極心之用，可以大至無垠，小之無間，式於不聞，入於不諫；而其爲幾也，盡心之用，不盡物以役心也。故肸蠁如聞，寂光如燭，而不爲智引，不爲巧遷。夫然，而「大明終始」者，六位各奠其居矣。至此，而後心之爲用也，無不盡矣。[129]

「心」具有明照整體存有界的能力，「盡心」在此的功用是「察幾」，使「或有所交，自其所當交；即有所蔽，亦不害乎其通」。而「心」「不爲智引，不爲巧遷」卻有此「察幾」之能，則在立一「義精仁熟」的道德境界。在此，吾人見證了船山受唯識學「種子論」啓

---

126 李白〈烏夜啼〉評有「不復於情上布景」，《唐詩評選》卷1，《船山全書》，第14冊，頁904。

127 詳見本卷第三章〈船山天人之學在詩學中之展開〉。

128 《讀四書大全說》卷10，《船山全書》，第6冊，頁1094。

129 《尚書引義》卷1，《船山全書》，第2冊，頁274-275。

發的「循環的因果過程」或性與情間形成的「一輸入(input)和反饋(feedback)的關係」[130]。全面考量「現量」在船山理學與詩學中的外延與內涵則可知：在以「現量」論詩時，他其實亦無異在重申詮釋張橫渠《正蒙‧神化》說過的一段話：

> 知道者凝心之靈以存神，不溢喜，不遷怒，外物之順逆，如其分以應之，乃不留滯以為心累，則物過吾前吾以化之，性命之理不失而神恆為主。……物物，因物之至，順其理以應之也。……則應物各得其理，雖有違順，而無留滯自累以與物競，感通自順而無不化矣，此聖人之天德也。[131]

此即所謂即自然秩序以成道德秩序。此中「心」之功用，有類似佛家之處。

　　然而，如前所述，繼善成性的另一面則是「念與念相繼」[132]或「克念」，而非佛家的「無念」[133]或「念念寂滅」[134]。船山詮說《周書‧多方》中「惟聖罔念作狂，惟狂克念作聖」兩句說：「聖之所克念者，善而已矣。……念者，反求而繫於心，尋繹而不忘其故者也。」[135]船山以為《詩》即以念為志[136]，似與「不緣過去」、「不假思量」的現量說扞格。這裡其實牽扯到儒者與釋氏對於「現在」的

---

130 "Coherence and Contradiction in the Worldview of Wang Fuzhi," p. 203.
131 《張子正蒙注》卷2，《船山全書》，第12冊，頁95-96。
132 《周易外傳》卷5，《船山全書》，第1冊，頁1008。
133 《六祖大師法寶壇經》，《大正新修大藏經》，第48冊，頁353。
134 《馬祖語錄》，《古尊宿語錄》(北京：中華書局，1994)，上冊，頁3。
135 《尚書引義》卷5，《船山全書》，第2冊，頁388-389。
136 同上書，頁388。

不同理解，船山辨之曰：

> 有已往者焉，流之源也，而謂之曰過去，不知其未嘗去也。
> 有將來者焉，流之歸也，而謂之曰未來，不知其必來也。其
> 當前而謂之現在者，爲之名曰刹那；謂如斷一絲之頃。不知
> 通已往將來之在念中者，皆其現在，而非僅刹那也。……
> 故相續之謂念，能持之謂克，遽忘之謂罔，此聖狂之大界
> 也。[137]

佛學的現在是「如斷一絲之頃」的刹那，是「斷三世」，是「念念之
中，不思前境」[138]，「念念不相待，念念寂滅」[139]的「無念」。它
曾經影響了受佛學沾溉的詩人如王維和皎然[140]。而儒者船山的現在
則是「通已往將來之在念中者」。船山詩學的「現在義」強調詩吟詠詠
當下在場的感發，不事敍述和議論，卻不必隔絕已往和未來。如其評
漢古詩〈步出城東門〉謂：「至如『前日風雪中，故人從此去』，有
不疑其與王右丞、孟處士、陳後山、貝清江同其韻度者乎？」[141]然
此二句中，前日風雪故人之不在念中乎？謂之現量，乃因詩人於「步
出城東門」之時而油然起興。又如其評阮籍《詠懷》其九（「步出上
東門」）謂：「因事起情，事爲情用。……字字有夷、齊在內，呼之

---

137 《尚書引義》卷5，《船山全書》，第2冊，頁389-390。
138 《六祖大師法寶壇經》，《大正新修大藏經》，第48冊，頁353。
139 《馬祖語錄》，《古尊宿語錄》（北京：中華書局，1994），上冊，頁3。
140 關於「無念」對中國詩的影響，請參見本書第二卷《佛法與詩境》第
　　二章〈如來清淨禪語王維晚期山水小品〉第三節和第六章〈玄、禪觀
　　念之交接與《二十四詩品》〉第二節。
141 《古詩評選》卷4，《船山全書》，第14冊，頁654。

欲出」[142]，夷、齊不爲已往人乎？此詩不違現量，乃因詩人由「遙望首陽岑」而憶及「採薇士」。又如其評謝靈運〈廬陵王墓下作〉謂：「詳婉深切如此，而不一及生平。情感須臾，取之在己，不因追憶。若援昔而悲今，則爲婦人泣矣，此其免夫！」[143]此詩雖不述廬陵王生平，詩中卻有「神期綿若存，德音初不忘」，故人之音容此時不在念中乎？謂「不因追憶」，蓋因詩興起於「灑淚眺連岡」之時。再如其評杜甫名作〈登高〉，謂：「盡古來今，必不可廢」[144]，此詩中「不盡長江」、「萬里悲秋」、「百年多病」、「艱難苦恨」句句收已往感慨、未來憂慮於當下，正是其所謂「夏雲輪囷，奇峰頃刻」。此「通已往將來之在念中者」的當下，也就是船山肯認的抒情詩的本質時間形式。高友工先生在討論成熟律詩的新形式──「以一種延伸的現在時爲抒情的時刻」──這樣寫道：

> 只有當某個突發的思想或形象刹那間觸動並吸引住了某人的注意，使之驀然憬悟，洞察幽微之時，運用這種形式才是順理成章的。

高氏接著以駱賓王詩〈秋日送別〉的末聯「別後能相憶，東陵有故侯」爲例，說明詩人是以末聯之「情態結構（疑問、或然、未來）以及對自身與朋友的述及將詩人帶回現實」[145]。至此，詩中「共此傷年

---

142 同上書，頁680。

143 《古詩評選》卷5，同上書，頁741。

144 《唐詩評選》卷4，同上書，頁1096。

145 見其"The Aesthetics of Regulated Verse," in *The Vitality of the Lyric Voice*, eds. Shuen-fu Lin and Stephen Owen(Princeton: Princeton University Press, 1986), p. 367.中譯文大致以黃寶華譯文爲準，見倪豪士編，《美國學

髮，相看惜去留」遂化爲「通已往將來之在念中」的「現在之境」。

結論

　　本章由《相宗絡索》「現量」條中「現量」三義涵與其詩評的對照，證明船山詩學中「現量」亦實涵具「現在」、「現成」、「顯現眞實」三層義。其中「現在義」標舉詩興的「當下證悟」性質，與「從旁追敘」的歷史敘述判然；「現成義」則以因明「現量」中「除分別」、「離各種等所有分別」強調詩興具前思維的直覺性質。合此二義觀船山所謂詩興，實外與內於流衍大化中俯仰之間「相値相取」，如人所擷取的流衍宇宙大化之一片光影而已。中國詩人於魏晉時代爲文化思潮中自然生命的原發精神所鼓蕩，即以當下瞬刻爲主要時觀[146]，由物及心的「寓目成詠」後亦在詩論中成爲傳統。然而在船山的現量說出現之前，此一傳統從未被表述得如此透徹。這首先因爲，在中國抒情詩學中，尚從未有人具有船山般寬廣的存有論視野。

　　本章從船山現量說中「顯現眞實義」在今人討論中闕如這一現象出發，揭示出流行於學界的以現代文藝心理學詮釋情景交融這一理論誤區。以船山這位大思想家兼大詩論家的個案爲例，本章說明所謂情景交融的的立論基礎並非心理學，而是中國古代思想傳統中具特色的相關系統論。在船山天、人「連續」的觀念中，詩人所面對的是一個「具表現意味的宇宙」和本然地具備審美價値理序的自然。

　　本章最後力圖開解船山心性論和詩論中對現量立場的悖謬。船山

（續）

　　　者論唐代文學》（上海：上海古籍出版社，1994），頁57-58。

146 參見本書第一卷《玄智與詩興》第三章〈阮籍《詠懷》對抒情傳統時觀之再造〉和第五章〈郭象玄學與山水詩之發生〉。

論「繼善成性」包涵了人以繼天和道德履踐在時間上連續的意義。既然「繼」即不斷於天人相紹之際受天命以爲人性，注重性體當下呈現與「念與念相繼」則爲船山思想中另一種「一元兩極」。倘若船山「情景相爲珀芥」[147]是將「天人性命往來授受」落在詩人興會的實處，其以「現量」論詩，則不啻凸顯「天地之終，不可得而測也。以理求之，天地始者，今日也；天地終者，今日也」[148]，亦即人之窮理盡性以至於命者，只在時時當下一幾之中。然而，當船山說：「過去，吾識也；未來，吾慮也；現在，吾思也。天地古今以此而成，天下之亹亹以此而生，其際不可紊，其備不可遺。……泯三際者，難之須臾而易以終身，小人之儌幸也。」[149]他不惟強調了當下之「思」，且又以「吾識」、「吾慮」、「吾思」、「天地古今」，「天下之亹亹」修正了佛學時觀。以林安梧的詮釋，船山以《詩》和《春秋》之兼有正變是非對照禮、樂之體認聖教之常[150]，說明詩與史學構成了其心目中之「人性史」[151]。職乎此，由詩人之「現量情景」，詩一方面與「以從旁追敘，非言情之章」的史劃開界限；另一方面卻又展示了個體生命中的「人性史」。船山由此卓識獨具，提出了基於片刻感興而人性不齊的觀念[152]。因爲，以船山的話來說：

---

147 詳見本卷第三章〈船山天人之學在詩學中之展開〉。

148 《周易外傳》卷4，《船山全書》，第1冊，頁979。

149 《思問錄內篇》，《船山全書》，第12冊，頁404。

150 《周易外傳》卷7，《船山全書》，第1冊，頁1091。

151 林安梧，《王船山人性史哲學之研究》，頁59。引文見《周易外傳》卷5，《船山全書》，第1冊，頁1006。筆者以爲其人性論並未最終悖離由共時穿入歷時的立場。

152 詳見本卷第五章〈船山對儒家詩學「興觀群怨」概念之再詮釋〉。

地不襲矣，時不襲矣，所接之人，所持之己不襲矣。……果
有情者，亦稱其所觸而已矣。[153]

文德爾班說：歷史學的不可轉讓的權利在為人類保留只出現一次的存
有現實。或許不無弔詭，船山道德哲學中之歷史性，以及因此實現的
繼善、成性，亦須由詩人的「現量」方得以彰顯，此正是海德格所謂
「詩是歷史的孕育基礎」[154]。

---

153 《詩廣傳》卷1，《船山全書》，第3冊，頁338。
154 《荷爾德林詩的闡釋》孫周興譯(北京：商務印書館，2004)，頁46。

第三章

船山天人之學在詩學中之展開：

兼論「情景交融」與儒家生命智慧[*]

引言

　　清初通儒王船山之詩學在中國文論史上據有重要地位這一事實，近年已漸爲學人共識。目下恐無人再懷疑，此位「才氣浩瀚，思想豐富，義理弘通」的偉大思想家與歷史哲學家[1]，其文論著作竟與鍾仲偉之《詩品》、劉彥和之《文心雕龍》、司空表聖之《二十四詩品》一樣炳熠終古。在中國文化史上，能集大思想家與大文論家於一身者，船山幾爲孤例。然而，面對這樣的事實，船山詩學的研究卻並未充分注意到與其統形上、形下的天人之學[2]的理論關聯。大量的研究

---

[*] 　本文原載《中國文哲研究集刊》第15期（1999年9月），2002年分作兩章，略作刪改，2011-2012年收入本書時再度修改，重將兩章合爲一章。

[1] 　牟宗三語，見其〈黑格爾與王船山〉，《生命的學問》（台北：三民書局，1994），頁178。

[2] 　船山關於現實本質、構成和構造的哲學以中國哲學傳統中「形而上」概括似有不妥處，因爲船山已對「形而上」超越「形而下」的說法提出質疑。如唐君毅所說，船山實乃「統形上形下，而以氣化爲形上，爲體，即形器明道，即事見理，即用見體」。所以本章在多數場合不稱船山關於世界存有的哲學爲「形而上學」。但無庸諱言，亦有學者，如勞思光先生依西方metaphysics（Alison Harley Black論船山亦始終使用metaphysics的說法）的譯法，稱「船山依其形上學而提出一套道德價值理論」。本章在重述這些學者的觀點時，保留這種用法。但要

論文相對孤立地探討船山詩學。界定船山詩學的許多重要概念如
「神」、「勢」、「神理」、「現量」、「心目」等等,也就失去了能
依託的理論參指框架,而相當地具有隨意性[3]。筆者1980年代初期的
船山詩學研究[4],同樣未免此俗。

　　探討船山天人之學與其詩學之關聯,其意義尚不止為其詩學的若
干概念作一疏解。由於船山強調「形色與道互相為體」[5],此一探求
甚或關乎從整體上理解船山思想及內在脈絡。將船山與德國哲學家謝
林(Friedrich Wilhelm Joseph von Schelling, 1775-1864)相比擬或許極不
恰當。然而,由謝林(以及其前輩康德)因形上學中的矛盾困惑而訴諸
美學解決的進路,我聯想到船山於晚年經營詩學未始不包含類似的意
義。謝林1800年在其《先驗唯心論體系》的結論部分,提出了其哲學
體系的內在矛盾:自覺和不自覺之自覺和諧如何可能?自然和自由的
和諧如何可能?理論和實踐理性的和諧如何可能?謝林的結論是:
「只能是自覺和自由行為的不自覺導致藝術的衝動成為動機,正如同

（續）───────────────
　　　　在此說明是在metaphysics的意義上使用此一術語。
3　如陳少松以徵引《文心雕龍‧原道》而解「神理」為「道心」。見
　　〈試論王夫之的「神理」說〉,《學術月刊》1984年第7期,頁67。程
　　亞林釋「勢」為「詩人具有的能用宛轉屈伸的層次結構和富有節奏韻
　　律的語言塑造概括性藝術形象以表現情感的能力」,見〈寓體系於漫
　　話──試論王夫之詩歌理論體系〉,《學術月刊》1983年第11期,頁
　　40-41。宇文所安以「心目」為「注意的結構」(the structure of
　　attention):「為偶然興趣主宰的個人所觀察和觀察之方式。」見
　　Stephen Owen, *Readings In Chinese Literary Thought* (Cambridge, M.A.:
　　Council on East Asian Studies, Harvard University, 1992), p. 474. 皆為上述
　　隨意性的例子。
4　其中最主要的一篇為〈王夫之的詩歌創作論──中國詩歌藝術傳統的
　　美學標本〉。
5　《周易外傳》卷3,《船山全書》,第1冊,頁905。

僅有藝術得以滿足我們對無限的追求，並解決我們的終極和最極端的
矛盾。」[6] 由此，美學第一次像哲學一樣，成為了眞實和價值的終極
答案。船山主要的詩學理論著作均作於晚年：《詩廣傳》定稿於康熙
二十二年(1683)，《夕堂永日緒論》內、外編作於船山七十二歲即康
熙二十九年(1690)，夕堂永日之八代、四唐、宋元、明詩評選的評論
部分或成於稍早(其中宋元部分已佚)[7]。其時，船山的主要哲學著
作——《周易外傳》(1655)、《尚書引義》(1655-1665年之間)、
《讀四書大全說》(1665)、《思問錄》內外篇、《張子正蒙注》
(1685年成，1690年重訂)、《周易內傳》及《發例》(1686)——或者
業已竣稿，或者接近完成，其統形上、形下之天道觀和天人性命之學
的體系應當說已大致建立[8]。勞思光先生曾辯說船山哲學體系之內在

6　*System of Transcendental Idealism*, 引自 *German Aesthetic and Literary Criticism: Kant, Fichte, Schelling, Schpenhauer, Hegel*, ed. David Simpson (Cambridge: Cambridge University Press, 1984), p. 123.

7　《詩廣傳》定稿時間由周調陽所見劉式之鈔本及嘉愷鈔本後「癸亥閏月重定」字樣確定，詳見周調陽，〈王船山著述考略〉，載《王船山學術討論集》(北京：中華書局，1965)，下冊，頁489-537。其他著作完成時間由王敔門生曾載陽、曾載述於《夕堂永日緒論》一書之〈附識〉確認。〈附識〉云：「先生因手選唐詩一帙，顏曰『夕堂永日』……繼又選古詩一帙，宋元詩、明詩各一帙，而暮年重加評論，其說甚詳。暮年自取其所論說，約而賅之，爲《夕堂永日緒論》上下二卷……時先生年已七十有二矣。」文見《船山全書》，第16冊，頁401。從船山著述的一貫方式——由具體分別的研究開始，結以綜合的論述——此說當爲可信。讀者亦可從《薑齋詩話》中發見大量與其歷代詩評相互關聯的例證。

8　船山於《周易內傳發例》篇末自敘「自隆武丙戌(1648)始有志於讀易」，見《船山全書》，第1冊，頁683，並在《讀四書大全說》卷10即明言「程子規模直爾廣大，到魁柄處自不如橫渠之正」了，見《船山全書》，第6冊，頁1084，船山《周易內傳》和《正蒙注》的構思與撰述，理應回溯到更早時期。

矛盾，謂此為宋儒依存有論建立道德形上學之矛盾之繼續：

> 船山雖亦知言「人道」則必須認定有「自我」或「自由意志」，但因循易經傳統而運思立說，始終不知離開「道德之二元性」，則無法談道德生活，而「道德生活之二元性」之唯一歸宿只在此「自由意志」觀念上；由此，其所謂「得位」或「合乎正」等等說法，皆對「善惡」之可能全無解釋效力。……凡由「萬有」在存有義上之「根源」推向道德問題之理論或說法，皆常須面對一頗為怪異之問題。此即：萬有之根源既是決定一切者，則「人」之有「自由(意志自由或主體自由)」是否亦是「被決定為如此」。[9]

按勞先生的說法，此矛盾恰與西方古典哲學所面對的「被決定之自由」觀念類似。勞說在此可能遭遇的反駁是：在儒家思想中，並不存有西哲休謨所謂實然和應然二分的世界。然而，道德界與自然界隔絕的打通，也只在道德體證中呈現。倘從存有的角度看，勞先生指出的矛盾就發生了。孔子是「暫時撇開客觀面的帝、天、天命而不言，而自主觀面開啟道德價值之源」，而宋儒自周敦頤之〈太極圖說〉始，即「先客觀地言之」[10]，橫渠亦是「客觀地思參造化，著於存有而施分解(雖然是在道德創造之定向下著)」[11]，而伊川、朱子則更將「『至善之則』著落在所格之物之『存有之理』上」[12]。所以，極力

9　勞思光，《新編中國哲學史》(台北：三民書局，1998)，第3冊下，頁723。
10　牟宗三，《心體與性體》，第1冊，頁32。
11　《心體與性體》，第1冊，頁427。
12　《心體與性體》，第1冊，頁20。

論證宋明儒「道德的形而上學」的牟宗三先生畢竟承認：存有論的關
懷時而逸出實踐的體證，「乃宋、明儒所共同有者，亦是會通孔、孟
與《中庸》、《易傳》所必然有者，亦是北宋諸儒下屆朱子以《中
庸》、《易傳》為綱，以《論》、《孟》為緯，所特顯者。」[13]牟先
生所屬意的超越康德的「主客觀性之統一」之境界，也主要為孟子、
象山、陽明所代表[14]。所以，勞思光先生所指出的矛盾，基本上可以
解釋宋明儒各系不同觀念形成的內在原因。船山歸宗橫渠，以大易之
蘊盡三才之撰，自然必須面對上述內在矛盾。吾人無法確知船山是否
對此了然於心。然而，船山詩學體系之建立，客觀上，卻是朝向解決
天道觀和心性論矛盾邁出的一步。而且，本章將要說明：船山天人性
命之學本身即包含著向其審美理論展衍的潛在邏輯動力。船山詩學在
很大程度上正是其天人之學在審美領域的全面展開。由於船山向主張
本末直貫，體用一如，「形色與道互相為體」，其詩學的上述意義亦
只在一本末貫通的框架中才得以被理解。

　　實際上，在船山詩學的研討中，已有學者關注到其天人之學的背
景問題。蔡英俊先生於1986年出版《比興物色與情景交融》一書，第
四章以〈王夫之詩學體系析論〉為題討論了「情景交融理論」的具體
完成。此文是較早一篇能結合船山哲學討論其詩學的論著。作者揭示
了船山道德哲學的心性論與其於《詩廣傳》提出的「導情論」的關
聯。蔡文對船山「導情說」的論析相當深入[15]。遺憾的是，未能充分
觸及船山詩學更深的哲學層次——他的天人性命之學。此外，作者亦
忽略了船山的「本體、宇宙論」對其詩學方法論之影響，即船山的情

13　《心體與性體》，第1冊，頁427。
14　《心體與性體》，第1冊，頁164-165。
15　《比興物色與情景交融》，頁241-341。

景交融理論如何以「平行」或類比(analogical)的方式在文學理論上
體現其乾坤並建、陰陽合撰的宇宙觀。

蔡著所忽略的方面恰恰成爲西方學者布萊克1989年出版的《王夫
之哲學思想中的人與自然》一書末章(〈文學表現的本質〉)討論船山
詩學時的主要關注。她指出:船山「思考宇宙的方式與其思考文學的
方式傾向於互爲因果」,乃至一首詩之於船山,就是「一個小宇宙,
於自身體現出自然宇宙活動的同樣模態」[16]。布萊克的著述在本章關
注的問題上具有開創意義。然而,除卻船山天道觀對詩學這一平行意
義的關聯尚有待進一步探討而外,此文更完全忽略了船山的天人性命
之學於「縱貫」的邏輯意義上與其詩學的關聯。顯然,筆者於1996年
發表的〈王夫之和柯勒律治詩學比較研究〉一文亦存有同樣的問題[17]。

本章將從本體和方法的,縱貫和平行的,邏輯的(logical)和類比
的(analogical)兩個方面全面檢討船山天人之學在其詩學中的展開。
而這兩個方面恰恰是任何形上學可能向其他理論領域的延伸所在。在
船山詩學中則構成其情景交融理論的「語義」(semantics)和「語法」
(grammar)兩個領域。我亦將探究上述兩個領域的邏輯關聯。並希望
由此爲船山詩學的全面深入的研究打下堅實的新基點。

一、天人性命授受於往來之際

蔡英俊面對上文提到的勞思光先生對船山哲學內在矛盾的批評,
曾以爲《詩廣傳》一書所展示的立論觀點的轉移,足以補足勞氏所不

16　見其 *Man and Nature in the Philosophical Thought of Wang Fu-Chih*, p. 243, 262.
17　見《文藝研究》1996年第2期,頁29-37。

及見而苛責於船山的意見。他認爲：船山「雖然以形上學的思考方法
與語言來呈示他的心性論(這一點誠然是王夫之的問題所在——蔡
注)。然而，他(船山)所提出的心性論卻是他用來檢視人文世界中種
種活動的批判標準；王夫之是想以他對心性問題所提出的創義，來一
一檢視詩歌世界、人文世界的實踐情形與成就若何的問題」[18]。蔡氏
爲船山所作的辯解，是在轉折的語氣中，是在肯定《詩廣傳》立論轉
移的前提下，才肯定船山心性論對詩學的積極影響。言外之意即：在
船山「以形上學的思考方法與語言來呈示他的心性論」之時，其與詩
學的關聯就成爲了「問題」。蔡氏於此漠視了船山形上學對道德哲學
與審美理論的不同意義。本章的看法恰恰卻相反：惟有以此天人之學
運思立說，方足以支撐起船山詩學體系的理論框架。蔡文所忽略的問
題，正是本章立論的起點。

　　「宋自周子出，而始發明聖道之所繇，一出於太極陰陽人道生化
之終始。」[19]宋明儒學自周濂溪開山，即由《易傳》、《中庸》回落
《論語》、《孟子》，從形上觀念出發，建立道德哲學，天人性命之
學遂爲其中心主題。其中分系，依牟宗三之說，有：(1)周敦頤、張
載、程顥、胡宏、劉宗周一系，「客觀地講性體，以《中庸》、《易
傳》爲主；主觀地講心體，以《論》、《孟》爲主。於工夫則重『逆
覺體證』」。(2)陸九淵、王陽明一系，「以《論》、《孟》攝
《易》、《庸》而以《論》《孟》爲主」，「於工夫則重『逆覺體
證』」。此二系又因易、庸和論、孟的貫通而統稱作「縱貫系統」。
(3)程頤、朱熹一系，「以《中庸》、《易傳》與《大學》合，而以

---

18 《比興物色與情景交融》，頁254。
19 《張子正蒙注‧序論》，《船山全書》，第12冊，頁10。

《大學》爲主。於《中庸》、《易傳》所講之道體性體只收縮提煉而
爲一本體論的存有……於工夫特重後天之涵養以及格物致知之認知的
橫攝……此大體是『順取之路』。」故又稱「橫攝系統」[20]。在以上
三系之中，濂溪、橫渠、明道一系，以及伊川、晦庵一系，均體現了
勞思光所謂「欲託於存有理論（ontological theory）或形上學理論
（metaphysucal theory）以建立『道德形上學』之系統」所涉及的「不
可克服之困難」[21]。陸、王心學之出現，應看作儒學企圖走出上述困
境的努力。然船山生當明末清初，時心學聲氣已大壞。既要排詆陸、
王，又不欲重陷程、朱之困境，船山須參駁宋明儒學眾家之長，集其
大成，以超越之。

　　船山歸宗橫渠，是扭轉陸王向內反省的方向，以強調天人間，本
末間的「縱貫」而重新肯認形色世界；然同時，船山又不欲陷入以形
上之實有建立道德哲學所面臨的令道德實踐無從肯認之困境：即因
「『理』之實現開始於時間中某一點」，而「不能由時間來解釋何以
有『未實現』之『理』」，以致「未定項」無從安頓，道德實踐從而
失去意義[22]。這樣，船山在如縱貫一系以《中庸》「天命之謂性」一
語立說時，他又必須反覆強調「終身之永，終食之頃，何非受命之
時？……豈但初生之獨受乎」[23]？以使時間得予道德實踐以「擇善」
之可能。於是，在船山申言「時時在在，其成皆性；時時在在，其繼
皆善；蓋時時在在，一陰一陽之莫非道也」[24]之時，他又如「橫攝」

20　見《心體與性體》，第1冊，頁49-50。
21　見其《新編中國哲學史》，第3冊上，頁84-89。
22　勞思光對此點的辯說極其精采，《新編中國哲學史》，第3冊上，頁85。
23　〈太甲二〉，《尚書引義》卷3，《船山全書》，第2冊，頁301。
24　《讀四書大全說》卷8，《船山全書》，第6冊，頁960。

一系那樣肯定了漸修的道德歷程。此正是曾昭旭所說的船山學的「兼有之道」：「當下將人之生命點活以與天通，而使『道德創造』之事得其依據而爲可能。」[25]這裡，使船山於宋明儒學各系之絕處間殺出生路者，乃其由發揮《大學》論天之明命時所引湯之〈盤銘〉「苟日新，日日新，又日新」，而提出之最具獨創性的命題：「性日生，命日受。」此一命題所否定的是性凝成於一個時間的起點：「『君子萬年，介爾昭明。』有萬年之生，則有萬年之昭明；有萬年之昭明，則必有續相介爾於萬年者。」[26]所肯認者，乃作爲「在世存有」的人生命歷程之時時在在中以道德實踐而實現人性之責任。自《周易外傳》起，此一命題在船山的主要著作中一再被宣說和發揮，而人之「擇之守之」的責任亦日益凸顯：

> 夫一陰一陽之始，方繼乎善，初成乎性，天人授受往來之際，止此生理爲之初始。故推善之所自生，而讚其德曰「元」。成性以還，凝命在躬，元德紹而仁之名乃立。天理日流，初終無間，亦且日生於人之心。唯嗜欲薄而心牖開，則資始之元，亦日新而與心遇，非但在始生之俄頃[27]。
> 習與性成者，習成而性與成也。……形日以養，氣日以滋，理日以成；方生而受之，一日生而一日受之，受之者有所自授，豈非天哉？……天命之謂性，命日受則性日生矣。目日生視，耳日生聽，心日生思，形受以爲器，氣受以爲充，理受以爲德。取之多，用之宏而壯；取之純，用之粹而善；取

25　曾昭旭，《王船山哲學》（台北：遠景出版事業公司，1983），頁312。
26　《詩廣傳》卷4，《船山全書》，第3冊，頁454。
27　《周易外傳》卷1，《船山全書》，第1冊，頁825-826。

之駁，用之雜而惡；不知其所自生而生。是以君子自疆不
息，日乾夕惕，而擇之、守之，以養性也。……若夫二氣之
施不齊，五行之滯於器，不善用之則成乎疪者，人日與媮愍
苟合，據之以爲不釋之欲，則與之浸淫披靡，以與性相成，
而性亦成乎不義矣[28]。

《孟子》亦止道「性善」，卻不得以篤實、光輝、化不可
知，全攝入初生之性中。……愚每云「性日生，命日
受」……在天之天「不貳」，在人之天「不測」也。[29]

在船山的思想體系裡，存有者人之性與整體的存有界本是一氣相通
的[30]。而由「天人授受往來之際」之「際」，船山凸顯了人性與其在
世之世界不可分，凸顯了人的時時在在之「本己居有」或自身的緣構
發生(Ereignis)。以此，存有者人的生性、受命，遂被置於宇宙的流
行存有之中：「一日生而一日受之，受之者有所自授……是以君子自
疆不息，日乾夕惕，而擇之、守之，以養性也」，天人性命之學與道
德實踐的心性論在此統合起來，「未定項」被置於「天人授受往來之
際」，置於「天之天」之不貳與「人之天」之不測之間。「天命之謂
性」不再是一個單向的垂降運動，而是雙向的「往來」，不再是完成
時的「什麼」的問題，而是進行時的「怎樣」的問題。船山在此頗使
人想到海德格，海氏在將緣有[在](dasein，又譯爲此有、此在、親在)

---

28 《尚書引義》卷3，《船山全書》，第2冊，頁299-301。
29 《讀四書大全說》卷9，《船山全書》，第6冊，頁1017-1018。
30 船山謂：「盈天地間，人身以內人身以外，無非氣者，故亦無非理
者。……自人言之，則一人之生，一人之性，而其爲天之流行者，初
不以人故阻隔，而非復天之有。」同上書，卷7，頁857-858。

置於整個存有界的「有之中」或構成境域時，其存有論的視野亦突破了笛卡爾以來近代哲學的主體主義，卻並未否認人的自由意志。

船山此處已觸及有關「善」與「不善」的問題。船山學中的「不善」之源，並不單純，此點勞思光、唐君毅、曾昭旭等先生均曾指出，有「物氣之不善」，有心逐耳目口體，自曠其位而不善[31]，有因人之情才與其他人物情才之交接而不善[32]，有因情之離性緣物而動以致不善[33]。但以上諸家亦皆認定，船山對善惡問題之最主要最確定之意見，乃是「物之來幾與吾之動幾不相應以其正」。至於其他各項，亦似可歸入此項（如論情之離性緣物亦謂「不擇其所當位者，而妄與物相取也」）。在此，物我間「往來之際」的意味同樣顯著：

> 不善之所從來，必有所自起，則在氣稟與物相授受之交也。氣稟能往，往非不善也；物能來，來非不善也。而一往一來之間，有其地焉，有其時焉。化之相與往來者，不能恆當其時其地，於是而有不當之物。物不當，而往來者發不及收，則不善生矣。……後天之動，有得位，有不得位，亦化之無心而莫齊也。得位，則物不害習而習不害性。不得位，則物以移習以成性於不善矣。此非吾形、吾色之咎也，亦非物形、物色之咎也，咎在吾之形色與物之形色往來相遇之幾也。天地無不善之物，而物有不善之幾。物亦非必有不善之幾，吾之動幾有不善於物之幾。吾之動幾亦非有不善之幾，

31　見勞思光，《新編中國哲學史》，第3冊下，頁712-718。

32　唐君毅，《中國哲學原論‧原性篇》（台北：臺灣學生書局，1989），頁508。

33　曾昭旭，《王船山哲學》，頁488-493。

物之來幾與吾之往幾不相應以其正，而不善之幾以成。故唯
聖人為能知幾，知幾則審位，審位則內有以盡吾形、吾色之
才，而外有以微物形、物色之命，因天地自然之化，無不可
以得吾心順受之正。[34]

此處船山著意在「氣稟與物相授受之交」和「物之來幾」與「吾之往
幾」之相應或不相應，仍然是往來授受的「雙向」運動。由於勞思光
所謂「未定項」正是被置於心與物，天與人之授受往來之際，詩之作
為「導人於清貞而躪其頑鄙」[35]的功能，也才有了著落。因為詩恰恰
是於此往來際會間生發的，所以是「善言詩者，言其際也」[36]。從而
《詩》之正變，一如《春秋》之是非，是「善不善俱存」[37]。此處，
吾人除了看到船山對朱熹詩經學之觀念「考其得失，善者師之，而惡
者改焉」的肯認與繼承，更應看到其道德的形上學邏輯的延伸。而
「導情說」的真正理論基礎亦是此具存有論視域的道德的形上學。然
而，船山哲學凸顯「天人授受往來之際」對詩學的意義，絕不止於上
述藝術倫理學的範圍，它直接導致了其天人之學向審美領域的伸展，
「知幾」和「審位」將成為把握詩興的時機智慧。

在船山「命日受，性日生」的命題中，凸顯了性體當下呈現之觀
念，因為天理日流，故「現在之境，皆可行道」[38]。對船山而言，這樣
一種注重瞬養息存，對當下生命意義的珍攝，又只在天人授受往來中

34 《讀四書大全說》卷8，《船山全書》，第6冊，頁962-963。
35 《詩廣傳》卷1，《船山全書》，第3冊，頁326。
36 《詩廣傳》卷4，《船山全書》，第3冊，頁458。
37 《周易外傳》卷7，《船山全書》，第1冊，頁1090-1091。
38 《讀四書大全說》卷2，《船山全書》，第6冊，頁501。

被確認，此中已涵蘊了官能對形色感性世界開放態度。而且，如湛甘泉一樣[39]，船山不甚以孟子「夜氣說」爲然，提出了「清明畫氣之說」：

> 孟子言「夜氣」，原爲放失其心者説⋯⋯氣之足以存其仁義之心者，通乎晝夜而若一也⋯⋯何待嚮晦宴息，物欲不交，而後氣始得清哉！⋯⋯且晝不牿亡者，其以存此心而帥其氣以清明者，即此應事接物，窮理致知孜孜不倦之際，無往不受天之命，以體健順之理；若逮其夜，則猶爲息機，氣象之不及夫晝也多矣。「昊天曰明，及爾出王；昊天曰旦，及爾遊衍。」出王、遊衍之際，氣無不充，性無不生，命無不受，無不明焉，無不旦焉。而豈待日入景晦，目閉其明，耳塞其聰，氣反於幽，神反於漠之候哉！[40]

這段話中的意思，與前引其在《尚書引義・太甲二》論「命日受性日生」時所說「目日生視，耳日生聽，心日生思，形受以爲器，氣受以爲充，理受以爲德」的觀念同出一轍，只不過更彰顯了流連光景的意思。這樣一種強調於頃刻間感覺經驗中把握生命價值的觀念，已經使船山的天德流行之境接近審美的境界，特別是抒情詩的境界了。如本卷第一章所述，本來，詩意地體味道體性體的當下呈現乃宋明儒者一傳統。如程明道從窗前茂草而「欲常見造物生意」，從盆池數尾小魚而「欲觀萬物自得意」[41]。王龍溪讚嘆邵康節「洗滌心源，得諸靜

39　見〈覆鄭啓範進士〉，《湛甘泉先生文集》卷7，《四庫全書存目叢書》，集部第56冊，頁56-569。

40　《讀四書大全說》卷10，《船山全書》，第6冊，頁1073-1075。

41　張九成，《橫浦心傳錄》，轉引自劉明今等《宋金元文學批評史》(上

養」，以名教觀物之樂「玩弄天地」而「異於世人之樂」[42]。而船山
所欲於「出王、遊衍之際」獲企的卻並非僅僅是道體的體認，而更是
天人性命間時時在在的往來授受。故而，船山的道德的形而上學在此
直接地啟發出一種「詩學的」境界。

但是，在此吾人亦會反問：「道德的形而上學」既只在實踐的體
證中呈現，然「性命者，氣之健順有常之理，主持神化而寓於神化之
中，無跡可見」[43]，船山設想於清明之氣中「性日受，命日生」，難
道是可以「覿面相當」地親證的嗎？人又何以能於「二氣之運，五行
之實」的翕合分劑之中「擇善必精」呢？船山以「物之來幾與吾之往
幾不相應以其正」以論不善之成，那麼，人又何以能知此來彼往是否
恆當其時其位呢？船山的回答想必是「心守其本位以盡其官」[44]，或
者「仁熟而神無不存」，「聖人之神合乎天地，而無深不至，無幾不
察矣」[45]。但是，倘進一步追問：心「以其思與性相應」之「性」從
何而來？人何以而成「聖」？船山想必要陷入循環論證，即「天命之
謂性，命日受則性日生矣」，而人則因「擇善必精」而成聖。在此，
船山雖為道德實踐予留了時間歷程，卻因將「未定項」置於天人往來
授受之間而使存有者在可能性中的決斷意義仍難以完全確認。亦即吾
人仍遇到勞思光所說的類似依西方古典存有論(形而上學)建立道德哲
學的矛盾，因為船山將存有者人置諸其中的整體存有界畢竟不是海德
格的「共同緣有」（Mitdasein），而是二氣絪縕其中的太虛。欲克服此

（續）————————————

　　　海：上海古籍出版社，1996），下冊，頁761。

42　王畿，〈擊壤集序〉，《王龍溪全集》（台北：華文書局影印道光二年
　　　刻本，1970），第2冊卷13，頁8776-877。

43　《張子正蒙注》卷1，《船山全書》，第12冊，頁23。

44　《讀四書大全說》卷10，《船山全書》，第6冊，頁1106。

45　《周易內傳》卷5，《船山全書》，第1冊，頁555。

一矛盾，船山必得設立如「神」、「幾」這樣一些直貫天、人的範疇，並使自覺和不自覺之自覺和諧，自然和自由的和諧成為可能。而這，恰恰就是其探討詩學的意義所在了。

二、情景交融與天德流行之境

船山所謂天人、心物間於二運五實中的往來授受，一旦作為詩學命題，輒不難「覿面相當」地親證了。這亦是何以船山詩學成為了「情景交融理論」的最後完成者。首先，相對中國傳統詩論強調「觸物以起情」的「興義」，即主體的被動性，船山詩學彰顯了心與物，情與景之間的同步性或往來授受：

> 有識之心而推諸[物]者焉，有不謀之物相值而生其心者焉。知斯二者，可與言情矣。天地之際，新故之跡，榮落之觀，流止之幾，欣厭之色，形於吾身以外者化也，生於吾身以內者心也；相值而相取，一俯一仰之際，而渟然興矣。……俯仰之間，幾必通也，天化人心之所為紹也。[46]
> 於己心物理上承授，翻翮而入，何等天然？[47]
> 關情者景，自與情相為珀芥也。[48]
> 「池塘生春草」、「胡蝶飛南園」、「明月照積雪」，皆心中目中與相融洽，一出語時，即得珠圓玉潤，要亦各視其所

46　《詩廣傳》卷2，《船山全書》，第3冊，頁383-384。
47　文徵明〈四月〉評，《明詩評選》卷5，《船山全書》，第14冊，頁1368。
48　《詩繹》，戴鴻森，《薑齋詩話箋注》，頁33。

懷來而與景相迎者也。[49]

「相值而相取，一俯一仰之際」，「於己心物理上承授」云云，即是上文所說的天人授受往來之際，相爲陟降之時。本卷討論船山學中的「天」，不依照學界對中國儒家哲學這一範疇的詮釋傳統以釋之爲「形而上的實體」[50]、「本然理序」[51]或存有論化了的「人在歷史的律動中所遭遇的各種事件」[52]、「以歷史爲呈現場域的意義無盡藏」[53]等等，而是據其氣化的一元論，詮爲陰陽二氣絪縕於其中的太虛（雖然船山確有深厚的歷史關懷）。討論其詩學，本卷更毋寧強調其爲大化流動洋溢中的光風霽月，天地山川。因爲這向爲中國古典詩與畫更直接的心靈視界（vision）和詩興所自。雖然其中可能有豐富的人事之蘊[54]。對船山所謂「景」亦應作如是觀。謂情與景「相爲珀芥」，而不謂景爲珀，情爲芥，情爲景發，亦是肯認心物之間的「相值而相取」。由「知幾」、「審位」，可知船山重視當下一點「現量」的原因。而且，如其在天人性命之學中主「清明畫氣之說」，強調「出王、遊衍，無非昊天成命，相爲陟降之時」一樣，船山詩學力主詩人向光明的蒼昊敞開心、目：

> 天不靳以其風日而爲人和，物不靳以其情態而爲人賞。無能

---

49 《夕堂永日緒論內編》卷2，《薑齋詩話箋注》，頁50。
50 牟宗三，《智的直覺與中國哲學》（台北：臺灣商務印書館，1993），頁185。
51 勞思光，《新編中國哲學史》，第1冊，頁196。
52 袁保新，《從海德格、老子、孟子到當代新儒學》，頁16。
53 同上書，頁19。
54 如柳宗元之〈江雪〉可能是詩人的政治遭遇及天懷淡定的寫照，但在詩人的心靈視界中則是天地寥廓中的孤舟獨釣。

取者不知有爾。……兩間之宇，氣化之都，大樂之流，大哀
之警，暫用而給，終用而永，泰而不憂其無節，幾應而不爽
其所逢，中和之所成，於斯見矣。悉必墮耳紐目以絕物、而
致其惆悵哉？王者以之感人心於和平，貞士以之觀天化以養
德，一而已矣。[55]

此處並非論作詩，而是由〈大雅・靈臺〉的詩境引申出可於天物風日
的賞遊之中「觀天化以養德」的道理。美感經驗在此也就是道德境界
的體證了。而他下面的話則更強調：惟暢飲天地間之奕奕流光，方開
顯出動人無際之詩境：

兩間之固有者，自然之華，因流動生變而成其綺麗。心目之
所及，文情赴之，貌其本榮，如所存而顯之，即以華奕照
人，動人無際矣。古人以此被之吟詠，而神采即絕。[56]

「因流動生變而成其綺麗」一語展呈了船山由「乾坤並建」觀念所體
認的「存有的流行或流行的存有」或「功能地協變的世界」
(functionally covariant reality)[57]。這是真正光明璀璨的，日神阿波羅
的藝術境界！中國抒情詩自東晉山水詩之發生，即突破以往夜歌和黃
昏之歌的幽暗和感傷，寓目於白日光下的自然風景[58]，古代詩論亦有

55　《詩廣傳》卷4，《船山全書》，第3冊，頁450。
56　謝莊〈北宅秘園〉評，《古詩評選》卷5，《船山全書》，第14冊，頁752。
57　此術語係因自Kim Young-Oak的博士論文"The Philosophy of Wang Fu-
　　Chih(1619-1692)," p. 164.
58　詳見本書第一卷《玄智與詩興》第一章〈「書寫的聲音」：〈古詩十
　　九首〉詩學質性與詩史地位的再探討〉第三節。

「即目」、「直尋」、「俯拾即是」的傳統[59]，但直到船山，才以此
肯認了儒家生命智慧的境界。或者說，儒家關於生命的智慧至船山方
成爲「情景交融」之語義學。下面這段話再次肯認詩人須向流光充滿
的世界敞開心、目，並提出詩自生於情景，心目間的往來之際：

> 言情則於往來動止、縹緲有無之中，得靈蠁而執之有象；取
> 景則於擊目經心、絲分縷合之際，貌固有而言之不欺。而且
> 情不虛情，情皆可景；景非滯景，景總含情；神理流於兩
> 間，天地供其一目，大無外而細無垠。落筆之先，匠意之
> 始，有不可知者存焉……[60]

此段文字是評大謝的〈登上戍石鼓山詩〉，但更像在描述那首不曾寫
出卻又處處在道說的「獨一之詩」。不妨讀作船山詩學情景問題的總
綱，涉及其理論體系各個層面，容筆者以相當篇幅疏解其義。首先，
船山論「性日受，命日生」說到的「天理日流，初終無間」，論不善
時說到的「物之來幾與吾之往幾」，均依據一即變化即存有之世界。
在船山看來，詩人的「言情」和「取景」，亦首先在一即活動即存有
的世界之中，所以是「往來動止……之中……絲分縷合之際」。「言
情」和「取景」皆爲「吾之動幾」與「物之動幾」間的往來。《詩廣
傳》中一段話將船山此觀念講得很清楚：

> 情者陰陽之幾也，物者天地之產也。陰陽之幾動於心，天地

---

59 參見本書第一卷《玄智與詩興》第五章〈郭象玄學與山水詩之發生〉。
60 謝靈運〈登上戍石鼓山詩〉評，《古詩評選》卷5，《船山全書》，第
14冊，頁736。

之產應於外。故外有其物，內可有其情；內有其情，外必有
其物。

從這段話看，所謂「言情」和「取景」，應分別爲陰陽天地之化之
「動於內」和「應於外」。但船山下面的話更具體地解釋了「情」亦
以天地間紛紜變合爲根據：

> 以在天之氣思之：春氣溫和，只是仁；夏氣昌明，只是禮；
> 秋氣嚴肅，只是義；冬氣清冽，只是智。木德生生，只是
> 仁；火德光輝，只是禮；金德勁利，只是義；水德淵渟，只
> 是智。及其有變合，則乍呴然而喜(凡此四情，皆可以其時風
> 日雲物思之)；春合於夏，則相因泰然而樂；夏合於秋，則疾
> 激烈而怒；秋變而冬，則益悽切而哀(如云「秋冬之際，尤難
> 爲懷」，哀氣之動也)。水合於木，則津潤而喜(新雨後見
> 之)；木合於火，則自遂而樂(火薪相得欲燃時見之)；火變
> 金，則相激而怒；金變水，則相離而哀。以在人之氣言之：
> 陽本剛也，健德也；與陰合而靡，爲陰所變，則相隨而以喜
> 以樂(男之感女，義之合利時如此)，非剛質矣。陰本柔也，
> 順德也；受陽之變，必有吝情，雖與陽合，而相迎之頃必
> 怒，已易其故必哀(女制於男，小人屈於君子，必然)，非柔
> 體矣。……故知陰陽之撰，唯仁義禮智之德而爲性；變合之
> 幾，成喜怒哀樂之發而爲情。性一於善，而情可以爲善，可
> 以爲不善也。[61]

---

61 《讀四書大全說》卷10，《船山全書》，第6冊，頁1068-1069。

現在吾人可以了然：可視爲船山詩學總綱的那段話正是在「二氣之運，五行之實」的翕合分劑的存有論視野中討論「言情」和「取景」。其中「情」乃「不純在外，不純在內，或往或來，一來以往，吾之動幾與天地之動幾相合而成者也」[62]，「言情」故而能「得靈響而執之有象」。「響」以往多解爲知聲之蟲。據此，「靈響」則強調「以心之元聲爲至」的「聲情說」[63]。但更合理的解釋應從「胅響」而來。「胅響」原指氣味、聲音、光色這些形跡幽微事物的散布。司馬相如〈上林賦〉有「郁郁菲菲，眾香發越，靈響布寫，唵薆咇茀」[64]，以「胅響」寫香氣的流播；左思〈吳都賦〉有「光色炫晃，芬馥靈響」，「胅響」是借香氣爲喻，寫光色的流播。又因形跡之幽微，「胅響」後用以指稱與神靈的感應。如左思〈蜀都賦〉有「天帝運期而會昌，景福靈響而興作」，楊愼〈送石熊峰閣老代祀泰山闕裡〉詩有「郊禋元祀啓，靈響九幽通」。「胅響」被引申爲靈感通微，即心靈與神幽世界的感應。船山此處之「靈響」應當正有「通神」的意味，與下文「神理流於兩間」呼應。所謂「得靈響而執之有象」點出下文將要說明船山詩學中由「神」這一範疇展呈的天人界限的超越。

船山論「取景」以「擊目經心」。心、目並舉亦是船山論詩的一個特點。如其有「寫景至處，但令與心目不相睽離，則無窮之情正從

---

62 《讀四書大全說》卷10，《船山全書》，第6冊，頁1067。原文曰：「蓋吾心之動幾，與物相取，物欲之足相引者，與吾之動幾交，而情以生。然情者，不純在外，不純在內，或往或來，一來一往，吾之動幾與天地之動幾相合而成者也。」

63 關於船山的聲情說，詳見本卷第六章〈詩樂關係論與船山詩學架構〉。

64 費正剛等輯，《全漢賦》（北京：北京大學出版社，1993），頁63。

此而生」[65]；「只於心目相取處得景得句，乃為朝氣，乃為神筆」[66]；又如前引「心中目中與相融洽」，「心目之所及，文情赴之」等等，皆是。論者謂船山論詩將觀念的重心由宋儒的「性」移向「心」時，他關注的已是一種純粹心理的現象[67]。船山以「心」這一範疇的確為情感活動預留了充分空間。「目」（「擊目」、「天地供其一目」）凸顯了清明晝氣中頃刻的感覺經驗。心目並舉則是「觀天化以養德」，在清明之氣中親證天人性命的陟降。然而，船山既以「外有其物，內可有其情；內有其情，外必有其物」，其詩論中的情，仍然是存有論化的。所謂「言情」和「取景」，乃詩人面對天地大化時靈府中爾中有我，我中有爾的活動，雖劃為「情」和「景」卻如同宇宙哲學中乾坤和陰陽的劃分，又必定「互藏其宅」。由此，在船山這個詩學總綱中，從「言情」而「執之有象」，「取景」而「驚心」，則邏輯地推演出「情不虛情，情皆可景；景非滯景，景總含情」。

　　在這段話中，「神理流於兩間，天地供其一目」二語最為警醒。它說明船山詩學的「靈感」（「落筆之先，匠意之始，有不可知者存焉」），非如在柏格森(Henri Louis Bergson, 1859-1941)哲學中那樣，得諸深層心理和「純綿延的時間」，而是詩人得諸天地之間即目即景的「現量」。此處所謂流於兩間之「神理」與上文詩人靈府之中「靈蠁」是「通於一」的，它構成船山詩學最核心之範疇，亦是理解船山詩學與其天人性命之學關聯之最重要之範疇。

65　宋孝武帝〈濟曲阿後湖〉評，《古詩評選》卷5，《船山全書》，第14冊，頁749。

66　張子容〈泛永嘉江日暮回舟〉評，《唐詩評選》卷3，同上書，頁999。

67　此為Alison Harley Black的見解，見其 *Man and Nature in Philosophical Thought of Wang Fu-Chih*, pp. 258-259.

　　美國學者布萊克以為：船山在其哲學中標舉「神」這一範疇，是強調自然過程的「無期」、「不測」、「不可典要」，以批判宇宙學的決定論觀念。並認為船山批判的決定論其實包含其所謂客觀和主觀兩方面：「物理的決定性暗示出心智的決定性。結果是：人類推測的企圖既體現主觀亦體現客觀因素。從客觀上說，此類企圖涉及宇宙大化的機械和數學方面；從主觀上說，它們為充分主宰宇宙的專斷精神活動所主宰。」[68]職乎此，船山學的「神」應亦涵有作為決定論反面的、客觀和主觀兩方面的意義：像絪縕生化乃不可規矩，不主故常一樣，人類的某些精神活動如直覺、靈感等亦「無期」和不可測知。然而，吾人卻須了解，在此所謂主、客的分野，只可作為討論方便之用，卻並非容於船山的某種存有論視野。

　　在船山學中，「神」是「二氣清通之理」[69]和「不離乎氣而相與為體」的「氣之靈」[70]。「神」之所為在御使「氣」在往來、屈伸、聚散、幽明之間無窮而不測地變化：「神行氣而無不可成之化」[71]，以至「神」即此變化本身：「變者，化之體；化之體，神也。精微之蘊，神而已矣。」[72]同時，「神」之理又「凝於人為性」[73]，令「心涵神也」[74]，「惟存養其清通而不為物欲所塞」[75]。「神」為人心中清通之太虛，故「聖人存神以盡性，則與太虛通為一體」[76]：

68　*Man and Nature in the Philosophical Thought of Wang Fu-Chih*，p. 161.

69　《張子正蒙注》卷1，《船山全書》，第12冊，頁16。

70　同上書，頁23。

71　《張子正蒙注》卷2，同上書，頁77。

72　同上書，頁84。

73　《張子正蒙注》卷1，同上書，頁42。

74　同上書，頁31。

75　同上書，頁32。

76　同上書，頁22。

天之神，萬化該焉。而統之以太和之升降屈伸；聖人之神，
達天下之疊疊，而統之以虛明至德，故動皆協一。[77]

聖人能合天者，端在以心思中「神之動幾」[78]與萬化之「升降屈伸」
「動皆協一」。換言之，聖人是於整體存有界的湍流中藉其心而領會
此中的節律——「神」。回到船山對「獨一之詩」描述，此處令「情
皆可景」、「景總含情」者，是心中之「神」（「靈響」）與兩間「神
理」間的「類應」：「神者，所以感物之神而類應者也。」[79]然「神
理流於兩間」，言情和取景亦只在「往來動止……之中……絲分縷合
之際」的瞬間，這同樣是兩者能否「動皆協一」的問題。船山謂「落
筆之先，匠意之始，有不可知者存焉」，即強調此刻容不得躊躇，容
不得謀劃，因為躊躇謀劃之間，詩人即已將世界對象化，已將自身外
於存有界的湍流了：

已形則耳目之聰明可以知其得失，不待神也。然而知之已
晚，時過而失其中，物變起而悔吝生矣。[80]

船山期待的詩興是進行時的，是由將來釋出的當下，是作為「動之
微」之「幾」。「超然知道之本原，以循理因時」的「神」[81]，在詩
人興會中故而又是一種於主、客分化之前，在相緣相構的境域中領悟

---

77 《張子正蒙注》卷2，頁92。
78 同上書，頁90。
79 《張子正蒙注》卷2，《船山全書》，第12冊，頁78。
80 同上書，頁94。
81 《張子正蒙注》卷4，同上書，頁151。

的時機智慧，關乎「物之來幾與吾之往幾」往來中能否恆當其時其位。船山在其哲學中高度重視「幾」、「時位」這些範疇，顯然與終生研讀《周易》而持存有論立場有關，雖然他同時亦賦予「幾」以主觀方面的義涵[82]。法國學者麥穆倫(Ian McMorran)說：船山由對「即活動即存有」宇宙的肯認，而強調時位之「當」。《莊子》有「差其時，逆其俗者，謂之篡夫；當其時，順其俗者，謂之義徒」[83]，故「道家之吸引他處恰爲其對偶然情勢本質的討論，以及對於鑒別時位之效以合於道的強調」[84]。殊不知儒家同樣重視時機智慧。孟子曰：「孔子，聖之時者也。」[85]船山解釋說：「曰『聖之時』，時則天，天一神矣。」故能知三子(伯夷、伊尹、柳下惠)所不知之化之不可知者——「藏之密也，日新而富有者也」[86]。故而，此處是儒者與道家自然主義的共鳴。由「當其時當其位」，他進而有勿刌萬物之幾之說：

> 《易》曰：「修辭立其誠」……誠者何也？天地之撰也，萬

82　將「神」和「幾」倫理化始於宋儒周敦頤。玄學家解「幾」爲事物變化的隱微之兆。如韓康伯謂「幾者去無入有，理而未形者，不可以名尋，不可以形睹見者也」。而周敦頤所謂「誠無爲，幾善惡」，所謂「寂然不動者，誠也。感而遂通者，神也。動而未形，有無之間者，幾也」，「幾」已具有行爲動機的意義。詳見朱伯昆，《易學哲學史》(北京：華夏出版社，1995年)第2卷，頁104-107。船山學中之「幾」，如「神」，是兼有主、客兩方面的義涵。

83　郭慶藩(輯)，《莊子集釋》，《諸子集成》(上海：上海書店，1987)，第3冊，頁257-258。

84　見Ian McMorran, *The Passionate Realist: An Introduction to the Life and Political Thought of Wang Fuzhi* (Hong Kong: Sunshine Book Company, 1992), pp. 97-98.

85　《孟子·萬章下》，引自阮元(校刻)，《十三經注疏》(北京：中華書局，1983)，下冊，頁2741。

86　《讀四書大全說》卷9，頁1044-1045。

物之情也。日月環而無端，寒暑漸而無畛，神氣充於官骸而
不著，生殺因其自致而不爲，此天地之撰也。曼而不知止則
厭，無端而投之則驚，前有所詘，後有所申則疑，數見不鮮
而屢溷之則怒；無可厭而後歆，無所驚而後適，無所疑而後
信，無可怒而後喜，此萬物之情也。天地之妙合，輯而已
矣。萬物之榮生，懌而已矣。輯而化淡，懌而志寧，天地萬
物之不能違，而況於民乎？……誠之弗立，拂天地之位，刉
萬物之幾，行其小智以騰口說於天下，而天下之人乃驚疑厭
怒而不可戢。……拂天下之位、非無位也，位其所位而天下
之位逆矣。刉萬物之幾、非無幾也，幾其所幾而萬物之幾戻
矣。……引氣、搖靈、煩心，而唯恐人之不喻其幾，於是而
萬物之幾刉矣。[87]

這不能不說與道家之「鼃萬物而不爲戻」之說相契，故而又有上一章
所引述的「善用其情者，不斂天物之榮凋、以益己之悲愉而已矣」。
這頗有道家「以輔萬物之自然而不敢爲」的意味。以受玄學影響《二
十四詩品》論「自然」之詩境的說法，則應是：「俯拾即是，不取諸
鄰……眞予不奪，強得易貧。」由對「時位」的重視，船山強調即時
即目地把握靈感，強調主體之俟興而發，從而超越了明道言志的狹隘
儒家倫理主義詩學傳統，建立起以「神理」、「勢」爲核心範疇的審
美詩學。因爲，由對「時位」、「勢」的強調，船山終能區分倫理意
義的「道」與具存有界法則意味的「理」。其所謂有道、無道，「均

87　《詩廣傳》卷4，《船山全書》，第3冊，頁460-461。

成其理，則均成乎勢矣」[88]。然亦不盡然：「善用其情者，不斂天物之榮凋、以益己之悲愉」，此一似乎純然的美學命題，歸趨卻是：「導天下以廣心，而不奔注於一情之發」，這就仍然是心性論的命題了。在此，「詩之理」亦即「詩之道」，審美經驗和道德實踐已融而為一了。作為意志活動的道德實踐轉為對情感中從容與超脫境界的追求：「道生於餘心，心生於餘力，力生於餘情。故於道而求有餘，不如其有餘情也。」[89]船山於《詩廣傳》所追求的情之「方遽而能以暇」之「廣」[90]，「不毗於憂樂」而通天下之憂樂之「裕」[91]，和「蕩滌沾滯」於所事之「有餘」[92]，皆為一種既倫理而又審美化的情感。由此，船山於伊川、朱子之認知的，和象山、陽明之內心體修的進路之外，另闢出以審美之情尋求儒家生命智慧之進路。正是：「人不必有聖人之才，而有聖人之情！」[93]

然而，無可否認，「道」與「理」的分別，亦使船山在《詩廣傳》以後，以其晚期的詩學作品──《詩譯》、《夕堂永日緒論》內編，以及夕堂永日之八代、四唐、明詩評選──更致力於將詩作為客觀現象加以探討。因此，下一章對船山天道觀與其詩學間方法的，平行的，類比關聯之檢討將主要不是天人性命之學中的「詩之道」，而

---

88 船山曰：「有道、無道，莫非氣也，此氣運、風氣之氣。則莫不成乎其勢也。氣之成乎治之理者為有道，成乎亂之理者為無道。均成其理，則均成乎勢矣。」所以，「道者，一定之理也……乃須云『一定之理』，則是理有一定者而不盡於一定。」《讀四書大全說》卷9，《船山全書》，第6冊，頁991-992。

89 《詩廣傳》卷1，《船山全書》，第3冊，頁301。

90 《詩廣傳》卷1，《船山全書》，第3冊，頁302。

91 《詩廣傳》卷1，《船山全書》，第3冊，頁384。

92 《詩廣傳》卷1，《船山全書》，第3冊，頁301。

93 《詩廣傳》卷1，《船山全書》，第3冊，頁301。

是其易學宇宙觀蔭庇下的「詩之理」。然而，置於船山龐大思想體系之中，這種「詩之理」仍然是「一定之理」，即「在人之天道」。

三、詩在天地妙流不息之中

所謂天道觀與其詩學間方法學的、平行的、類比的關聯，乃指船山在將詩歌藝術作為客觀現象加以討論之時，有意或無意之中將它作為其宇宙觀念的體證。即如布萊克所言：「他(船山)的詩的概念可以說反映了他的自然宇宙的概念。……在一定程度上這一對應關係是被自覺地暗示出的，而且確實在某些方面不止於對應關係而已。」[94]然而，布萊克的討論在觀點上尚大有可以補充之處。特別是，由於未能運用引用夕堂永日之八代、四唐、明詩評選中的材料，更使其理論視野受到局限。本章將以布氏上述論點為基礎，對船山詩學與其宇宙觀的對應關係作更為全面的探討。我不妨從船山的一則詩評開始。在謝靈運〈遊南亭〉詩後，船山寫道：

> 作者初不作爾許心，為之早計，如近日倚壁靠牆漢說埋伏照映。天壤之景物，作者之心目如是，磕著即湊，豈復煩其躊躇哉？天地之妙，合而成化者，亦可分而成用；合不忌分，分不礙合也。於一詩中摘首四句，絕矣。「密林含餘清，遠峰隱半規」，隨摘一句，抑又絕矣。乃其妙流不息，又合全詩而始盡。[95]

---

94 *Man and Nature in the Philosophical Thought of Wang Fu-Chih*, pp. 255-256.
95 《古詩評選》卷5，《船山全書》，第14冊，頁733。

在此段話中，船山以大謝詩的隨摘成絕，駁斥詩論中強調「初時布置」、「埋伏照映」的主張。而船山據以立論的，卻是其以絪縕生化為基本觀念的「本體、宇宙論」，它是作為周敦頤、邵雍和漢代象數學家的決定論宇宙觀的反面而提出的。將這段話與以下有關宇宙生生變化的引文對照，我的觀點將可不言而明。在《周易內傳》中，船山承繼張橫渠，將元氣說從傳統的宇宙發生論轉為「本體、宇宙論」觀念。「生生無窮」係指在「二氣和合」之中「流動洋溢」的宇宙整一生命，故而王氏以為張子以「生物以息相吹」解「絪縕」非是也。「生生」乃自（procreation 或 autogenerative）而非創生（creation）：

> 理之御氣，渾淪乎無門，即始即終，即所生即所自生，即所居即所行，即分即合，無所不肇，無所不成。徹首尾者誠也，妙變化者幾也。……而君子以之為體天之道：不疑未有之先何以為端，不億既有之後何以為變，不慮其且無之餘何以為歸。……乃以肖天地之無先無後，而純乎其天。不得已而有言，則溯而上之，順而下之，皆無不可。而何執一必然之序，隱括大化於區區之格局乎？[96]

此處船山從根本上否定了任何宇宙創造論的可能空間——因為任何獨自出現於世界之前的創世都意味著一個時間起點。除卻否定了宇宙在時間上有一「必然之序」，船山以絪縕生化為本體狀態的宇宙觀亦否定了漢儒和宋代象數學宇宙圖式論。船山斷然地說：

---

96 《周易外傳》卷7，《船山全書》，第1冊，頁1078。

> 京房八宮六十四卦，整齊對待，一倍分明。邵子所傳〈先天
> 方圖〉、蔡九峰〈九九數圖〉皆然。要之，天地間無有如此
> 整齊者，唯人爲所作則有然耳。圓而可規，方而可矩，皆人
> 爲之巧，自然生物未有如此者也。《易》曰：「周流六虛，
> 不可爲典要。」可典可要，則形窮於視，聲窮於聽，即不能
> 體物而不遺矣。唯聖人而後能窮神以知化。[97]

那麼船山正面肯認的宇宙圖景又怎樣呢？《張子正蒙注·可狀
篇》中這一段話給予了吾人一清晰觀念：

> 至虛之中，陰陽之撰具焉，絪縕不息，必無止機。故一物去
> 而一物生，一事已而一事興，一念息而一念起，以生生無
> 窮⋯⋯皆吞虛之和氣，必動之幾也。[98]

由此不難了知：船山議論大謝詩時所謂「天地之妙，合而成化者，亦
可分而成用；合不忌分，分不礙合」，原是以其宇宙觀念中「理之御
氣，渾淪乎無門，即始即終，即所生即所自生，即所居即所行，即分
即合，無所不肇，無所不成」爲根據的；而其論詩之作所謂「初不作
爾許心，爲之早計，如近日倚壁靠牆漢說埋伏照映」，又原是以其宇
宙觀中所謂「天地間無有如此整齊者」爲依歸的。在此，船山的確是
相當自覺地作出上述暗示。船山對大謝〈遊南亭〉一詩的批評正確與
否可以存而不論。重要的是，此評語令吾人正視：船山的美學理想乃

---

97 《思問錄外篇》，《船山全書》，第12冊，頁440。
98 《思問錄外篇》，《船山全書》，第12冊，頁324。

與其自然宇宙觀密不可分。在船山看來：一首藝術上成功的詩作乃如
天地生化，不可執一必然之序，亦不可「典要」和規矩。

　　與上述「埋伏照映」等人爲的謀篇之術（「作爾許心，爲之早
計」）相反，船山強調詩之「自生」（autogenerative）性質：「猶天之
寒暑，物之生成。」[99]而此譬（「猶天之寒暑，物之生成」）亦自其對
絪縕生化之描述而來：

> 陰陽之氣，絪縕而化醇，雖有大成之序，而實無序。以天化
> 言之，寒暑之變定矣，而纔寒之暑，由暑之寒，風雨陰晴，
> 遞變其間，非日日漸寒，日日漸暑，刻期不爽也。[100]

御變化者，則是「神」：「蓋纔萬物之生成，俱神之變易」[101]，
「天以神御氣而時行物生」[102]。「神」乃「無期」「不測」生化中
的內在動因：

> 非可以意計測度，則神之所爲也。夫不測之謂神，而神者
> 豈別有不可測者哉？誠而已矣。分而合之，錯之綜之，進
> 之退之，盈虛屈伸因乎時，而行其健順之良能以不匱於充
> 實至足之理數，則功未著、效未見之先，固非人耳目有盡
> 之見聞、心思未徹之知慮所能測，而一陰一陽不測之神可

99 張協〈雜詩〉其八評，《古詩評選》卷4，《船山全書》，第14冊，頁
　　706。
100 《周易內傳》卷6，《船山全書》，第1冊，頁605。
101 《張子正蒙注》卷1，《船山全書》，第12冊，頁43。
102 《張子正蒙注》卷2，《船山全書》，第12冊，頁78。

體其妙用。[103]

在船山詩學中，「神」亦出現最頻繁之一術語。「神」是詩人於整體存有界的湍流中藉其心而領會此中節律。「神動天流」[104]使得詩篇成爲宇宙整一生命之一分，進入上文所謂「[天地]妙流不息」之中，否則就是「機牽」，是「死蚓」而非「生龍」了：

> 始終五轉折，融成一片，天與造之，神與運之。鳴呼，不可知已！[105]
> 漢魏作者，惟以神行，不藉句端語助爲經緯。[106]
> 脈行肉裡，神寄影中，巧參化工，非復有筆墨之氣。降及元和，剝削一無生氣。[107]
> 徒此融液初終，以神行不以機牽。[108]
> ⋯⋯偶然入感，前後不刻劃求與此句爲因緣，是又神化冥合，非以象取。玉合底蓋之説，不足立以科禁矣。[109]

---

103 《周易内傳》卷5下，《船山全書》，第1冊，頁551。
104 《明詩評選》卷8，《船山全書》，第14冊，頁1583。
105 謝靈運〈登池上樓〉評，《古詩評選》卷5，《船山全書》，第14冊，頁732。
106 謝朓〈新治北窗和何從事〉評，《古詩評選》卷5，《船山全書》，第14冊，頁773。
107 劉庭芝〈公子行〉評，《唐詩評選》卷1，《船山全書》，第14冊，頁889。
108 陳子昂〈登幽州臺歌〉評，《唐詩評選》卷1，《船山全書》，第14冊，頁891。
109 李白〈春日獨酌〉評，《唐詩評選》卷2，《船山全書》，第14冊，頁955。

所謂「天與造之，神與運之」、「巧參化工」、「神化冥合」，皆暗示詩至此業已進入天地之間絪縕化醇的不息之流了。具體地說，「神」之用又表現爲兩個方面：與構思相關的「空間面向」和與「操作」相關的「時間面向」[110]。這涉及船山對詩歌結撰謀篇的理論，容我在本卷下一章再作討論，此處不贅。

四、詩與宇宙：兩個話語世界的對應

船山概念中宇宙生命與詩之生命間上述類比關聯可以從其宇宙學和詩學的話語「語法」的比較中見出。船山曰：「周易並建乾坤，以統六子，而爲五十六卦之父母；在天之化，在人之理，皆所緜生，道無以易。」[111]船山之宇宙觀乃藉《周易》之術語，建造一卡西爾（Ernst Cassire）所說的「話語宇宙」（universe of discourse）或符號宇宙。在其中，乾／坤、陰／陽等是描述此宇宙樣態和秩序最基本的對稱符號範疇。船山既以詩歌藝術世界類比其心目中的自然宇宙，其對詩歌藝術宇宙的理論建構，亦當自能與上述乾、坤、陰、陽對應的符號範疇中展開。「情」和「景」即是這樣一對符號範疇。當然，按照蔡英俊的觀察，在中國傳統詩學中，這對範疇的出現可追溯至宋代黃昇的《中興以來絕妙詞選》或者葉適的《石林詩話》，乃至唐代王昌齡的《詩格》[112]。但只有在船山詩學中，這對範疇方才獲得與上述宇宙觀念對應的意義。

---

110 此提法乃因自高友工先生，原文爲「空間架構」、「時間架構」，見其〈試論中國藝術精神〉（上），《九州學刊》第2卷第2期，1987年2月，頁9。

111 《周易內傳》卷5上，《船山全書》，第1冊，頁506-507。

112 見其《比興物色與情景交融》，頁2-3。

本章肯定乾／坤、陰／陽與情／景範疇間的平行關聯，首先是基於對船山整體化(totalistic)思維邏輯的確認。船山謂「伏羲氏始畫卦，而天人之理盡在其中矣」[113]，古今之遙，兩間之大，既皆爲陰陽合運和乾坤並建之所出，詩又焉能不爾爾？然而，在具體的理論建構中，船山顯然是對已然確立於傳統中的一對疇「情」與「景」，進行了宇宙學方法的改造，從而完成其「盡天道，昭人極」的詩學體系。故而，吾人欲深求其情景交融的「語法」，還須明瞭其宇宙學。此學乃自王氏易學推繹。王氏治易，即占而言學，旨在「發天人之蘊」。故而能由研易提出一系列方法學的命題。其中與本章論題有關的有：「乾坤並建」和「陰陽嚮背，半隱半現」等等。核心觀念即布萊克所謂「二元論之有限形式」(limited form of dualism)[114]。

「乾坤並建，爲周易之綱宗。」[115]乾、坤原爲《周易》六十四卦之首出兩卦，分別由六陽爻和六陰爻構成。但船山認爲：「乾、坤獨以德立名：盡天下之事物，無有象此純陽純陰者也。」[116]乾坤故而成爲基元的功能性範疇，「以陰陽至足者統六十二卦之變通」[117]，由此而融結宇宙萬匯。「乾坤並建」首在申言太極乃「陰陽之合撰」[118]。其中「陽有獨運之神，陰有自立之體」[119]，「陰氣之結，爲形爲魄，恆凝而有質；陽氣之行於形質之中外者，爲氣爲神，恆舒

113 〈周易內傳發例〉，《船山全書》，第1冊，頁649。
114 *Man and Nature in the Philosophical Thought of Wang Fu-Chih*, p. 64.
115 〈周易內傳發例〉，《船山全書》，第1冊，頁657。
116 《周易內傳》卷1，《船山全書》，第1冊，頁74。
117 《周易內傳》卷1，《船山全書》，第1冊，頁43。
118 《周易外傳》卷5，《船山全書》，第1冊，頁990。
119 《周易內傳》卷1，《船山全書》，第1冊，頁74。

而畢通，推蕩乎陰而善其變化」[120]。對《周易・繫辭》中的「成象
之謂乾，效法之謂坤」兩句，船山的詮釋爲：

> 「效」，呈也，法已成之跡也。仁之必顯，藏有其用，則吾
> 性中知之所至，在事功未著之先，有一始終現成之象，以應
> 天下之險而不昧其條理者。《易》之乾以知而大始者，即此
> 道也。仁凝爲德，用成乎業，則吾性中能之所充，順所知之
> 理，盡呈其法則，以通天下之阻而不爽於其始者，《易》之
> 坤以能而成物者，即此道也。分言之，則乾陽坤陰；合言
> 之，則乾以陰而起用，陰以乾爲用而成體。知能並行，而不
> 離一陰一陽之道，發象皆備，繼之於人，所以合健順而成善
> 也。[121]

船山循《周易》乾知坤能的說法，釋乾爲「在事功未著之先，有一始
終現成之象，以應天下之險而不昧其條理」的「知而大始者」，釋坤
爲「順所知之理，盡呈其法則，以通天下之阻而不爽於其始」的「能
而成物者」。借用曾昭旭的說法，則爲絪縕生化之中「活動義或創造
原則」與「存有義或凝成原則」[122]。但這是分言之。倘「合言之」，
則是「乾以陰而起用，陰以乾爲用而成體」，此即「並建」。它肯認
了乾和坤是一對互相依賴的基元功能範疇，兩者合撰出一「功能地協
變的世界」或動態存有的世界。而且，「乾坤並建」又意味著「時無
先後，權無主輔……知、能同功而成德業。先知而後能，先能而後知，

---

120 《周易內傳》卷1，同上書，第1冊，頁43。
121 《周易內傳》卷5，《船山全書》，第1冊，頁530。
122 此處的說法因自曾昭旭《王船山哲學》，頁340。

又何足以窺道闊乎？」[123]「乾」的「大始」只因其「獨運之神」。

　　由「乾坤並建」推衍出船山易學的另一重要命題「陰陽有隱現而無有無」，或「十二位陰陽嚮背」之說。船山曰：

> 《易》之乾坤並建，則以顯六畫卦之理。乃能顯[者]，爻之六陰六陽而爲十二，所終不能顯者，一卦之中，嚮者背者，六幽六明，而位亦十二也。十二者，象天十二次之位，爲大圓之體。太極一渾天之全體，見者半，隱者半，陰陽寓於其位，故轂轉而恆見其六。乾明則坤處於幽，坤明則乾處於幽。《周易》並列之，示不相離，實則一卦之嚮背而乾坤皆在焉。非徒乾、坤爲然也，明爲屯、蒙，則幽爲鼎、革，無不然也。[124]

這是自每一爻畫和卦位而言「乾坤並建」。金容沃（Kim Young-Oak）在此體察到一種「二元的二元論」（dual dualism）：「『二元論』係指宇宙由兩種基質構成的思想體系。此處，在王氏的個案中，乾與坤或陰與陽乃所有宇宙變化的兩個基本根據，而且，在最終意義之上，兩者可歸納爲一。『二元』作爲詞語指出每一事物皆爲乾坤之和，然同時，每一乾、坤又同時作爲潛質包藏於其相反基質之中。」以此「二元的二元論」，船山爲吾人呈現了「一幅變化中宇宙的動態圖景，隱顯因素在其中交錯」[125]。直接以船山的話說，則是一個幽明闔闢的世界：

123　《周易外傳》卷5，《船山全書》，第1冊，頁989。

124　〈周易內傳發例〉，《船山全書》，第1冊，頁658。

125　見其 "The Philosophy of Wang Fu-Chih," pp. 171-172.

言幽明而不言有無，張子至矣。謂有生於無，無生於有，皆戲論。不得謂幽生於明，明生於幽也。幽明者，闔闢之影也。[126]

船山又在說：宇宙存有並不是本無而始生的創有，而是從幽隱至顯明的轉換。如陳贇所指出，它提示吾人：

當前可見的事物與活動並不是實在的全部，而是我們的體驗建立連接的方式（道路）和開始，它是一個通向幽暗的不可見的體驗焦區（focal region）。……隱顯並不是兩個不同的世界，而是同一個世界的不同的顯現層次。[127]

因此，《周易‧繫辭》中「一陰一陽之謂道」即在描述於幽隱和顯明間交互展開的存有界：

「一一」云者，相合以成，主持而分劑之謂也。無有陰而無陽，無有陽而無陰，兩相倚而不相離也。隨其隱見，一彼一此之互相往來。[128]

「主持」和「分劑」乃從兩方面界定了陰陽互相往來中的存有界：「主持」彰顯陰陽間往來、勝負、屈伸的永恆活動性；「分劑」指陳陰陽間之分辨以及絪縕和合。此兩面之結合，即為體用一如，道器不

---

126 《思問錄內篇》，《船山全書》第12冊，頁410。
127 陳贇，〈幽明之故與天人之際──從船山易學的視域看〉，《周易研究》2004年第5期，頁75。
128 《周易內傳》卷5，《船山全書》，第1冊，頁525。

相離的宇宙。在其中，陰、陽絕非「截然分析而必相對待之物」，而是如張載所說，「互藏其宅」：「陽入陰中，陰麗陽中。……故陽非孤陽，陰非寡陰，相函而成質。」[129]所以，「二元的二元論」終究是「二元論的有限形式」。

船山以乾坤爲「德」，陰陽之合爲太極[130]。它們卻更接近爲一對功能性的範疇。以致布萊克會覺得陰陽是一對「裝扮爲名詞的動詞」（verbs disguised as nouns），義涵則在事物之存有（being）與活動（activity）之間，近乎現代「能」之概念[131]。船山借由這樣的範疇，確實成功地描繪出一個「功能性協變的世界」：宇宙只爲一種流行，一種動態；宇宙中一切事物均只爲一種過程，此過程以外別無固定之體以爲其支持者[132]。

有了船山借乾／坤、陰／陽等符號範疇描述的宇宙樣態和秩序，吾人當會對其詩學的「話語宇宙」有新的理解。上文已提出：「情」和「景」即是與上述乾、坤、陰、陽對應的符號範疇。在船山之前，這對範疇出現在詩論中，主要與句法程式相關。如范晞文論杜詩有「上聯景、下聯情」，「上聯情、下聯景」和「一句情、一句景」之說法[133]；方回於《瀛奎律髓》中亦屢屢論及言情之句與敘景之句的錯落排列。在此種情景的義涵之下，論詩者強調的是詩意物化過程中的外在文字句法形式。「情」、「景」在這樣的層面上，可視作一種

---

129 《張子正蒙注》卷1，《船山全書》，第12冊，頁54。

130 《周易外傳》卷5，《船山全書》，第1冊，頁525。

131 見其 *Man and Nature in the Philosophical Thought of Wang Fu-chih*, pp. 68-70.

132 見唐君毅，《中西哲學思想比較論文集》（台北：臺灣學生書局，1988），頁9。

133 《對床夜語》卷2，丁福保輯，《歷代詩話續編》（北京：中華書局，1983），上冊，頁417。

「實在」意義的範疇。而船山之論情景，則「以靈府爲遠徑」而「不從文字間津渡」[134]：

> 蓋當其天籟之發，因於俄頃，則攀援之徑絕，而獨至之用弘矣。若參伍他端，則當事必怠；分疆情景，則眞感不存。[135]

船山注意的是詩人靈府中「往來動止、縹緲有無」的世界，「情」、「景」因而既爲「材」亦爲「德」（功能），如同「陰」、「陽」，是一對介於實在與功能之間的範疇：

> 近體中二聯，一情一景，一法也。「雲霞出海曙，梅柳渡江初，淑氣催黃鳥，晴光轉綠萍」，「雲飛北闕輕陰散，雨歇南山積翠來。御柳已爭梅信發，林花不待曉風開」，皆景也，何者爲情？若四句俱情，而無景語者，尤不可勝數。其得謂之非法乎？夫景以情合，情以景生，初不相離，唯意所適。截分兩橛，則情不足興，而景非其景。[136]

此段話的前半，船山舉反證以駁斥傳統以情景爲句法程式的說法，故而亦沿襲以往二範疇之義涵。然而，船山本人的情景概念卻是由「景以情合，情以景生」兩句代表的。它涉及的並非詩歌境界經文字物化的層次，而是創作心理階段的微妙活動。這裡既有心、物間的感動，亦有詩人心靈中情感和經驗印象之間的複雜關係。那麼就會產生這樣

---

134 《古詩評選》卷1，《船山全書》，第14冊，頁505。
135 潘岳〈哀詩〉評，《古詩評選》卷4，《船山全書》，第14冊，頁694。
136 《夕堂永日緒論內編》（一七），《薑齋詩話箋注》，頁75-76。

的問題：「景」究竟是外物之景，抑或表象之景？吾人在讀船山詩論
時，的確會發現此一範疇有不同義涵：「天壤之景物，作者之心目如
是，礦著即湊」，「景」應指外物；「情景一合，自成妙語」[137]，
「景」則爲心目中之象。對吾人而言，「景」之歧義性質，也許正可
借以表明創作活動中各種「階段」是互相滲透，難以界分的，正可說
明「景」如陰陽範疇一樣，乃一介於實在與活動之間的範疇。但船山
的本意則在於關注詩人發現一個「顯現眞實」之「景」以爲其「情」
之「平行認同」[138]。美國學者宇文所安對以上引文的詮釋值得引用
於此：

> 正像在中國批評中一般的情況那樣，王並未區別詩中之景與
> 作爲對世界經驗一部分之景，這樣就含蓄地宣告了兩者間的
> 本質認同，暗示了主客體之間的一個駐足之點：它(景)乃是
> 一個被特殊的個人知了的，世界某些特殊具體化的方面。因
> 此一個「景」之特別呈現乃是一特定個人的「環境」或「心
> 思狀態」的產物。[139]

「景」義涵的歧義乃關聯著「情」與「景」之間「相函而成質」。船山
對「情」、「景」之間這種往來、屈伸的描述，甚至在用語上亦由張載
《正蒙·參兩篇》中「陰陽之精互藏其宅，則各得其所安」句而來。
船山《正蒙注》對是句的詮釋，如前文所引，乃爲：「陽入陰中，陰

137　沈明臣〈渡峽江〉評，《明詩評選》卷5，《船山全書》，第14冊，頁
　　　1434。
138　詳見本卷第二章〈船山詩學中「現量」義涵的再探討〉。
139　見其 *Readings in Chinese Literary Thought*, p. 476.

麗陽中……陰陽渾合，互相容保其精，得太和之純粹，故陽非孤陽，
陰非寡陰，相函而成質。」《詩繹》論「情」和「景」，則有：

> 情景雖有在心在物之分，而景生情，情生景，哀樂之觸，榮
> 悴之迎，互藏其宅。[140]

這可說由「分劑」和「主持」兩個角度討論了情景關係。此處「景生
情」、「情生景」的「生」字，非指從無至有的創生，而是上文所說
的由幽隱至顯明的顯現。「情」、「景」間展示著陳贇所說的「同一
個世界的不同的顯現層次」：

> 景中生情，情中含景，故曰景者情之景，情者景之情。[141]
> 情不虛情，情皆可景，景非滯景，景總含情。

此處吾人可見上文所論「陰陽有隱現而無有無」這樣宇宙學方法的運
作：「景」作為當前之顯明者，意義只在開蔽出幽隱的「體驗焦
區」。另一方面，「情」和「景」之分最終只是「二元論的有限形
式」，因此是「賓主歷然，情景合一」[142]，「神於詩者，妙合無
垠」[143]。而對這種有限的二元論絕對化，即將情景「截分兩橛」，
其結果是「則情不足興，而景非其景」。以宇文所安由詩的鑒賞和寫

---

140 《薑齋詩話箋注》，頁33。
141 岑參〈首春渭西郊行呈藍田張二主簿〉評，《唐詩評選》卷4，《船山
　　全書》，第14冊，頁1083。
142 《古詩評選》卷4，《船山全書》，第14冊，頁726。
143 《夕堂永日緒論內編》（一四），《薑齋詩話箋注》，頁72。

作對此二句的詮釋則是：

> 所以，去共享他人之「情」的僅有方式就是去經驗呈現在詩
> 中的同樣的「景」。詩之「景」乃相互界定關係的固定形
> 式；遭遇它，讀者亦被引導而站在詩人的位置上。因此，王
> 夫之的陳述是頗爲明確的：惟有繫於「景」，他人之情方得
> 以感染我。……無「情」之「景」，即「景」中沒有一個適
> 當的個人心思狀態參與「景」的構結，則脫離了經驗的特別
> 性：它變爲「景」的不眞實的模擬，它無法展呈此一世界的
> 樣態，因爲它無法展呈任何特別個人知了的世界。[144]

由此可知：在船山詩學的「話語宇宙」中，其「本體、宇宙論」的
「乾坤並建」原則表現爲「情景並建」的原則和方法。那麼，在船山
「情」、「景」的義涵中，是否亦如其對「陰」、「陽」功能的界定
一樣，一方面肯認「並建於上，時無先後，權無主輔」，另一方面又
分辨「乾以陰而起用，陰以乾爲用而成體」呢？對船山的「情景交
融」說作一全面檢核，答案就是肯定的。首先，如上文所論，船山論
情景之合，稍微背離傳統詩論「觸物以起情」的「興義」，而凸顯心
與物，情與景之間的同步性或往來授受，即其所謂兩者「相值而相取，
一俯一仰之際」，「於己心物理上承授」，「相爲珀芥」云云。在此，
情、景之間確乎是「時無先後，權無主輔」。然而，另一方面，船山亦
強調了「情」在詩「自生」中的「創生義」、「起用義」和「獨運之
神」；同時，亦肯定了「景」之「凝成義」、「呈法義」、和「成體

144　見其 *Readings in Chinese Literary Thought*, p. 477.

義」。此第一方面，可於船山詩論中的「賓主」說見出。「賓主」乃船山詩學中又一對經常使用的範疇，在《詩話》和「選評」中屢屢出現：

> 無論詩歌與長行文字，俱以意為主。意猶帥也。無帥之兵，謂之烏合。……煙雲泉石，花鳥苔林，金鋪錦帳，寓意則靈。[145]

> 詩文俱有主賓。無主之賓，謂之烏合。……立一主以待賓，賓無非主之賓者，乃俱有情而相浹洽。[146]

> 賓主歷然，情景合一。[147]

> 詩之為道，必當立主御賓，順寫情景。若一情一景，彼疆此界，則賓主雜遝，皆不知作者為誰意外設景，景外起意，抑或贅疣上生眼鼻，怪而不恆矣。[148]

「賓主」的說法係因自臨濟宗義玄的「四賓主說」，宋儒張載藉以說心性。船山心性論以「主」論「心中有仁」，此仁非乍去乍來的「虛靈知覺之用」，而是安居久住之「主」[149]。其在文論中的指稱應不限於情景。但船山此處明確聲言：「以意為主。意猶帥也」，「立一主以待賓……乃俱有情而相浹洽」，並以「立主御賓」相對「意外設景，景外起意」而言，「主」應與「情」的義涵相去不遠。戴鴻森故

---

145 《夕堂永日緒論內編》（二），《薑齋詩話箋注》，頁44。
146 《薑齋詩話箋注》，頁54。
147 《古詩評選》卷4，《船山全書》，第14冊，頁726。
148 丁仙芝〈渡揚子江〉評，《唐詩評選》卷3，《船山全書》，第14冊，頁1012。
149 《讀四書大全說》卷5，《船山全書》，第6冊，頁674-675。

而釋「意」爲「與情相近」的「有具體形式的思想」[150]。亦有論者
謂第一段引文中「意」兼有「統合性」（unifying principle）和對於景
物（煙雲泉石，花鳥苔林）的「激活功能」（the power to energize or
vitalize natural scenes and objects），而其統合性若無此「激活功能」
則不能湊效[151]。這種理解已很接近本章論證的情景交融中主觀情志
的「創生義」或「起用義」了。宇文所安解釋《夕堂永日緒論內編》
第十七條中「情以景生，初不相離，唯意所適」一段說：「意」，
「超越『情』的當下和境況層面以及情、景的瞬間契合⋯⋯因此情景
之合亦即『適』其個人所關注，此關注的方向乃自超越此刻的『意』
之傾向而生發。」[152]「超越當下境況層面」正與非乍去乍來，而是
安居久住之意契合。而指稱「關注方向」的「主」，亦屢屢見諸其詩
評。如其評楊士奇七絕〈發淮安〉三、四句「雙鬟短袖憨人見，背立
船頭自采菱」謂「暗主賓中」[153]；評王穉登〈送項仲融遊金陵〉謂
「一『看』字帶出賓主」[154]；評王穉登〈雜言〉謂「但用『誰家』
二字，點出有一旁觀人在，此謂於賓見主」[155]。「主」在此彰顯此
「景」爲「一特別之人所理解的世界被特別構成的方面」[156]。船山
於情景外另設一「意」，旨在彰顯詩人情志於情景並建之中「創生
義」。在此確有一「情—意—景」的「三角」，「意」亦確實爲其

150　見其《薑齋詩話箋注》，頁47。

151　見Xiaoshan Yang, *To Perceive and to Represent: A Comparative Study of Chinese and English Poetics of Nature Imagery*（New York: Peter Lang, 1996）, p. 106.

152　見其*Readings in Chinese Literary Thought*, p. 477.

153　《明詩評選》卷8，《船山全書》，第14冊，頁1587。

154　同上書，頁1608。

155　同上書，頁1609。

156　*Readings in Chinese Literary Thought*, p. 476.

「頂角」（vertex）[157]，因爲它超越情、景的瞬間契合，故「函三爲一而奇」[158]。此亦「賓主歷然，情景合一」、「賓主歷然，熔合一片」[159]語何以弔詭。「熔成一片」，又焉能「歷然」？此處宜參照船山對「一陰一陽」、「參伍相雜合而有辨也」[160]的解釋：

陰陽而無畛者謂之沖；而清濁異用，多少分劑之不齊，而同功無忤者謂之和。……沖和既凝，相涵相持，無有疆畛。[161]

情、景之「熔成一片」乃陰陽而之「沖」，而「賓主歷然」乃陰陽之「和」。於詩學而言，既說明了詩乃情景之契合，又彰顯了情、景之作爲「創生」和「凝成」的不同功用。如果說船山詩學具某種存有論向度，驅使情創始的「意」正彰顯了存有者人特異於一般存有界的天職和可能性。

「景」的凝成功能可於「用景寫意，景顯意微」一類議論處見出：

自然感慨，盡從景得，斯謂景中藏情。[162]

---

157 見*To Perceive and to Represent*, p. 109.

158 見《薑齋詩話箋注》，頁54。這令人想起船山對「神」的説法：「自其神而言之則一，自其化而言之則兩。神中有化，化不離乎神，則天一而已，而可謂之參。」《張子正蒙注》卷1，《船山全書》，第12冊，頁47。

159 又有「賓主分明」，「賓主犁然」之説，見《船山全書》，第14冊，頁1038，1585。

160 《張子正蒙注》卷1，《船山全書》，第12冊，頁38。

161 《周易外傳》卷2，《船山全書》，第1冊，頁882。

162 劉禹錫〈松滋渡望峽中〉評，《唐詩評選》卷4，《船山全書》，第14

取景玄眞，含情虛遠。[163]

龍湖高處，只在藏情於景。[164]

不能作景語，又何能作情語邪？古人絕唱多景語，如「高臺
多悲風」，「胡蝶飛南園」，「池塘生春草」，「亭皋木葉
下」，「芙蓉露下落」，皆是也，而情寓其中矣。以寫景之
心理言情，則身心中獨喻之微，輕安拈出。[165]

船山在這些議論中暗示：只在具「實存義」的「景」中，具「活動
義」的「情」才有所附麗，而得凝成詩之世界。這種意味，更可自
「每當近情處，即抗引作渾然語，不使氾濫」[166]，「入情處如輕雲
拂水，於此稍滯累，則情景成兩橛矣」[167]的評議中確認。總之，
「情」者，縹緲有無中之「獨喻之微」也，乃「純健不息」之用，不
得一「景」，何以凝爲詩體？所以是「情非虛情，情皆可景」；而
「景」若不得「情」之陽，則「陰凝滯而爲形器」[168]，故而「景非
滯景，景總含情」。此乃其方法論「陰非陽無以始，而陽藉陰之材以
生萬物」[169]在詩學中的顯現。中國詩學醞釀數世紀的情景交融理

（續）————————
　　冊，頁1112。

163　李夢陽〈早春繁臺〉評，《明詩評選》卷5，《船山全書》，第14冊，
　　頁1390。

164　張治〈秋郭小寺〉評，《明詩評選》卷5，《船山全書》，第14冊，頁
　　1411。

165　張治〈秋郭小寺〉評，《明詩評選》卷5，《船山全書》，第14冊，頁
　　1411。

166　杜甫〈贈衛八處士〉評，《唐詩評選》卷2，《船山全書》，第14冊，
　　頁962。

167　左思〈雜詩〉評，《古詩評選》卷4，《船山全書》，第14冊，頁687。

168　《周易內傳》卷1，《船山全書》，第1冊，頁69。

169　《周易內傳》卷1，《船山全書》，第1冊，頁76。

論，終由這位哲人藉宇宙學的方法最後完成。

船山所完成的情景交融理論，以及此一詩學「語法」與其宇宙觀之間的類比的，平行的關聯，使我想到：在宏觀上，它應體現出傳統思想中宇宙觀念的某種變化。吾人不妨先經由美國學者宇文所安所謂中國文化中「非創造的宇宙」（uncreated universe）觀念與西方詩人創作觀念的對比進入問題。宇文氏以思辨的語氣寫出以下文字：

> 正如創造的世界乃由意志造形，所以它亦為意志所結束；結局和最終的盤算縈繞在全部行為中。……在非創造的世界中，如此意志化的製作卻是不正當的，僅為一種欺瞞：詩人關注著內在體驗或外在感覺之本樣呈現。詩人的功用在於看到世界的秩序（order），看到世界無限分化背後的模式（pattern）……。
>
> 非創造世界的認知論須基於相關物（correlatives）和對應物（counterpart）。一現象經由不斷地劃分和再劃分為成對的組合而被分析。取代本質和屬性，原因和效果，在此我們見到的是互相倚賴部分的必然系列。……一種要呈現「自然」的詩歌必須體認這些二元關係。……這樣一種詩歌將不以西方敘事文學之微觀結構——被主體、行為和補足語統轄的句子作基本單位。這樣的詩歌的單位必須是一種靈活的形式，在其中世界的複雜模式能被並列成為駢偶……對仗乃自然世界結構的語文形式的顯現。[170]

---

170 見其 *Traditional Chinese Poetry and Poetics: Omen of the World*, pp. 84-86.

宇文所安旨在由中西宇宙觀念的比較爲中國詩歌的對仗傳統建立一哲學根據。筆者對中國詩歌律化過程觀念背景的探討[171]，已具體而歷史地刻劃了王弼易學出現與律詩對仗結構的關聯。吾人業已看到，船山在哲學上可視爲上述「非創造世界」觀念的至爲典型之表現。然而，船山是否能首肯一種嚴格意義上由律詩體現的原則呢？當然，作爲立足於此文化傳統的思想家，船山無力、亦不可能全然否定一個源遠流長的詩歌傳統，然而，他寫在夕堂永日詩評選第一個近體選評——《古詩評選》卷六的卷首語，已足讓吾人識其心跡：

> 近體之製，肇於唐初。迨其後刻劃以立區宇，遂與古詩分朋而處。此猶一王定制，分伯而治，伯之陸梁，挾別心而與王相亢。風會之衰，君子之所憫也。唐之爲此體者，自貞觀以迄至德，奉王而伯者也。大曆以降，亢伯於王者也。皎然一狂髡耳，目蔽於八句之中，情窮於「六義」之始，於是而有開合收縱、關鎖照應、情景虛實之法，名之曰「律」，鉗梏作者，俾如登爰書之莫逭。此又宋襄之伯，設爲非仁之仁，非義之義，以自蹙而底於衄也，悲夫！六代之作，世稱浮豔，乃取唐音與之頡頏，則唐益卑矣。……至文之於天壤，初終條理自無待而成。因自然而昭其象，則可儀矣；設儀以使象之，必然是木偶之機，日動而日死也。[172]

<hr>

171　參見本書第一卷《玄智與詩興》中第二章〈王弼易學與中國古典詩律化之觀念背景〉。

172　〈五言近體序〉，《古詩評選》卷6，頁1上。《船山全書》，第14冊，頁830。

比之古體，船山內心並不更稱賞近體，《夕堂永日緒論內編》的一些
條目亦隱約透此心曲。而且，在以上的議論中，船山如宇文氏一樣，
是將詩之作與天壤之間的現象相比較，然而卻得出「初終條理自無待
而成」、「不可設儀」的不同結論。可見，宇文氏全然出自思辨的觀
念，確乎有修正補充之必要。宇文氏的討論所注意的，以及唐宋元明
許多論詩者所汲汲的「開合收縱、關鎖照應、情景虛實之法」，皆是
上文所說的詩完成中「實體化」的層次。而船山詩學卻以其「乾坤並
建」的觀念爲基礎，將宇文氏所謂「世界無限分化背後的模式」推至
功能化的層次，以描述詩人構思時，「往來動止，縹緲有無之中」的
心理世界。詩也就因此成爲宇宙之爲「存有的流行或流行的存有」的
轉喻。這裡，漢代的象數學和周敦頤等宇宙起源論（cosmogony）和船
山氣學的宇宙觀念之差異，確乎隱然可見。作爲明以來「生機主義」
（vitalism）思潮代表人物的船山，從介於功能／實存間之氣作爲一元
整體世界的觀念出發，而「得以如由物、我活動的內部去把握那樣，
賦眞實以生命，並因之肯認活動乃世界的本體基礎和正當性」[173]。
船山詩學正是上述新宇宙觀念的延伸。

五、結論：詩人參贊天地化育

以上的論證足使吾人確認：船山詩學與其「本體、宇宙論」之間
存有著平行和類比的關聯。倘若進而追問：在船山無意甚或著意描述
的此一關聯背後，潛在地肯認了天人之學中怎樣的命題？顯然，將船

---

[173] On-Cho Ng, "Toward an Interpretation of Ch'ing Ontology," in *Cosmology, Ontology, and Human Efficacy: Essays in Chinese Thought*, eds. Richard J. Smith and D.W.Y. Kwok (Honolulu: University of Hawaii Press, 1993), p. 43.

山此一思想傾向歸結爲道家的「貴無爲，尙自然的美學觀」是過於簡單的做法[174]，因爲船山一再申言「聖人盡人道而不如異端之妄同於天」[175]。而且，船山論詩，並非從根本意義上彰顯無爲。此點可由船山以「心」界定詩之本質見出：

> 元韻之機，兆在人心，流連泆宕，一出一入，均此情之哀樂，必永於言者焉。[176]
>
> 命以心通，神以心棲，故《詩》者象其心而已矣。[177]

由「心」，船山詩學得以與「貴自然，尙無爲」的道家美學相區別。天地自然恰恰是無心的，「天地無心而成化，故其於陰陽也，泰然盡用之而無所擇。」[178]「心」爲船山性命哲學之中心範疇。「盡心」乃儒家道德實踐中的「有爲」。本章的描述已然說明：船山天人性命之學在詩學中的展開乃倡言向流光充溢的世界敞開心、目，「覿面相當」地親證性命之往來授受。此一「覿面相當」地親證即是「盡心」。所謂「導情」亦爲「盡心」：「聖人盡心，而君子盡情。心統性情，而性爲情節。」[179]事實上，在船山論情景交融而以「情」爲乾陽之德，以「景」爲坤能之德的說法中，吾人仍可體會他肯認「盡

174 這種簡單化的例子見劉暢，〈試論莊子哲學與船山美學思想的關係〉，載《學術月刊》1985年第10期，頁55-60。儘管船山詩學與道家美學思想的聯繫仍是一個值得探索的問題。

175 《周易內傳》卷5，《船山全書》，第1冊，頁529。

176 《詩譯》（一），《薑齋詩話箋注》，頁1。

177 《詩廣傳》卷5，《船山全書》，第3冊，頁485。

178 《周易外傳》卷5，《船山全書》，第1冊，頁1011。

179 《詩廣傳》卷1，《船山全書》，第3冊，頁308。

心」。在《周易外傳》卷五中，船山說：

> 夫天下之大用二，知、能是也；而成乎體，則德業相而一。
> 知者天事也，能者地事也，知能者人事也。今夫天，知之所
> 自開，而天不可以知名也。今夫地，能之所已著，而不見其
> 所以能也。清虛者無思，一大者無慮，自有其理，非知他者
> 也，而惡得以知名之！塊然者已實而不可變，委然者已靜而
> 不可興，出於地上者功歸於天，無從而見其能為也。雖然，
> 此則天成乎天，地成乎地。……而夫人者，合知、能而載之
> 一心也。故曰「天人之合用」，人合天地之用也。[180]

情、景於詩中之交融，除卻前述天人性命往來的意義而外，難道不又
體認了「人合天地之用」，「合知、能而載之一心」嗎？雖然船山要
求入情時抗引渾然，不使氾濫，但這可說是一種「有為地無為」或
「盡心於廣心、餘心」，要詩人有為地合於乾坤並建，陰陽合撰之天
道。其指向不僅是前述「導天下以廣心，而不奔注於一情之發」這種
心性論的命題，也意味著在道德秩序、藝術秩序中確認天道秩序，即
其所謂「在人之天道」——它是有為地盡心盡性，並非任「天道之本
然」[181]。由此，船山欲經由審美—道德活動所發現者，乃其所謂
「人之天」而非「天之天」。而此一對範疇之關聯和分別，在詩中分
外顯豁：船山論「景」，謂「景非滯景，景總含情」，「[與情]截分
兩橛，則情不足興，而景非其景」，其所謂「景」已是「一特定個人

---

180 《船山全書》，第1冊，頁983-984。
181 見《讀四書大全說》卷3，《船山全書》，第6冊，頁529-531。

的『環境』或『心思狀態』的產物」，即已從「天壤之景物」，因
「擊目經心」而爲「用景寫意」之「景」，由「天之天」而爲「人之
天」了。學者謂：對船山而言，唯有此經過人眞實的道德創造而擁有
之「人之天」，「方是一切儒者心目中所留情所措思之天」[182]。船
山之情景交融理論之歸趨，亦正指向如此不斷由「天之天」開拓出
「人之天」之無盡過程：

> 人所有者，人之天也；晶然之清，晶然之虛，淪然之一，穹
> 然之大，人不得而用之也。雖然，果且有異乎哉？昔之爲天
> 之天者，今之爲人之天也。他日爲人之天者，今尚爲天之天
> 也。出王而及之，昊天之明；遊衍而及之，昊天之旦。入乎
> 人者出乎天，天謂之往者人謂之來。然則全而生之，全而歸
> 之，日日而新之，念念而報之，氣不足以爲捍，形不足以爲
> 域，惡在其弗有事於昊天乎？[183]

此種「日日而新之」的過程，可以是本章所論在昊天清明之氣中不盡
的性命之陟降，無數次在詩興中「覿面相當」地親證天之神與心之神
之間的往來。詩歌史在這樣的意義之上，才成爲展開的人性史；同
時，由「景以情合，情以景生」，相函而成詩，詩亦體認了人參贊天
地化育之歷程。本章描述的船山天人性命之學在詩學中之展開，與本
章所討論的船山「本體—宇宙論」在其詩學中的展開，至此，才得以
匯入一個「情景交融」之體系。其所揭呈的是：「人及所參贊之道體

182　曾昭旭，《王船山哲學》，頁358-359。
183　《詩廣傳》卷4，《船山全書》，第3冊，頁463。

和此道體所開展之世界必得歸攝於一道」[184]；或者以船山本人的話
說：「聖人賴天地以大，天地賴聖人以貞。」[185]

「聖人賴天地以大」──正可概括本章第一、二節，即船山的
「詩之道」或情景交融的「語義學」，它揭呈詩興之於船山，乃是於
時時在在的感性經驗中，承受天命之「於穆不已」。「天地賴聖人以
貞」──則可以囊總本章第三、四節，即船山之「詩之理」或情景交
融的「語法學」，它彰顯詩作之於船山，乃以人之道終顯天地之德，
宣示「道行於乾坤之全，而其用必以人為依」[186]，故而又是合於
「道」之「一定之理」。這兩個方面，恰恰是船山天人哲學的「十字
打開」。

---

184 林安梧，《王船山人性史哲學之研究》，頁55。
185 《周易外傳》卷5，《船山全書》，第1冊，頁1011。
186 《周易外傳》卷1，《船山全書》，第1冊，頁850。

第四章

船山以「勢」論詩和中國詩歌藝術本質：

兼論抒情藝術與無定體宇宙觀*

引言

　　「勢」乃船山詩學中具界定詩本質義的範疇。船山論詩曰：「以意爲主，勢次之。」由「取勢」，詩「意」才得以展呈，所以是：「唯謝康樂能取勢，宛轉屈伸以求盡其意，意已盡則止，殆無剩語。」[1] 然而，船山於詩評中又一再宣說「詩之深遠廣大與捨舊趨新也，俱不在意」[2]，「以意爲佳詩者，猶趙括之恃兵法，成擒必矣」[3]。可見，詩之本質並不僅由「意」而界定。此處的弔詭在於：船山在界定詩之本質時，其實又否認詩可從「本質」或「本體」上義定，正如對他而言，世界本無以從「本體」界定一樣。而「勢」恰恰代表了一種迥異於由「本體論」(ontology)觀察現實和事物的方式。

　　以法國漢學家儒連(François Jullien)的看法，「勢」同時具「姿

＊　本文原載《中國文哲研究集刊》第18期(2001年3月)，2002年和2011年兩次增補和修改。
1　見戴鴻森，《薑齋詩話箋注》，頁48。
2　高啓〈涼舟詞〉評，《船山全書》，第14冊，頁1576。
3　張協〈雜詩〉評，《古詩評選》卷4，《船山全書》，第14冊，頁704。

勢」、「位置」和「運動」的意義，在印歐語言中找不到相應的詞彙可以迻譯。儒連反問讀者：「我們何以能由靜止或性向（disposition）去想像動態呢？」[4] 儒連遭遇的困難被其著作的英譯者同樣感受到了。他亦只能以一個短語「從事物性向中發生的傾向」（propensity stemming from the disposition of things）來傳達「勢」的義涵。這裡，語言的差異顯示了深刻的文化差異。儒連在其討論「勢」概念發展的著作之結論部分，從中西思想的源頭——希臘思想和《周易》的比較中指出：討論存有意義的問題，中國思想代表了不同於本體論（ontology）的另一種觀念：「希臘思想關注將本質（being）從變化（becoming）中抽離出來，而在中國關注的則是變化本身。」[5]

　　以上例證足以說明：「勢」作為理論概念在船山詩學中意義非比尋常。當然，以「勢」論詩非自船山始。在文藝理論中，「勢」初見於書論和畫論。自劉勰《文心雕龍·定勢》，始被引入文論。在唐代王昌齡、皎然和齊己等人論詩文字中，「勢」作為指涉詩歌的「句法問題」[6] 或詩人「策略部署」（strategic disposition）的範疇[7]，頻繁地出現。其義涵卻又顯然不限於此。這一方面已有不少討論[8]。然而，「勢」作為船山詩學最深理論層次的義涵卻尚未被開掘。「勢」應絕不止為一「與空靈的意象，與藝術構思和文學語言的流轉氣韻有密切

4　François Jullien, *The Propensity of Things: Toward A History of Efficacy* (New York: Zone Books, 1995), p. 11.

5　*The Propensity of Things: Toward A History of Efficacy*, p. 216.

6　見張伯偉，〈佛學與晚唐五代詩格〉，《禪與詩學》（杭州：浙江人民出版社，1996），頁15-25。

7　*The Propensity of Things*, pp. 117-125.

8　比較綜合的討論請見涂光社，《勢與中國藝術》（北京：中國人民大學出版社，1990）。關於皎然論勢，參見本書第二卷《佛法與詩境》第三章〈中唐禪風與皎然詩境說〉之第二節。

關聯」的範疇[9]，亦非止筆者過去所說的「詩情湧動之際，意與象，意象與意象之間突然建立起的有機聯繫」[10]，以及「生氣灌注的詩章行文中音調、語脈、筆致中的動力學構成或詩的外在時間架構」[11]這些概念所能限量，儘管這些描述皆與「勢」的某些義涵相關。「勢」應當是一個與船山對於詩的本質，乃至現象世界本質的根本理解直接關聯的範疇，故而亦是彰顯中國抒情傳統本質的範疇。正如儒連所說：由「勢」，中國藝術才有了與西方以「摹仿」（mimesis）為本質概念的藝術不同的傳統[12]。值得提到的是：這位法國哲學家和漢學家正是由對船山學這一範疇的研究為起點，開始了他對中國文化傳統中「勢」的探討。儒連的著作對本章的論題頗有可借鑒之處。但他的著作畢竟不是關於船山詩學的專著，在後一領域尚有不少可以拓展的方面。

　　探討船山詩學此一範疇的種種義涵，可以循文論史或文藝論史的進路。如涂光社的著作即是如此。但本章將取船山學本身由易學展開的進路，這樣做的好處也許是更切近船山本身思路的發展，而更少揣測性。但無可否認，第一種切入的方法亦有其長處，因為船山詩學的思路自有與易學、史學不同之處，亦會吸收前代文藝論家的一些觀念。故而，本章將主要依據船山的易學、史學和主要論詩著作《薑齋詩話》和三部詩評選，亦間或參照前代的詩論和藝術理論，以對船山詩學中的「勢」範疇作全面考量。此一考量將展現：此位中國文化史

9　見《勢與中國藝術》，頁206-210。
10　拙文〈王夫之的詩歌創作論——中國詩歌藝術傳統的美學標本〉，頁157。
11　見拙文〈論文行之象——中國古代文論研究中一個被忽視的傳統〉，頁169。
12　*The Propensity of Things*, p. 75.

上罕見的集大哲學家與大批評家於一身的理論巨人，不僅本人從中華文明的高度界定了詩，其博大深厚的理論遺產亦足使吾人得以追溯抒情傳統與中國主體文明體系之種種觀念的內在聯繫。

一、船山易學與史學中的「勢」

中國文化中使西人困惑的「以性向或型構(configuration)去想像動態」的思想方式的淵源，可追溯到《周易》。而《周易》亦爲船山思想的主要淵源。以船山在康熙而十五年(1686)作完《周易內傳發例》時的自述：其自隆武丙戌(1646，船山二十七歲)，始有志於讀易。戊子(1648)，避戎於蓮花峰，益講求之。乙未(1655)始爲《外傳》，丙辰(1676)始爲《大象傳》，又作《周易稗疏》、《內傳》，眞眞是「亡國孤臣，寄身於穢上，志無可酬，業無可廣，唯《易》之爲道則未嘗旦夕敢忘於心」[13]。而船山思想中對「勢」的強調應直接源於其對易學的鑽研。易學乃以卦象卦位之當下形態推斷事物未來變化之歸趨。其理論前提，是由無始無終、屈伸變化不止、生生不已的觀念去界定存有界之本質，即如〈繫辭〉所說：欲範圍天地之化，則「神無方而易無體」。船山解釋這一段話時寫道：

> 此皆與天地之道相彌綸者也。其所以然之故，則以天地之神無方而《易》之無體者，一準之也。「無方」者，無方而非其方，「無體」者，無體而非其體；不據以爲方、體也。吉凶之數，成物之功，晝夜之道，皆天地已然之跡，有方者

---

13 《周易內傳發例》，《船山全書》，第1冊，頁683。

也。而所以變化屈伸，「知大始」而「作成物」者，其神
也；絪縕之和，肇有於無，而無方之不行者也。《易》之陰
陽六位，有體者也。而錯綜參伍，消息盈虛，則無心成化，
周流六虛，無體之不立者也。故《周易》者，準天地之神以
御象數，而不但以象數測已然之跡者也。[14]

無方無體正是上文所謂「非本體地」觀察現實本質的方式。對占者而
言，天道、人事之通塞即涵攝於易之卦象、爻數的變化之中。其中
「『憂悔吝者存乎介。』介者，錯綜相易之幾也」[15]。此一「介」
字，即是令西方語文捉襟見肘的事物處於動／靜之間狀態的表達，亦
是「勢字精微」之所在。船山易學一再強調「勢」的這一義涵。如船
山傳〈屯〉卦卦辭曰：

「屯」者，艸茅穿土初出之名。……九五出於其上，有出地
之勢。，上六一陰復冒其上，而不得遂，故爲屯。冬春之
交，氣動地中，而生達地上，於時復有風雨凝寒未盡之雪
霜，過之而不得暢；天地始交，理數之自然者也。[16]

又傳此卦〈象傳〉中「上六，乘馬班如，泣血漣如」句曰：

時過勢傾，唯自悲泣而已。……陰留於陽生之後，勢不能

14　《周易內傳》卷5，《船山全書》，第1冊，頁523。
15　《周易內傳》卷1，《船山全書》，第1冊，頁42。
16　《周易內傳》卷1，《船山全書》，第1冊，頁91。

久。[17]

再如船山傳〈蒙〉卦〈象傳〉「山下出泉，蒙，君子以果行育德」句
曰：

> 曲折縈回，養其勢以合小爲大，「育」也。[18]

再如其傳〈泰〉卦爻辭「九三，無平不陂，無往不復」云云時寫道：

> 三陽居內而盛，陰且必生；三陰居外，成乎既往，而循環嚮
> 背之際，且自下起，故平之必陂，往之必復，自然之勢也[19]。

其傳此卦爻辭「上六，城復於隍」曰：

> 「隍」，城下之溝無水者，城傾，則土復歸於隍。上六陰處
> 高危，其勢必傾。陰陽之位十有二，嚮背幽明，各居其半，
> 而循環以發見。陰傾而入，勢將復從下起。……此小人被疾
> 已甚，勢且復興之象。《易》不爲小人謀，故不爲陰幸而但
> 爲陽戒，言陰之將復，不可與爭，但當告誡邑人，內備必致
> 之患。然激成之勢，已不可挽，雖告命得貞，而亦吝矣。占
> 此爻者，時勢如此，於爻外見意。[20]

---

17 《周易內傳》卷1，《船山全書》，第1冊，頁98。
18 《周易內傳》卷1，《船山全書》，第1冊，頁101。
19 《周易內傳》卷1，《船山全書》，第1冊，頁145。
20 《周易內傳》卷1，《船山全書》，第1冊，頁147。

以上例證說明：《周易》正是要人從卦象、爻數的的現在型構中識出事物未來發展動態的「自然之勢」，所謂「冬春之交，氣動地中……於時復有風雨凝寒未盡之雪霜，遏之而不得暢」，所謂「三陽居內而盛，陰且必生；三陰居外，成乎既往，而循環於嚮背之際，且自下起，故平之必陂，往之必復」云云，皆在肯認世界乃一無休止運動變化的前提下，要人於嚮見背以明察「錯綜相易之幾」。呈現於《周易》視野中的世界，類似海德格所說的「能存有」的原初構成境域，又在某種意義上與現代理論物理學中的隱秩序（implicate order）和全息活動（holomovement）的觀念不無共通之處。對於人的行為的指導而言，船山於不同時位和勢提出不同的策略原則。首先是處於邪乘勢相掩的逆勢中須「待命」或「俟時」。如船山傳〈蹇〉卦爻辭「往蹇來譽」曰：

> 初六柔靜而退居下，無行之意，以靜俟其正，則中四爻之美皆歸之，不期譽而譽自至矣。[21]

　　其次，處於陽舒陰斂之際，則要「養勢」。在上引船山傳〈蒙〉象傳時即有「曲折縈回，養其勢以合小為大」的說法。在傳〈小畜〉的卦辭時亦寫道：

> 「畜」，止也，養也，止之所以養也。用之有餘，則體且憂其不足。[22]

21　《周易內傳》卷3，《船山全書》，第1冊，頁328。
22　《周易內傳》卷1，《船山全書》，第1冊，頁129。

復次，面對陽之益初，或陰盛極而遷之勢，則應乘時而有所作爲，此即「乘勢」。船山《周易外傳》傳〈革〉卦曰：

> 蓋陰不厚事，則其極盛而遷，每於位亢勢終之餘，謝故而生新……雖然，其於〈革〉也則尤難矣。過乎時，而返以乘時，其勢難；履天位，而遜乎無位，陰革而往上，其情難。[23]

最後，處群陰方興之「欲消之勢」，則只能順時以「撫馭」，或稱「留勢」。船山傳〈無妄〉卦爻辭「上九，無妄行有眚，無攸利」句道：

> 上九晏居最高之地，處欲消之勢，不能安靖以撫馭之，而亢志欲行，則違時妄動，自成乎「眚」而「無攸利」矣。[24]

在以上種種情勢的應對中，至爲關鍵者則爲「時」。這個意味至深的概念指涉由與宇宙秩序相合而體悟出的個中之「幾」或「動之微」，它是宇宙學框架下的readiness或timelyness[25]。船山曰：「莫變匪時，莫貞匪時……《易》之時六十有四，時之變三百八十有四，變之時四千八十有六，皆以貞紀者也。」[26]如方東美先生所說：《易》的哲學正是在時間動力學的關係中賦予宇宙天地以準衡，吾人亦據此以領悟

---

23 《周易外傳》卷4，《船山全書》，第1冊，頁943。
24 《周易內傳》卷2，《船山全書》，第1冊，頁241。
25 本章對時的這種界定，有受周勤博士啓發處。特此說明。
26 《詩廣傳》卷4，《船山全書》，第3冊，頁451-452。

天地秩序、參與時間本身之創造[27]。所以「時」與「勢」和「位」結合爲「時勢」和「時位」。而船山對此的整體應對，可藉其對老子「迎」、「隨」範疇的詮釋而說明：

> 事物之數，有來有往。迎其來，不如要其往；追其往，不如俟其來。而以心察察於往來者，則非先時而即後時。[28]

此種非迎非隨的態度，不正是上文所說的「乘時」和「俟時」嗎[29]？而「養勢」和「留勢」則是於「要其往」和「俟其來」之間審時知幾。

　　船山研討《周易》諸卦，時時舉史例爲證。而其史學，亦處處透出由深研易道而生發出的對「因時因勢」的特別關注。在評價歷史事件人物時強調「勢」，同樣是強調體悟出宇宙大化中的「動之微幾」。在所謂「勢因乎時」[30]，「乃以其時度其勢」[31]，「時異而勢異」[32]的說法裡，時間與變化的世界無從分離：「經歷時間即經歷變化的具體事件，觀察時間即觀察世界的實際的發生。」[33]《易傳》雖傳統上視作儒家經典，但無論吾人是否接受陳鼓應所論《易傳‧繫

27　見其〈中國形上學中之宇宙與個人〉，見《生生之德》，頁290-291。
28　《老子衍》，《船山全書》，第13冊，頁30。
29　本章此處頗受徐蓀銘〈王船山論迎隨〉一文的啓發。見《王船山學術思想討論集》（長沙：湖南人民出版社，1984），頁224-231。
30　《讀通鑒論》卷12，《船山全書》，第10冊，頁458。
31　《宋論》卷4，《船山全書》，第11冊，頁126。
32　《宋論》卷15，《船山全書》，第11冊，頁335。
33　Chung-Ying Cheng（成中英）, "Greek and Chinese Views on Time and Timeless," in *Philosophy East and West* 24. 2 (1974):156.

辭》乃稷下道家之作的觀點[34]，《易傳》之雜有大量道家思想，應無問題。從歷史觀而言，船山由此超越了儒家傳統的道德動機中心主義，如同柳宗元肯認「封建非聖人意，勢也」一樣，船山亦提出「秦以私天下之心而罷侯置守，而天假其私以行其大公」[35]。顯然，由對「從高趨卑，從大包小，不容違阻」之「勢」的強調，船山是首先基於原初的構成勢域以論歷史之成敗的。

然而，船山推崇的歷史過程中展開的「勢」，卻並非許多論者津津樂道的所謂「客觀規律」[36]。這首先由於，「勢」所指稱的變化著的世界之潛秩序，並非是從一定情勢中抽繹出來的可循之跡。即使是作為「順勢之必然者」[37]的「理」，亦無從由歷史環境中抽象出來而成為對象化和現成的(vorhanden)[38]邏輯。船山說：「夫所謂理勢者，豈有定理，而形跡相若，其勢均哉？……其時而已」[39]；又說：「知時以審勢，因勢而求合於理，豈可以概論哉？」[40]故安樂哲(Roger T. Ames)以「勢」(譯作situationality)比較西哲尋繹的構造、控制自然和人類世界的普遍自然和道德律說：中國經典中提出「勢」，旨在「尋求理解常新的大化，以此界定和明瞭正在持續的生命過程中的此

34　見陳鼓應，《易傳與道家思想》(北京：三聯書店，1996)，頁102-114。
35　《讀通鑑論》卷1，《船山全書》，第10冊，頁68。
36　這種說法在大陸學者中相當普遍。見黃明同，〈王船山歷史哲學的邏輯路徑初探〉，范陽，〈論王船山歷史觀的脈絡及其新因素〉，馮天瑜，〈王船山理性主義歷史觀探微〉等，載《王船山學術思想討論集》，頁341-360，361-383，384-469。
37　《宋論》卷7，《船山全書》，第11冊，頁177。
38　此處的現成(vorhanden)是概念中的現成，與王夫之現量說的生活和感覺世界的「現成義」義涵正好相反。
39　《宋論》卷4，《船山全書》，第11冊，頁140。
40　《宋論》卷4，《船山全書》，第11冊，頁142。

時此地」[41]。其次，所謂「規律」是與原因論或目的論地解釋現實的
西方傳統相關的。而「勢」，正如儒連所指出的，「似乎以某種方式
同時與西方的原因論和目的論重疊，然在最終分析之下，卻與兩者均
不一致。」[42]因爲原因論和目的論儘管對立，卻均基於因果律。而持
「勢」或「理勢」以論史者，卻只是肯定了全息運動中某種趨勢之
「無可避免」（ineluctable），並強調歷史變化的不主故常。「勢」既
非出自客觀，亦非自主觀，而是出自海德格所論人和世界存有論意義
上的自身緣構發生（Ereignis）[43]。基於此，乃有《周易》〈繫辭〉所
謂「陰陽不測之謂神」。船山對此的解釋爲：

> 「神」者，道之妙萬物者也。《易》之所可見者象也，可數
> 者數也；而立於吉凶之先，無心於分而爲兩之際，人謀之所
> 不至，其動靜無端，莫之爲而爲者，神也。使陰陽有一定之
> 則，升降消長，以漸而爲序，以均而爲適，則人可以私意測
> 之，而無所謂神矣。……聖人有憂，仁知有其偏見，百姓用
> 而不知，唯至健至順之極變化以周於險阻者，無擇無端，而

41　"Knowing in the Zhuangzi," in *Wandering at Ease in the Zhuangzi,* ed.
　　Roger T. Ames (Albany: State University of New York, 1998), p. 227.

42　*The Propensity of Things,* p. 247.

43　這是張祥龍的翻譯，見其《海德格爾思想與中國天道──終極視域的
　　開啓與交融》（北京：三聯書店，1997），頁428。馮尚根據海氏對詞根
　　的分析「本己地發生而被歸屬於己」譯爲「本己居有」。見其譯作（馬
　　克・費羅芒─默里斯撰）《海德格爾詩學》（上海：上海譯文出版社，
　　2005），頁11注1。孫周興譯爲「大道」或「本有」，見其譯作（海德格
　　撰）《在通向語言的途中》（北京：商務印書館，2005），頁284。袁保
　　新譯作「同現共流」，見其《從海德格、老子、孟子到當代新儒
　　學》，頁115。此處取張祥龍的翻譯。

時至幾生於不容已，莫能測也。《易》唯以此體其無方，爲
其無體，周流六虛，無有典要，因時順變，不主故常，則性
載神以盡用，神帥性以達權之道至矣。[44]

以「不主故常」否定了「一定之則」，難道還有「規律」可言麼？然
而，或許不無弔詭的是，也正由其易學淵源，船山的史觀又無法超脫
一預設的閉合系統，所謂「天下之勢，一離一合，一治一亂而已」[45]。
其易學「循環嚮背」、「平之必陂，往之必復，自然之勢也」的觀念
在此隱隱見出。這裡出現了一種「所有層次中和所有維向裡的生命情
勢的關聯性」，一種特定時際中的秩序[46]。在船山的歷史哲學裡，仍
然殘存著伊里雅德(Mircea Eliade)所謂的「太陰節律」（lunar rhythm）
或「周期性復興的時間」（periodically regenerating time），觀察線性
的歷史發展時，仍時時透顯宇宙循環的陰影。這是強調自身緣構發生
所應排斥的現成性，也正是所有前現代的歷史觀所無可避免者[47]。船
山心目中人在歷史中的「達權之道」，其中指導行爲的原則，也因此
仍然透出上文所總結的面臨不同勢態的「俟」、「養」，「取」、
「留」。

船山史著中論及「俟時」處甚多。如論東漢靈帝時宦寺之禍，時

44 《周易內傳》卷5，《船山全書》，第1冊，頁531。
45 《讀通鑑論》卷16，《船山全書》，第10冊，頁610。
46 Hellmut Wilhelm, *Heaven, Earth, and Man in the Book of Changes* (Seattle: University of Washington Press, 1977), pp. 5-6.
47 詳見Mircea Eliade, *The Myth of the Eternal Return, Cosmos and History* (Princeton: Princeton University Press, 1991), pp. 112-146. 此點承蒙周勤博士點撥，特在此鳴謝。正由於這種無法最終擺脫宇宙論的歷史觀，吾人才不得以「人性史哲學」概括船山思想。詳見本卷第五章〈船山對儒家詩學「興觀群怨」概念之再詮釋〉。

人欲其速亡，「黨人力抗之而死，竇武欲誅之而死，陽球力擊之而死」，皆不果。然船山寫道：「輕重之勢，若不可返，返之幾正在是也，而人弗能知也。……夫既夫人而可與至，則一旦撲之，如烈火吹將盡之燈。」船山的結論是：當時，「智者靜以俟天，勇者決以自任」，而這正是曹操何以「晏坐而笑」之故，「勿爲張皇迫遽而驚回天轉日之難也」[48]。又如，分析岳武穆無以效國，船山以爲：趙宋猜防武臣，其來已夙，而岳飛以屢戰屢勝使天下忘其上之有天子，「唯震於其名，其勢既如此矣」。而「秦檜之險，不可以言語爭、名義折，其勢已堅矣」。而岳武穆卻「崖岸自矜，標剛正之目，以與奸臣成不相下之勢」，以致不保其身。船山由此總結道：

> 嗚呼！得失成敗之樞，屈伸之間而已。屈於此者伸於彼，無兩得之數，亦無不返之勢也……岳侯受禍之時，身猶未老，使其韜光斂采，力謝眾美之名；知難勇退，不爭旦夕之功；秦檜之死，固可待也。完顏亮之背盟，猶可及也。高宗君臣，固將舉社稷以唯吾是聽，則壯志伸矣。[49]

成敗得失之樞在於君子觀勢俟時以決屈伸。

船山亦時時從歷史教訓中議論「養勢」。他以爲范仲淹議撫西夏以自全的謀略就說明：「古今有定勢焉，弱者不可驟張而彊，彊者可徐俟其弱。」[50]又如他以爲秦之亡即在不知「勢有所不得遽革」。船山以爲：「夫封建之不可復也，勢也。」在這一點上，秦置郡縣是順

48　《讀通鑑論》卷8，《船山全書》，第10冊，頁334-335。
49　《宋論》卷10，《船山全書》，第11冊，頁244-245。
50　《宋論》卷4，《船山全書》，第11冊，頁127。

應時勢。然而，秦之統治者卻不知：

> 習久而變者，必以其漸。秦惟暴烈之一朝，而怨滿天下。漢
> 略師三代以建侯王，而其勢必不能久延，無亦徐俟天之不可
> 回，人之不可返，而後因之。[51]

顯然，在他看來，漢初帝王是更知養勢的道理的。然而，在俟封建必
革之勢一朝之後，主父偃臨齊則是善於「乘勢」：

> 武帝承七國敗亡之餘，諸侯之氣已熸，偃單車臨齊而齊王自
> 殺，則諸侯救過不遑，而已分封子弟爲安榮，偃之說乃已乘
> 時而有功。因此而知封建之必革而不可復也，勢已積而俟之
> 一朝也。[52]

　　總結某些歷史教訓，船山亦時以不知「留勢」者爲鑒。如他認爲
漢武帝銳意有爲而興繁苛之政開邊牟利，淫刑崇侈即不知留勢。雖然
勢甚盛而不可撲，「然而溢於其量者中必餒，馳於其所不可行者力必
困」。船山以此提醒世人「極重之勢，其末必輕，輕則反之也易」的
道理[53]。

　　船山自二十七歲立志學《易》，完成《周易內傳》時，他已經是
六十七歲的老人了。而上引船山的兩部史論，則如其主要詩學著作一
樣，均作於晚年。《讀通鑒論》和《宋論》分別完成於康熙二十六年

---

51 《讀通鑒論》卷2，《船山全書》，第10冊，頁109-110。
52 《讀通鑒論》卷3，《船山全書》，第10冊，頁134。
53 《宋論》卷6，《船山全書》，第11冊，頁177-178。

(1687)和三十年(1691)，但《讀通鑑論》這樣大部頭的著作開始寫作的時間會早得多。筆者列出這樣一個簡單的時間表，旨在說明：船山詩學中的「勢」範疇，應如其史論中的這一範疇一樣，同出其易學之機杼。這樣，上文的許多結論，將有助吾人疏解其詩學中「勢」之義涵。

二、「勢」與詩的時間面向

船山在《夕堂永日緒論內編》(以下簡稱《內編》)的第三條提出：「以意爲主，勢次之，勢者，意中之神理也。」「勢」出現的位置值得注意。船山論詩雖然採用了詩話的散漫形式，但細玩《內篇》前五條，其中次序似並不苟然。這五條置於一卷之首，皆與其對詩的義界有關。《內篇》第一條論「興觀群怨」，這個論題出現在與《詩譯》同樣的位置——因爲《詩譯》第一條相當於《內篇》的〈序〉。顯然，此是從詩人—文本—讀者這樣一個動態發展中去界定詩。第二條論「意」，即將論題收縮爲「作者用一致之思，讀者各以其情而自得」[54]句中的「作者一致之思」，所謂「煙雲泉石、花鳥苔林、金鋪錦帳，寓意則靈」又旨在說明作者情志與詩中素材的關係，而著重之點則在作者，因爲據宇文所安的說法，「意」，「超越情的當下和境況層面與情景的瞬間契合」。第三條再將論題收縮爲「意中之神理」。但此處重點已由作者情志轉向情志(意)在文本中的開顯。第四條論情景，乃由作者與世界的關係界定詩。第五條又轉向「景」。那麼，船山如何由文本，以及文本和作者的關係來界定詩呢？顯然只能

---

54 《詩譯》(二)，《薑齋詩話箋注》，頁4。

是上文說到的第三條了。在此,正如不少學者已指出的:第一條目以
「人情之遊也無涯……斯所貴於有詩」,強調了詩如眾動不窮的大
化,其意義的生命將因讀者「各以其情遇」而在閱讀和詮釋中開顯[55]。
第三條在「以意爲主」後論「勢」,復又宣示:即便將論題局限於作
者和文本,詩之生命亦不在於作者主觀的操控,而在於意義的「自主
地」動態展開及循時間而綿延。這不啻在說:詩的文本乃「意」藉
「勢」而開顯。在這樣的意義上,船山才得以論說:「詩……不在
意。」《內篇》論勢的第一個條目已包含了這樣的意思:

> 把定一題、一人、一事、一物,於其上求形似,求詞采,求
> 故實,如鈍斧子劈櫟柞,皮屑紛霏,何嘗動得一絲紋理?以
> 意爲主,勢次之。勢者,意中之神理也。唯謝康樂能取勢,
> 宛轉屈伸以求盡其意;意已盡則止,殆無剩語;天矯連蜷,
> 煙雲繚繞,乃眞龍,非畫龍也。[56]

「乃眞龍,非畫龍也」,語在彰顯詩之「生命」。在此,吾人可感受
到黃子雲論詩時所說的「詩猶一太極也,陰陽萬物於此而生生,變化
無窮矣」[57]的意味。這種從生命力不斷展衍去論詩的態度,不啻是對

55　見Siu-Kit Wong, "Ch'ing and Ching in the Critical Writings of Wang Fu-
　　chih," *Chinese Approaches to Literature from Confucius to Liang Ch'i-
　　ch'ao*, p. 148.又見Alison Harley Black, *Man and Nature in Philosophical
　　Thought of Wang Fu-Chih*, p. 281.又見Cecile Chu-chin Sun, *Pearl from the
　　Dragon's Mouth*, pp. 153-154.

56　《薑齋詩話箋注》,頁48。

57　《野鴻詩的》,見丁福保輯,《清詩話》(上海:上海古籍出版社,
　　1978),下冊,頁857。

「生生之謂易」思想的發揮。正因有「生生不已之幾」，方有「天下之矗矗」[58]。船山在詩評中一再借「神龍」、「真龍」、「神駿」這些意象強調詩乃在蓬勃的內在生命力中展開：

神龍之興雲霧馭，以人情準之，徒有浩嘆而已。[59]

如神龍得膚寸之雲，即爾騰上。[60]

神龍得雲，唯其天矯矣。[61]

英氣自是生物，首尾筋絡，正不可繩尺相尋。[62]

結如不結，二偶語爾，飛舞之勢，如鸞翔鳳翥。[63]

神駿不可方物，而固不出於圈中。[64]

如神龍天矯，隨所向處，雲雷盈動。[65]

此作如神龍，非無首尾，而不可以方體測。[66]

58　《周易內傳》卷5，《船山全書》，第1冊，頁529-530。

59　蔡邕〈飲馬長城窟行〉評，《古詩評選》卷1，《船山全書》，第14冊，頁497。

60　吳均〈行路難〉其四評，《古詩評選》卷1，《船山全書》，第14冊，頁554。

61　劉琨〈答盧諶〉評，《古詩評選》卷2，《船山全書》，第14冊，頁600。

62　《古詩十九首》其十五評，《古詩評選》卷4，《船山全書》，第14冊，頁649。

63　張協〈雜詩〉其八評，《古詩評選》卷4，《船山全書》，第14冊，頁707。

64　陶潛〈擬古〉其五評，《古詩評選》卷4，《船山全書》，第14冊，頁722。

65　謝靈運〈廬陵王墓下作〉評，《古詩評選》卷5，《船山全書》，第14冊，頁741。

66　李白〈古風〉（「鳳飢不啄粟」）評，《唐詩評選》卷2，《船山全書》，第14冊，頁949。

往往點染飛動，如公輸刻木爲鳶，凌空而去。[67]

此處所謂「夭矯」，所謂「英氣自是生物，首尾筋絡，正不可繩尺相尋」，所謂「隨所向處，雲雷盈動」云云，皆是強調詩是氣脈貫串的生命體。故而，船山論勢，亦映帶其氣論，偶爾亦有「氣勢」[68]的複合詞出現。而所謂「文者氣之用」、「一氣始終」、「一氣推衍」、「一氣清安」、「生氣綿延」[69]更時時見諸其詩評。這種生氣流注的「氣脈」在一定意義上是「勢」的另一表述。船山論「氣脈」曰：

> 謂之脈者，如人身之有十二脈，發於趾端，達於顛頂，藏於肌肉之中，督任沖帶，互相爲宅，縈繞周回，微動而流轉不窮，合而爲一人之生理，若一呼一諾，一挑一繳，前後相鉤，拽之使合，是傀儡之絲，無生氣而但憑牽縱，詎可謂之脈邪？[70]

故而，與這種有生氣灌注的喻象對立的喻象則是「氣絕神散，如斷蛇剖瓜」，「死蚓」、「脆蛇寸斷」和「轅下駒」：

> 初不設意爲局格，正爾不亂。吾甚惡設意以矜不亂，如死蚓

---

67 杜甫〈詠懷古跡〉其二評，《唐詩評選》卷4，《船山全書》，第14冊，頁1095。

68 見其高適〈薊門〉詩評，《唐詩評選》卷2，《船山全書》，第14冊，卷943。

69 分別見《船山全書》，第14冊，頁762，989，970，1056，762。

70 《夕堂永日緒論外編》，《薑齋詩話箋注》，頁201。

之抗生龍。[71]

自杜陵夔府諸作以相沿染，而人間乃有此脆蛇寸斷、萬蟻群攢之詩，謂之排律。[72]

句裡字外俱有引曳騫飛之勢，不似盛唐後人促促作轅下駒也。[73]

在所有這些對「詩的生命力」的喻示後面，船山所肯認的，正是上文所說的，從文本而言，詩不在作者主觀之「意」，而在於意義的「自主地」動態展開。詩的生命「長度」乃外於詩人的意志，是「自動」的，自生（autogenetic）的。或者說，一旦從詩人筆鋒下逸出，詩就是自主的，詩人亦無法羈束的生命：「如公輸刻木為鳶，凌空而去。」

《內篇》論「勢」第一段話中出現兩次的「神」（「神理」和「神龍」字尤值得注意。上引船山詩評屢屢言及的「首尾筋絡，正不可繩尺相尋」、「不可以方體測」、「不可方物」，亦在強調此一「神」字。上文論及：船山易學論道妙生萬物，即有「天地之神無方而《易》之無體」。船山詩學乃其易學諸觀念之延伸，詩惟「無方」，方為「神龍」。以「神龍」作譬，船山強調詩乃「意」之動態地展開，人莫之能測。與無方之「神」相對的則是「定」，與「取勢」對峙的則是：「把定一題、一人、一事、一物……」，這樣一種從凝固的主題、內容、事件、意義去謀篇的方式。而船山則以「宛轉

71　阮修〈上巳會〉評，《古詩評選》卷2，《船山全書》，第14冊，頁597。

72　杜審言〈春日江津遊望〉評，《唐詩評選》卷3，《船山全書》，第14冊，頁1048。

73　王績〈北山〉評，《唐詩評選》卷1，《船山全書》，第14冊，頁885。

屈伸」、「夭矯連蜷，煙雲繚繞」來描述「意」的動態展開。「意中之神理」之「神」字，在此凸顯此一展開之「人謀之所不至」、「時至幾生於不容已，莫能測也」，這些由《易》去觀察世界的觀念。船山是針對宋以來論詩者強調「字眼」、「句法」、「埋伏照映」等而提出此一謀篇觀念的。正如其在論史時強調「因勢而求合於理，豈可以概論哉？」一樣，「勢」在其史學中並非「規律」，在其詩學中，作為「意中之神理」的「勢」，是從詩人「意中」生發的隱秩序「不得不如此」地展開，更非某些論者所說的「規律」。以船山的話說，則是：

> 不爲章法謀，乃成章法。所謂章法者，一章有一章之法也。
> 千章一法，則不必名章法矣。事自有初終，意自有起止，更
> 天然一定之則，所謂範圍而不過也。[74]

「勢」正是「一章有一章之法」，它是隨事之初終、意之起止而展開的「天然一定之則」。所謂「範圍而不過」是直接引用《易傳・繫辭》的文句「範圍天地之化而不過」，以說明詩的結撰是無心成化，不主故常的。

然則，「勢」究竟是什麼？什麼才是這個「一章有一章之法」的「法」？什麼才是這個「宛轉屈伸以求盡其意，意已盡則止」的「意中之神理」？什麼才是這個外於詩人意志「隨所向處，雲雷盈動」的「神龍夭矯」？從詩而言，這種外於主、客的生命力只能是自某種存有論的視野去切身領會到的情感之原初構成，只能是詩人緣在自身緣

74　楊慎〈近歸有寄〉評，《明詩評選》卷5，《船山全書》，第14冊，頁1404。

構發生中的情感脈動。因爲把握這個「勢」乃抒情藝術之樞機，船山所以強調「以意爲主」，卻又屢屢言及詩之深遠廣大俱不在意：

> 景語之合：以詞相合者下；以意相次者較勝；即目即事，本自爲類，正不必蟬連，而吟詠之下自知一時一事有於此者，斯天然之妙也。「風急鳥聲碎，日高花影重」，詞相比而事不相屬，斯以爲惡詩矣。「花迎劍佩星初落，柳拂旌旗露未乾」泃爲合符，而猶以有意連合見針線跡。如此云：「明燈耀閨中，清風淒已寒」，上下兩景幾於不續，而自然一時之中寓目同感，在天合氣，在人合情，不用意而物無不親。嗚呼，至矣！[75]

所謂「以詞相合者」，即自文字的表層主觀而冷靜地尋繹詩句的連屬，而非「語與興趣，勢逐情起，不由作意」[76]，讓詩勢從意興中自然生長出來而具「天然之妙」。船山不甚以爲然的「有意連合」亦即皎然所謂「作意」，皆與「取勢」相違。而強調「取勢」，則將詩意的延伸視爲外於詩人意志操控的自生過程，這是船山以「意中之神理」界定「勢」所賦予此範疇最重要之義涵。因爲「神」屬乾陽之德，既是「御氣而時行物生」[77]的「二氣清通之理」，又是聖人臻至最高道德精神境界之後「心」之所涵：

75　劉楨〈贈五官中郎將〉評，《古詩評選》卷4，《船山全書》，第14
　　冊，頁671。
76　皎然，《詩式》，《歷代詩話》（北京：中華書局，1981），上冊，頁
　　29。
77　《張子正蒙注》卷2，《船山全書》，第12冊，頁78。

> 聖不可知，則從心所欲，皆合陰陽健順之理氣……斯其運化
> 之妙與太虛之神一矣。自大人而上，熟之則聖，聖熟而神
> 矣……不離乎人而一於天也。[78]

聖人「取勢」，是令一己心中之「神」與「太虛之神」運化爲一，在「不離乎人而一於天也」的相互構成境域中領會大化之幾，從而由命見義，或海德格所說的「作爲整個能在來生存」[79]。而詩人「取勢」，則是在詩興與存有同現共流(自身緣構發生)中把握生命之流的歸趨——詩之「神理」。詩興於此超越了主、客的分野而具有了存有論之構成意味。緣在於此也以時間性爲眞身，故而「當其天籟之發，因於俄頃」[80]，「情感須臾，取之在己，不因追憶」[81]。在此刻，「脈行肉裡，神寄影中，巧參化工」[82]，「以神行而不以機牽」[83]，「天與造之，神與運之」[84]，因爲「勢」作爲「意中之神理」，「其運化之妙與太虛之神一矣」。這裡令人想到葛瑞翰(A.C. Graham)討論莊子思想時所說的一段話：通常暗示「自由」意含的「自然」

---

78 《張子正蒙注》卷2，《船山全書》，第12冊，頁88。

79 海德格，《存在與時間》，陳嘉映、王慶節(譯)(北京：三聯書店，2000)，頁303。

80 潘岳〈哀詩〉評，《古詩評選》卷4，《船山全書》，第14冊，頁694。

81 謝靈運〈盧陵王墓下作〉評，《古詩評選》卷5，《船山全書》，第14冊，頁741。

82 劉庭芝〈公子行〉評，《唐詩評選》卷1，《船山全書》，第14冊，頁889。

83 陳子昂〈登幽州臺歌〉評，《唐詩評選》卷1，《船山全書》，第14冊，頁891。

84 謝靈運〈登池上樓〉評，《古詩評選》卷5，《船山全書》，第14冊，頁732。

(spontaneity)概念與暗示「強制」(compulsion)意含的「不得已」(inevitable)概念間的對峙，在此是應當置諸腦後的：「莊子的理念是完全沒有選擇，因為情勢清晰地顯示你只能作一種回應。」[85]而船山對此「自然」和「強制」統一性的理解，特別出自其易學，所謂「特於其相易者各有趨時之道，而順之則吉，逆之則凶」，正是肯認「強制」，而「從高趨卑，從大包小，不容違阻」則又充分強調了「自然」。船山論「勢」，應比劉彥和更凸顯了文本生成的非主觀性質。雖然後者亦說到「圓者規整，其勢也自轉；方者鉅形，其勢也自安」[86]，但由於劉彥和強調「因情立體，即體成勢」，是從「情—體—勢」的關係論「勢」，因而「便處處與論體相照應」[87]，因而是「定勢」而非「取勢」。而船山論「取勢」，則直接著眼於「意」的自然開顯以生成詩歌文本。在此，劉彥和要面對各種文類，而船山則僅僅討論抒情詩。而且，船山心中的圭臬又是古體詩[88]。

　　王船山將抒情詩篇的形成過程歸結為「取勢」，實際上提出了一個與抒情詩文類本質攸關的問題。在抒情詩(lyric poetry)崛起而成為主要西方文類的時代，赫德(J.G. Herder)和尼采曾總結說：抒情詩與前浪漫主義時代的主要文類戲劇和敘事文學不同在於：後者如同建造房屋，需要預先設計和藍圖，而前者則是如同「植物」一般從種籽

85　A.C. Graham, *Disputers of Tao: Philosophical Argument in Ancient China* (La Salle, Illinois: Open Court, 1993), p. 190.

86　《文心雕龍·定勢》，范文瀾注，《文心雕龍注》(北京：人民文學出版社，1987)，下冊，頁530。

87　詳見羅宗強，《魏晉南北朝文學思想史》(北京：中華書局，1996)，頁354-356。

88　船山對近體並不真正稱賞，筆者對此的討論，請參見本卷第三章〈船山天人之學在詩學中之展開〉。

「生長」出來的[89]。船山論「取勢」，所欲彰顯的正是此種自然的「生長」：「猶天之寒暑，物之生成」[90]；「至文之於天壤，初終條理自無待而成」[91]；「當其始唱，不謀其中；言之已中，不知所畢……蓋意伏象外，隨所至而與俱流」[92]。而爲船山矛頭所指一流喋喋的「作詩如作雜劇，初時布置」[93]，及「埋伏照映」等等，則恰恰以尼采所說的戲劇布局來規模詩作。

由以上論證可知：船山以「勢」論詩，彰顯了詩乃意之動態地展開，而人莫之能測。在這種說法中，船山確乎旨在說明詩的本質在變化本身，詩不是「什麼」，而是出自存有者人緣構發生中的「怎樣」。所謂「但以聲光動人心魄，若論其命意，亦何迥別？」[94]「乃生色動人……故知以意爲主之說，眞腐儒也」[95]，其實皆已涵攝了此一層意思。但此處的問題是：船山《內篇》第三條之論「勢」，究竟是在高友工先生所謂藝術的「操作」層次或「時間面向」中立論？抑或在詩之「構思」或「空間面向」中立論呢[96]？換言之，從龐德

89　轉引自M.H. Abrams, *The Mirror and the Lamp: Romantic Theory and the Critical Tradition* (London: Oxford University Press, 1971), p. 205.

90　張協〈雜詩〉其八評，《古詩評選》卷4，《船山全書》，第14冊，頁707。

91　〈五言近體序〉，《古詩評選》卷6，《船山全書》，第14冊，頁830。

92　曹操〈秋胡行〉評，《古詩評選》卷1，《船山全書》，第14冊，頁499-500。

93　《王直方詩話》引黃山谷語。見郭紹虞編，《宋詩話輯佚》(北京：中華書局，1980)，上冊，頁14。

94　張協〈雜詩〉其二評，《古詩評選》卷4，《船山全書》，第14冊，頁704。

95　郭璞〈遊仙詩〉其二評，《船山全書》，第14冊，頁708。

96　見其〈試論中國藝術精神〉(上)，《九州學刊》第2卷第2期，頁9。並見 "Chinese Lyric Aesthetics," in *Words and Images: Chinese Poetry, Calligraphy, and Painting*, eds. Alfveda Murck and Wen C. Fong (Princeton: Princeton University Press, 1991), pp. 68-69.

（Ezra Pound）所謂詩歌中「賦語言以意義」的三種方式——「音樂性的創造」（melopoeia），「意象的創造」（phanopoeia）和「詞彙（意義）共鳴關係的創造」（logopoeia）[97]——的哪一種方式的意義之上，吾人得以理解船山上述論點中的「勢」呢？由船山《內篇》第三條中「意已盡則止，殆無剩語」的說法判斷，船山此處論「勢」應更著眼於「語」，即「音樂性的創造」和「詞彙（意義）共鳴關係的創造」，更關涉作品的「操作」層次或「時間面向」。在此層意義之上，上文所謂「聲光動人心魄」，「生色動人」的「聲」、「光」、「色」，應為訴諸讀者言語感官的效果。它從一個方面說明了船山何以沿明李東陽和前七子的傳統而以樂論詩——因為音樂是「總眾異以合體」[98]，是「陰沉陽升，柔屈剛興，玄黃之分，推故引新」[99]，即以不斷的變化為其生命之藝術。船山評謝靈運〈遊南亭〉時推崇的「宮徵疊生之妙」，所謂「翕如、純如、皦如、繹如於斯備」[100]，正是這種不斷的語言的音聲變化。船山曰：

> 詩所以言志也，歌所以永言也，聲所以依永也，律所以和聲也。……
> 長短疾徐者，開闢之樞機，損益之定數，《記》所謂「一動一靜，天地之間」者也。……
> 不以濁則清者不激，不以抑則揚者不興，不以舒則促者不

97　詳見Andrew Welsh, *Roots of Lyric: Primitive Poetry and Modern Poetics* (Princeton: Princeton University Press, 1978), pp. 15-16.

98　夏侯湛〈笙賦〉，《全晉文》卷45，嚴可均輯，《全上古三代秦漢三國六朝文》（北京：中華書局，1991），第2冊，頁1859。

99　傅玄〈箏賦〉，《全上古三代秦漢三國六朝文》，第2冊，頁1716。

100　《古詩評選》卷5，《船山全書》，第14冊，頁733。

> 順。上生者必有所益，下生者必有所損。聲之洪細，永之短
> 長，皆損益之自然者也。[101]

船山的意思很清楚：詩之所以言志，即在於有其清濁、抑揚、舒順、
損益、洪細、短長這些聲音的變化。「一動一靜，天地之間」雖出自
《禮記‧樂記》，但基本觀念實際上是貫串在易道之中[102]。故而，
不僅船山所謂「開辟之樞機」語出《易傳‧繫辭》的「一開一辟謂之
變」，而且作為詩之音樂美的「清濁」、「健順」，亦見於其對同書
的「一陰一陽之謂道」的詮釋[103]。所以，此種變化，乃「損益之自
然者」。而此中之「天然一定之則」，範圍而不過，亦為「勢」。

　　然而船山所謂「勢」即從詩的「時間」面向而言，亦絕不止於指
稱語言音樂性中的「神與運之」的「隱秩序」而已。船山一再借用另
一抽象藝術書法的術語，以「墨氣噴霧，磅礡成文」、「腕力有餘，
皆中鋒勁媚」、「枯勁老筆」、「書家之藏鋒」，乃至「一筆草
書」、「飛白法」等等論詩，正說明他著眼的是詩意展開過程的另一
抽象的層面，即筆者在〈論文行之象〉一文中所概括的「行文本身的
形象」：「它還包括了疏率或沉著的筆致，澀窒或流利的語勢、豐腴
或枯瘠的詞采以及意義的密度等等被他稱為墨氣的某種質感。」[104]
這一層面，與龐德所謂「詞彙（意義）共鳴關係的創造」有關，卻不完
全相同，它還涉及漢字本身的某種特殊質感。值得注意的是，船山以

101　《尚書引義》卷1，〈舜典三〉，《船山全書》，第2冊，頁251，
　　　252，255。
102　此處讀者可參閱李平，〈中國古代樂論的易學基礎〉一文，載《中國
　　　文化研究所學報》1995年第4期，頁1-17。
103　《周易內傳》卷5，《船山全書》，第1冊，頁524-525。
104　詳見拙文〈論文行之象〉，《中國抒情傳統》，頁149-170。

爲詩的寫作、詩意的展開，同樣有一個如何駕馭「詩勢」——即俟勢、養勢、乘勢和留勢的問題。

首先，詩無定法，「但不以經生詳略開合脈理求之，而自然即於人心，即得之矣。」[105]「自然即於人心」即視詩意展開爲一主觀意志操控之外的「意中之神理」。如上文所論，詩人只能俟之自來，詩之結撰則無心自奇，如神者授之。倘有「豫立之機」，「以經生法脈爲詩，饒伊筆下如刀，正似割杜仲，無奈絲何」[106]，或「如鈍斧子劈櫟柞，皮屑紛霏，何嘗動得一絲紋理？」這無異是強調「俟勢」。其次，船山亦屢屢言及「養勢」：

> 二章往復養勢。[107]
>
> 養局養勢，較雲林一倍深廣。[108]
>
> 寧平必不囂，寧淺必不豪，寧委必不屬。古人之決於養氣，體也固然。[109]

此外，與「養勢」相近的說法還有「忍勢」[110]和「縱者莫非斂

105　張治〈江宿〉評，《明詩評選》卷5，《船山全書》，第14冊，頁1410。

106　楊維楨〈蓮花在太湖之西薊氏村〉評，《明詩評選》卷2，《船山全書》，第14冊，頁1187。

107　嵇康〈贈秀才入軍〉其一、二評，《古詩評選》卷2，《船山全書》，第14冊，頁579。

108　袁凱〈與倪元鎮飲得江上雨〉評，《明詩評選》卷4，《船山全書》，第14冊，頁1266。

109　張羽〈酒醒聞雨〉評，《明詩評選》卷4，《船山全書》，第14冊，頁1275。

110　江總〈長相思〉評，《古詩評選》卷1，《船山全書》，第14冊，頁566。

勢」[111]，以及「居約至弘」和「書家藏鋒之法」：

> 居約致弘，知此者乃可與言詩。[112]
>
> 藏鋒毫端，咫尺萬里。[113]
>
> 氾濫無所過抑，顧筆間全用止勢。當於墨外求之。[114]

「藏鋒」乃書家論書勢的術語。蔡邕〈九勢〉曰：「藏鋒，點畫出入之跡，欲左先右，至回左亦爾。」[115]王羲之〈書論〉曰：「第一須存筋藏鋒，滅跡隱端。」[116]「藏鋒」正是借書家語表達詩人使用疏率筆致或流利語勢時，不可騖張而彊，應善於蓄之，止之，而使用之有餘，養其勢以合小爲大。

船山在評詩時亦時或有涉及「乘勢」的說法。如他評論盧思道〈聽鳴蟬篇〉時寫道：

> 「坐見涼秋月」一句宕下，如河出孟門，奔騰渙散，赴海乃已，更不逆流洄復矣。[117]

在此詩人乘馭了「從高趨卑，從大包小，不容違阻」之「勢」。

---

111 宋子侯〈董妖嬈〉評，《古詩評選》卷1，《船山全書》，第14冊，頁495。

112 孫綽〈三月三日〉評，《古詩評選》卷2，《船山全書》，第14冊，頁602。

113 袁山松〈菊〉評，《古詩評選》卷3，《船山全書》，第14冊，頁616。

114 劉基〈旅興〉其九評，《明詩評選》卷4，《船山全書》，第14冊，頁1250。

115 黃簡編，《歷代書法論文選》(上海：上海書畫出版社，1996)，頁6。

116 《歷代書法論文選》，頁28。

117 見《古詩評選》卷1，《船山全書》，第14冊，頁568。

「勢」不過是詩人意興依情感起伏而展開，「如蝶無定宿，亦無定飛，乃往復百歧，總爲情止。」[118]倘非意興所至，則徒有雕琢之功。船山對「無意而著詞」的批評，恰從反面強調了「乘勢」：

> 有意之詞，雖重亦輕，詞皆意也。無意而著詞，才有點染，即如蹇驢負重，四蹄周章，無復有能行之勢。[119]

船山論詩勢談論最多的卻是「留勢」或「收勢」。此中意味頗爲深長。如評陶潛〈諸人共遊周家墓柏下〉，謂之「筆端有留勢」[120]；評陸厥詩〈奉答內兄顧希叔〉，謂之「一往駃健中自有留勢」[121]；評僧洪恩〈經袽頭庵憶法秀禪師〉，謂之「筆底全有收勢」[122]等等，皆是。與「留勢」相關的又常常是一詩的落句：

> 一結尤有留勢。[123]
> 結局亦因仍委順耳，而有金鉤蠆尾之力，收放雙取，唯三百篇爲然。[124]

---

118 李陵〈與蘇武詩〉評，《古詩評選》卷4，《船山全書》，第14冊，頁654-655。

119 《夕堂永日緒論外編》，《薑齋詩話箋注》，頁222-223。

120 《古詩評選》卷4，《船山全書》，第14冊，頁718。

121 《古詩評選》卷5，《船山全書》，第14冊，頁766。

122 《明詩評選》卷5，《船山全書》，第14冊，頁1458。

123 宋之問〈初至崖口〉評，《唐詩評選》卷2，《船山全書》，第14冊，頁930。

124 謝靈運〈石壁精舍還湖中作〉評，《古詩評選》卷5，《船山全書》，第14冊，頁737。

每於結撰處作迴波止弩不力之力，達人自欽。[125]

忽然集，唐然縱，言之耆然止，飄然遠涉，安然無有不宜。

技至此哉！爲功性情，正是賴耳。[126]

冉冉而來，若將無窮者。倐然澹止，遂終以無窮。[127]

一結尤淨，如片雲在空，疑行疑止。[128]

此處「金鉤蠆尾」語出王僧虔〈又論書〉：「索靖字幼安……傳芝（張芝）草而形異，甚矜其書，名其字勢曰銀鉤蠆尾。」[129]船山在此亦是借「書勢」論詩勢。所謂「收放雙取」、「作迴波止弩不力之力」、「言之耆然止，飄然遠涉」、「倐然澹止，遂終以無窮」，皆是強調詩勢在落句之後仍無形跡地延續，所謂「飄然遠涉」、「疑行疑止」也。這顯然是比「意已盡則止」更進一步的要求，譬之書，則爲草書與眞書的差異。張懷瓘有云：「眞則字終意亦終，草則行盡勢未盡。」[130]

船山以音樂和書法論詩，其實基於其對詩歌中語言本質的認知。語言問題一直困惑著中、西詩人和思想者。張隆溪曾概括莎翁後西方詩人對語言的怨辭說：「詩人對語言崩潰的挫折感是一種特別現代的事情，吾人甚或可以稱之爲現代性。」[131]然而，另一方面，又會有

---

125 曹植〈朔風詩〉評，《古詩評選》卷2，《船山全書》，第14冊，頁575。

126 鮑照〈代白紵曲〉評，《古詩評選》卷1，《船山全書》，第14冊，頁534。

127 鮑照〈擬行路難〉其三評，《船山全書》，第14冊，頁535。

128 王贊〈雜詩〉評，《古詩評選》卷4，《船山全書》，第14冊，頁707。

129 《歷代書法論文選》，頁61。

130 〈書議〉，《歷代書法論文選》，頁148。

131 Zhang Longxi, *The Tao and the Logos: Literary Hermeneutics, East and West* (Durham: Duke University Press, 1992), p. 66.

論者指出其中弔詭：「語言使吾人失敗而且在吾人之間失敗，因爲語言也是詩的原質（material）。」[132]這一弔詭體現爲海德格對語言——「閒言」和「道說」——的不同態度。在中國古代思想中，這一弔詭首先被老子《道德經》的開篇以「道，可道，非常道；名，可名，非常名」[133]一語道破，而在王弼得意忘言說和船山以下說法之間，同樣有此一千古弔詭：

> 魚自游於水，兔自窟於山，筌不設而魚非其魚，蹄不設而兔非其兔。非其魚兔，則道在天下而不即人心，於己爲長物，而何以云「得象」、「得意」哉？故言未可忘，而奚況於象？況乎言所自出，因體因氣，因動因心，因物因理，道抑因言而生，則言、象、意、道，固合而無畛，而奚以忘耶？[134]

船山既從作爲存有者詩人的情感自身緣構發生的「勢」中論詩，且詩的語言文字在他看來，又如書家墨跡一樣呈現著存有者生命的姿勢，這樣的語言眞眞是「言所自出，因體因氣，因動因心，因物因理」了。其謂「道抑因言而生，則言、象、意、道，固合而無畛」，不啻如後期海德格那樣宣示：「語言乃是最精巧的，也是最易受感染的擺動，它將一切保持在這個本有的懸蕩之中。只要我們的本質歸本於語言，我們就居住在本有（Ereignis，即張祥龍所譯「自身緣構發生」）

132　張隆溪所引Barbara H. Smith *Poetic Closure*一書，*Ibid*, pp.69-70.

133　張祥龍曾證明從《尚書·周書》到《論語》、《莊子》「道」皆有「言說」的意義，故《道德經》中這句話即謂道言本身。見《海德格爾思想與中國天道》，頁420-423。

134　《周易外傳》卷6，《船山全書》，第1冊，頁363。

之中。」[135]這樣的語言——道說，不是媒介，不是符號，即「以言起意，則言在而意無窮；以意求言，斯意長而言乃短」[136]，「意在言先，亦在言後，從容涵泳，自然生其氣象」[137]——這樣的「言」，如曾昭旭所言，「與意是一體同參的」[138]。難道還是媒介或符號嗎？這樣的語言是海德格所說的「存有之家」[139]，是「自己說出自己的『本己居有』(或稱『自身緣構發生』)的狀態」[140]。此是船山何以取書、樂這類抽象藝術去象喻詩的原因，因為書和樂是僅有媒介，又似並無媒介的藝術，即如張懷瓘論書所言：「幽思入於毫間，逸氣彌於宇內，鬼出神入，追虛補微，則非言象筌蹄所能存亡也。」[141]總之，語言在詩中如在書法之中，是表達情感的航程，而非「捨筏登岸」之筏。故而，布萊克說，在船山以「勢」論詩的意義上，詩如書法和(中國)畫一樣，「是一種活動」(a poem is an activity)[142]。一如吳道子觀裴旻舞劍，而援毫圖壁，颯然風起，受內在生命力驅遣去揮灑墨滓點線的創作過程。由此看待問題，今人以「意境」統攝中國抒情傳統則不能不說有所偏頗。本章將在結論部分對此進行討論。

---

135 海德格，〈同一律〉，陳小文(譯)，孫周興(編)，《海德格爾選集》(上海：三聯書店，1996)，上冊，頁657。譯文參考了張祥龍，《海德格爾思想與中國天道》，頁166。

136 孟浩然〈鸚鵡洲送王九之江左〉，《唐詩評選》卷1，《船山全書》，第14冊，頁897。

137 王夫之，《詩譯》，《薑齋詩話箋注》，頁8。

138 曾昭旭，《充實與虛靈——中國美學初論》(台北：漢光文化有限股份公司，1993)，頁134。

139 〈語言的本質〉，《在通向語言的途中》，頁154。

140 馬克·費羅芒—默里斯，《海德格爾詩學》，頁11。

141 〈書斷序〉，《歷代書法論文選》，頁155。

142 *Man and Nature in the Philosophical Thought of Wang Fu-Chih*, p. 279.

三、「勢」與詩的空間面向

　　然而，以上由「文行之象」對「詩勢」的界定，僅僅說明了此概念義涵的一個方面。而船山固然重視詩行流動中的筆鋒墨氣，卻並未因此即對「意象創造」的聲光世界(phanopoeia)或高友工所謂詩之「空間架構」有所忽略。船山評杜甫〈廢畦〉一詩的文字值得在此引用：

> 兩間生物之妙，正以神形合一，得神於形而形無非神者，爲人物而異鬼神。若獨有恍惚，則聰明去其耳目矣。譬如畫者固以筆鋒墨氣曲盡神理，乃有筆墨而無物體，則更無物矣。寳大癡、雲林而賤右丞，亦少見多怪者之通病也。杜陵〈苦竹〉諸篇，其賢於巨山者不能以寸。舉一廢一，何足以盡生物於尺素哉！[143]

這段話借中國山水畫的筆墨和物象之「神形合一」論詩，以闡明言內「文行之象」與言外意象之不可「舉一廢一」的道理。恰好涵攝詩勢義涵的兩個方面。從上文所說的逐漸收縮論題的邏輯順序看，「勢」位於在《內編》前五個條目中的第三條，以下第四、五條才轉向「意」的「統合」下，情與景[144]和「現量」。筆者作這樣一個分析，意在說明：「勢」的義涵相當重要，船山將它置於情景之前來討

143　《唐詩評選》卷3，《船山全書》，第14冊，頁1023。

144　對「情—意—景」中「意」的討論可參見Xiaoshan Yang, *To Perceive and to Represent*, p. 106，以及Stephen Owen, *Readings In Chinese Literary Thought*, p. 477.

論，其意義應絕不限於「文行之象」。「勢」亦應既包含「在言先」的「意」中之「神理」，亦包括「在言後」的「意」中之「神理」。《內篇》第三條中所謂「求形似，求詞采，求故實」，實亦涵攝詩之「構思」的意象世界和文字「操作」動態過程兩個面向。有人不解船山何以獨心折於大謝之詩。我的解釋是：謝詩依遊覽行旅而展開的意象世界，又最能體現一持續不斷的「聲光動人」和情意屈伸婉轉以求表達的過程[145]。以趙昌平的說法，即「以遊程為明線而奇景疊出，以感情變化為伏線而屈曲潛注」[146]。借用謝詩〈從斤竹澗越嶺溪行〉的話頭，則是：「川渚屢徑復，乘流玩迴轉」；摘引鮑照的同類詩作〈登廬山〉的詩句，則是「萬壑勢迴縈」。吾人讀船山對大謝山水遊覽詩作的評語，即可印證此說[147]。在此，船山著意讓吾人體驗一個宗白華先生所謂由山水表現出的「一個音樂境界」[148]或朗格（Susanne K. Langer）所謂「動態意象」（dynamic image）[149]，祖克坎德

145 參看本書第二卷《佛法與詩境》第一章〈大乘佛教的受容與晉宋山水世界〉之第四節。

146 趙昌平，〈謝靈運與山水詩起源〉，載《中國社會科學》1990年第4期，頁92。

147 如船山評其〈遊南亭〉曰：「大似無端，而安頓之妙，天與之自然……作者初不作爾許心，為之早計……乃其妙流不息，又合全詩而始盡」；又評〈石室山詩〉曰「鳥道雲蹤……而要不可為期待」；又評〈石門新營所住四面高山讓溪石瀨茂林修竹〉曰「因仍而變化莫測……謝每於義理方行處因利乘便，更即事而得佳勝」；評〈於南山往北山經湖中瞻眺〉曰「一命筆即作數往回」，等等，即是。《古詩評選》卷5，《船山全書》，第14冊，頁733，736，738，739。

148 宗白華，〈中國詩畫中所表現的空間意識〉，《美學散步》（上海：上海人民出版社，1981），頁82。

149 Susanne K. Langer, *Problems of Art: Ten Philosophical Lectures* (New York: Charles Scribner's Son, 1957), pp. 1-12.

爾（Victo Zucerkandl）論樂時所說的「流動空間」（flowing space）[150]。

　　然而，上述觀點的最直接的證據，卻是《夕堂永日緒論內編》第四十二條這又一集中討論「勢」的條目：

> 論畫者曰：「咫尺有萬里之勢。」一「勢」字宜著眼。若不論勢，則縮萬里於咫尺，直是《廣輿記》前一天下圖耳。五言絕句，以此爲落想時第一義。唯唐人能得其妙，如「君家住何處？妾住在橫塘。停船暫借問，或恐是同鄉。」墨氣所射，四表無窮，無字處皆其意也，李獻吉詩：「浩浩長江水，黃州若個邊？岸回山一轉，船到堞樓前。」固不失此風味。[151]

船山此處是藉畫論而論詩。所謂「咫尺萬里」的說法明白無誤地提示：此處的論題是詩與畫的具象世界。戴鴻森以爲船山徵引的「論畫者」語，出《南史》卷四十四論蕭賁善圖扇上山水：「咫尺之內，便覺萬里之遙」和杜甫的論畫詩〈戲題王宰畫山水圖歌〉中「尤工遠勢古莫比，咫尺應須論萬里」句[152]。筆者卻以爲：此處更應注意者，是「若不論勢……直是《廣輿記》前一天下圖」云云，與南朝王微〈敘畫〉思路的關聯：

> 夫言繪畫者，竟求容勢而已。且古人之作畫也，非以案城

---

150 Victo Zucerkandl, *Sound and Symbol: Music and the External World* (Princeton: Princeton University Press, 1956), pp. 282-292.
151 《薑齋詩話箋注》，頁138。
152 《薑齋詩話箋注》，頁138。

域，辨方州，標鎮阜，劃浸流。本乎形者融靈，而變動者心也。靈亡所見，故所托不動；目有所極，故所見不周。[153]

船山謂「一勢字宜著眼」，正是王微此處強調的「容勢」。「本乎形者融靈而變動者心也」一句頗難斷句，查今人幾種書的句讀均不一致。以近世對古漢語更規範的理解，其句意應爲：「本乎形者，融靈而變動者也，心也」；或「形之本，心也；心者，融靈而變動者也」[154]。故「容勢」在「心」，「心」則關乎「融靈」。倘「靈亡所見」則「所托不動」。此處「容勢」在以具明照存有界能力的「心」去肯認存有世界乃一活動的生命體，以心「從靜止去想像動態」。對山水畫中具象世界中「勢」的這一觀念，實廣泛見諸歷代特別是明以來各家論者：

轉上未半，作紫石如堅雲者五六枚，夾岡乘其間而上，使其勢蜿蜒如龍，因抱峰直頓而上。[155]

遠山一起一伏則有勢，疏林或高或下則有情，此畫絕也。[156]

畫山水大幅務以得勢爲主。山得勢，雖縈紆高下，氣脈仍是貫串。……其清煙遠渚，碎石幽溪，疏筠蔓草之類，初不過因意添設而已，爲煙嵐雲岫，必要照映山之前後左右，令其起處至結處雖有斷續仍與山勢合一而不渙散，則山不爲煙雲掩矣。藏蓄水口，安置路徑，宜隱現參半，使紆回而接山之

---

153 見俞劍華編，《中國畫論類編》（香港：中華書局分局，1973），頁585。
154 此處的斷句幾種排印標點本皆錯，本文有得於嚴壽澂君。
155 顧愷之〈畫雲臺山記〉，見沈子丞編，《歷代論畫名著彙編》（北京：文物出版社，1982），頁9。
156 董其昌〈畫禪室隨筆〉，《歷代論畫名著彙編》，頁256。

　　血脈。……所貴乎取勢布景者，合而觀之，若一氣呵成；徐
　　玩之，又神理湊合。[157]

　　一收復一放，山漸開而勢轉；一起又一伏，山欲動而勢長。[158]

在這些論畫勢的文字中，論者以「使其勢蜿蜒如龍」、「一起一
伏」、「氣脈貫串」、「一氣呵成」、「山欲動而勢長」強調了山勢
要體現一個整一的生命體——宇宙生命的呼吸開闔。正如後來盛清時
代沈宗騫在《芥舟學畫編》〈取勢〉一篇中所說：「天下之物本氣之
所積而成，即如山水自重岡複嶺以至一木一石無不有生氣貫乎其
間……總之統乎氣以呈其活動之趣者，是即所謂勢也。」[159]這樣的
氣勢，的確只宜從「遠山」得之。郭熙故有所謂「真山水之川谷，遠
望之以取其勢，近望之以取其質。」[160]傳統堪輿之學亦是基於山遠
望而出動勢的觀念來確認龍脈的，即所謂「夫氣行乎地中」：

　　其行也，因地之勢；其聚也，因勢之止。氣行地中，人不可
　　見……原其遠勢之來，察其近形之止。形勢既順，則山水翕
　　合，是為全氣之地。[161]

由於船山《內編》第四十二條是由畫論切入論詩勢，畫論中「勢」一
概念所彰顯的「動態生命」的義涵，亦理應為「詩勢」概念所涵蘊。

157　趙左〈論畫〉，《歷代論畫名著彙編》，頁271。
158　笪重光〈畫筌〉，《歷代論畫名著彙編》，頁303。
159　引自《中國畫論類編》，頁907。
160　〈林泉高致〉，《中國畫論類編》，頁634。
161　郭璞〈葬書〉，《文淵閣四庫全書》，第808冊，頁16-17。

雖然船山未明確說明這一點，亦未明確解釋畫與詩何以能因「咫尺」
有「萬里之勢」，但他以「《廣輿記》前一天下圖」爲忌，提示吾人
其由王微論「容勢」所說的「融靈而變動」的思路。而且，他亦例舉
出兩首小詩供吾人蠡測。這兩首詩皆以四言後最精鍊的詩體五言絕句
寫成，又皆是攝取水上生活一個瞬間。其中，崔顥的〈長干行〉甚至
沒有任何山水景物的描寫，而僅僅寫出一對萍水相逢男女間的對白。
但由於對白中有「船」、「暫問」，有南朝歌曲中唱過的秦淮南岸的
「橫塘」，有「或恐是同鄉」這種撩撥著童年秦淮水畔生活的句子。在
短短的問答中，詩的世界即如篷船一樣恍然浮動於煙波之間，又掠過了
影影綽綽的生活記憶。李夢陽的〈黃州詩〉則從船上遊子的眼中寫了
「浩浩江水」、岸回、山轉和堞樓，讓詩的世界隨江水而流動。由於
《唐詩評選》絕句卷帙的亡佚，吾人已無緣見識船山對崔顥詩進一步的
評語。但《明詩評選》卷七卻保存了船山對〈黃州詩〉的一則評論：

> 心目用事，自該群動。[162]

這段簡短的評語十分重要，它說明：正如王微因「目有所極，故所見
不周」，因而強調「融靈而變動」之「心」一樣，船山雖一向心目並
舉，但他稱道的仍是「心自旁靈，形自當位」而「使在遠者近，搏虛
作實」[163]。此處以「心目用事」論「自該群動」，說明船山此所謂
「詩勢」乃欲詩境虛涵著以心感受著的宇宙中靈動之態。而此一絪縕
不息，眾動不已的大化方是美之所在：

---

162 《明詩評選》卷7，《船山全書》，第14冊，頁1548。
163 王維〈觀獵〉評，《唐詩評選》卷3，《船山全書》，第14冊，頁
  1002。

兩間之固有者，自然之華，因流動生變而成其綺麗。心目之
所及，文情赴之，貌其本榮，如所存而顯之，即以華奕照
人，動人無際矣。[164]

船山的意思顯然是：即使在五絕這種至爲短小的形式中，詩人亦須以
表現「群動」的世界爲「落想時第一義」——這亦是他何以要借兩首
寫舟行人視境的小詩作例證的苦心所在。這兩首小詩當然是涵容了空
白——筆者十數年前曾借《畫筌》的文字概括爲：「山外清光何從著
筆？空本難圖，實景清而空景現……虛實相生，無畫處皆成妙境。」
然而，指出這一點卻並未觸及船山詩學在此一觀念上的實質和獨到之
處。船山論詩反覆強調的另一觀點——「即遠入細」[165]，「使在遠
者近，摶虛作實」，或「以小景傳大景之神」[166]——使吾人了解：
船山所謂「咫尺有萬里之勢」是強調須置詩的「細小」、「咫尺」於
眾動不已的大化之中，並以此體現此大化之「隱秩序」和「全息」，
正是所謂「言之耑然止，飄然遠涉」。換言之，詩乃詩人自眾動不已
的大化中擷取的一段光影。這裡，「勢」同樣意味著「從安排或形構
去想像動態」。船山對抒情詩的這一觀念，與西方文論家弗萊
（Northrop Frye）對此文類的界定如此不同。弗萊以「非持續性」
（discontinuity）界定這一文類。他認爲：「抒情詩的非持續性意味著
詩縈繞著、輾轉於一個特殊的，通常爲儀式化的場景，而並非不受限
制地持續。」[167]在筆者看來，弗萊這個定義所強調的方面，正是船

164 謝莊〈北宅秘園〉評，《古詩評選》卷5，《船山全書》，第14冊，頁752。

165 謝靈運〈石壁精舍還湖中作〉評，《船山全書》，第14冊，頁737。

166 《船山全書》，第14冊，頁92。

167 Northrop Frye, "Approaching the Lyric," in *Lyric Poetry: Beyond New*

山以「勢」論詩所彰顯的義涵的負面。

　　船山這種「即遠入細」、「摶虛作實」，即以一幅小景體大動勢
的觀念，令人想到晚明造園大家張南垣的疊山法則。張氏規模大山之
勢，實與船山這種「以咫尺寫萬里之勢」的觀念如出一轍。按吳梅村
的記載，南垣之疊山之法是：

> 惟夫平岡小阪，陵阜陂陀，版築之功，可計日而就。然後錯
> 之以石，篸置其間，繚以短垣，翳以密篠，若似乎奇峰絕
> 巘，累累乎牆外，而人或見之也，其石脈之所奔注，伏而
> 起，突而怒，爲獅蹲，爲獸攫，口鼻含牙，牙錯距躍，決林
> 莽，犯軒楹而不去，若似乎處大山之麓，截斷溪谷，私此數
> 石者爲吾有也。[168]

這不也是以安排數石之性狀以想像大山奔注之動勢嗎？

　　船山以「勢」提領詩的意象世界，使吾人須重新思考高友工先生
以「空間面向」（展現爲「氣」）／「時間面向」（展現爲「境」）來劃
分中國抒情藝術之形象世界與操作過程是否適當的問題。顯然，在船
山看來，詩的「空間面向」至多僅僅是意象世界「顯」的一面，而時
間和流動則是更本質的方面──雖然相對而言是「隱」的方面；而寫
詩中對文字的「操作」，雖然是一個隨意之初終起止展開的時間過
程，但這個過程卻必須留下可供讀者玩味、和用以還原此一過程的

　　　　Criticism, ed. Chaviva Hosek and Patricia Parker (Ithaca: Cornell University
　　　　Press, 1985), pp. 31-32.

168 吳偉業，〈張南垣傳〉，《梅村家藏稿》卷52(宣統三年武進董氏誦芬
　　　室刊本，1911)卷52，頁5下。

「筆鋒墨氣」或「文行之象」。在此，吾人再次遇到船山哲學的「二元的二元論」(dual dualism)或「二元論的有限形式」[169]。空間和時間在意象世界和文行之象這兩個領域的表現，都可以借船山易學中「陰陽嚮背」的理論加以說明：

> 《易》之乾坤並建，則以顯六畫卦之理。乃能顯[者]，爻之六陰六陽而爲十二；所終不能顯者。一卦之中，嚮者背者，六幽六明，而位亦十二也。十二者，象天十二次之位，爲大圓之體。太極一渾天之全體，見者半隱者半，陰陽寓於其位，故轂轉而恆見其六。乾明則坤處於幽，坤明則乾處於幽。《周易》並列之，示不相離，實則一卦嚮背而乾坤皆在焉。非徒乾、坤爲然也，明爲屯、蒙，則幽爲鼎、革，無不然也。[170]

如果這樣理解，「空間面向」在詩的意象世界中是「嚮」，而在操作過程中則是「背」；而「時間面向」在意象世界中是「幽」，在操作過程中則是「明」。而「構思」和「操作」過程的幽明嚮背，在詩體的生成中又是轂轉錯綜的。而提挈、統一詩歌藝術此兩方面因素者，則非「勢」不可。由此，中國詩歌的宇宙方才成爲了宗白華先生所說的「時間率領著空間，因而成就了節奏化、音樂化了的『時空複合體』」[171]。而且，由「勢」統率詩的這兩個面向——詩本身自生的

---

169 對這個概念的討論，請參見本卷第三章〈船山天人之學在詩學中之展開〉之第三節。

170 〈周易內傳發例〉，《船山全書》，第1冊，頁658。

171 〈中國詩畫中所表現的空間意識〉，《美學散步》，頁94-95。

生命和詩擷取的世界——其所提示的意義是異常深刻的。此一意義，
恐因應對唐宋以來詩論中的「詩境」說的問題，船山未能明確說出。
但是吾人卻不妨藉其身後一位畫論家沈宗騫的話來表明：

> 山形樹態，受天地之生氣而成；墨渖筆痕，托心腕之靈氣以
> 出。則氣之在是亦即勢之在是也[172]。

「天地之生氣」在此乃與「心腕之靈氣」相通，且只有「心」能有感
於此。中國藝術在某種意義上因而類似一種「表情音畫」的意味。正
如柯克（Deryck Cooke）藉德彪西的〈雲〉所指出的，音畫是通過形式
表達藝術家對世界的主觀感受[173]。此處提示了中國傳統對抒情藝
術——包括詩、書、樂和文人畫——本質的一種界定。它既非西方自
柏拉圖以來的「摹仿」（mimesis）觀念，亦非18世紀以後的「表現」
（expression）觀念所能涵攝。

四、結論：中國抒情藝術本質：鏡乎？龍乎？

上文已經說明：「勢」統率了詩歌藝術的兩個向度——詩所感
觸、擷取的世界之一段時空和詩自身生命延續之時空——在此，船山
的確潛在肯認了天、人之間一種和諧，但此種和諧，卻不可以「再現
與表現的統一」去表述，更不應以西洋文論的「再現」（摹仿）和「表
現」兩個概念中任何一個去表述。這首先因為，在西方「摹仿」或

---

172 《芥舟學畫編》卷1〈取勢〉，《中國畫論類編》，頁907。
173 茅于潤譯，《音樂語言》（北京：人民音樂出版社，1981），頁12。

「再現」的概念裡，世界是被本體地（ontologically）對待的——無論是柏拉圖「摹仿」概念中的「理念」（ideal），抑或亞歷士多德的「普遍性」（universal），其實都基於世界是一本質實體這一認知前提。有此一前提，任何藝術作為「摹仿」，自時間而論皆是第二義的；從性質而論，輒無法排除從形貌上「再造」（reconstruction or representation）這一層意義。而船山所謂「勢」，則根本是自《周易》以天地為「無方無體」的認識出發，而斷然否定世界的本質是一靜止的「本體」。面對「一物去而一物生，一事已而一事興」的世界，任何時間上第二義的、形貌上「再造」的「摹仿」，將使詩人永遠有「迎隨之非道」的困惑，正是「吾終身與汝交一臂而失之，可不哀與？女始著乎吾，所以著也，彼已盡矣，而汝求之以為有，是求馬於唐肆也」[174]。職乎此，詩人與世界的關係，只應是作為存有者融入此整體存有界大化湍流之時——「一於天理之自然，則因時合義，無非帝則矣」[175]——於中以切身感應其原初構成境域而奏出的節律上的同步共鳴——方東美所謂「滲透於一切事物之中包羅萬象的和諧」：

> 它如同於所有天宇、大地、空氣和水波中震撼著的一支永恆交響樂，在渾一的極樂境界中融合了存有的所有形式。[176]

這一支「永恆的交響樂」正是《莊子·天運》中所說的奏之以人，徵之以天，應之以自然的咸池之樂或〈天道〉所說的「通於萬物」的

---

174 《莊子·田子方》，《莊子集釋》，《諸子集成》，第3冊，頁309-310。
175 《張子正蒙注》卷3，《船山全書》，第12冊，頁135。
176 Thomé H. Fang, *The Chinese View of Life: The Philosophy of Comprehensive Harmony* (Hong Kong: Union Press, 1957), p. 18.

「天樂」。船山「勢」兩方面義涵的契合之點，沈宗騫所謂「以筆之氣勢貌物之體勢」者，絕非僅著眼於形貌層面上的「再現」，而是具抽象意味的節奏與旋律。宗白華由泰戈爾「中國人本能地找到了事物旋律的秘密」一語而嗟嘆的中國文化之美麗精神正在於此[177]。此亦高友工對照西方傳統而提出的抒情傳統之所有文類——包括樂、舞、書、文人畫和詩[178]——共同體認的「文之道」。其本質，亦不能真正綜括以「表現」或「抒情」[179]，因為人心之節奏旋律亦同時為「天樂」之節奏旋律。在此節奏旋律的意義之上，藝術才「重義地」(tautologically)[180]體認了天道。只有從這種「體認」(或「體現」)或者基於有機宇宙相關系統論(correlative thinking)的「表現」[181]——而非西洋文論中基於主客二元對立的「再現」和「表現」——船山方得以界定中國抒情藝術之本質。

正是基於某種存有論而「體認」天道的觀念，在以「勢」論詩之時，船山才時時肯認詩之於無始無終、「即始即終」、絪縕不息大化的片段性。所謂「轉成一片，如滿月含光，都無輪廓」[182]，所謂「春

---

177 〈中國文化的美麗精神往哪裡去？〉，見《宗白華全集》(合肥：安徽教育出版社，1994)，第2冊，頁403。

178 見高氏"Chinese Lyric Aesthetics,"載 *Words and Images:Chinese Poetry, Calligraphy, and Painting*, ed. Alfveda Murck and Wen C. Fong (Princeton: Princeton University Press, 1991), pp. 47-90.

179 體象宇宙從魏晉以來即是抒情傳統的主要關懷之一，詳見本書第一卷《玄智與詩興》第二章〈王弼易學與中國古典詩律化之觀念背景〉。

180 此處筆者以「重義」(tautologically)套用英國詩人和詩論大家柯勒律治(Samuel Taylor Coleridge, 1772-1834)對詩的界定中一個詞。在柯氏看來：詩人的想像是在心中重義地體現了神創世的活動。

181 詳見本卷第二章〈船山詩學中「現量」義涵的再探討〉。

182 謝靈運〈夜宿石門詩〉評，《古詩評選》卷5，《船山全書》，第14冊，頁740。

雲初無根葉，秋月無分界」[183]，所謂「首尾無端，合成一片」[184]，所謂「冉冉而來，若將無窮者」，皆將詩說為莊子「天樂」之「其卒無尾，其始無首」。正如儒連所說，西方早期思想對現實來源的兩種主要流派——原因論和目的論——所共同肯定的「因果律」（causality）在此卻被付之闕如[185]。由此，抒情藝術所關注的，才並非事件的起點和終點這種作為戲劇和敘事文學結構的焦點，而是世界運動本身的節律或宇宙生命的脈搏——中國文明的精髓觀念與其主要文類的關聯於此真正得以昭顯。

中國抒情藝術此一本質為船山揭呈，絕非偶然。唐君毅曾以「將部分與全體交融互攝」為中國文化根本之精神。其在宇宙觀之首要體現即「無定體觀」：「中國人心目中宇宙只為一種流行，一種動態；一切宇宙中之事物均只為一種過程，此過程以外別無固定之體以為其支持者。」[186]唐氏所說的其他諸點，如「合有無動靜觀」、「生生不已觀」等其實皆與此「無定體觀」相關聯。舉哲人中最能標彰此由《周易》肇端之文明精神者，捨船山，其又誰歟？而船山又孑然為中國文化史上集大哲學家與大文論家於一身者。故船山詩學能由中國傳統渾灝精深的文化體系透視詩之本質，實乃中國思想與抒情藝術間一座橋梁。

由此，吾人亦會不禁質疑近年來相當流行的以「意境」作為中國藝術基本審美範疇的說法。但此一質疑，絕不意味著筆者全然否定此一範疇的理論價值。部分而言，「意境」的確是此抒情藝術傳統的重

183　劉峻〈登郁洲山望海〉評，《船山全書》，第14冊，頁798。
184　陸雲〈答兄平原〉評，《古詩評選》卷4，《船山全書》，第14冊，頁699。
185　*The Propensity of Things*, pp. 246-247.
186　見唐君毅，《中西哲學思想比較論文集》，頁9。

要，乃至中心審美範疇，對抒情詩文類，自有其特殊的合理性。本章
所質疑的僅是其作為全稱判斷的正當性。且不論從文類而言，高友工
所謂「中國抒情藝術傳統」是以樂舞濫觴，且包括了書法，這些文類
的「基本審美範疇」頗難以「意境」一詞涵賅；僅從抒情詩而言，
「意境」理論由王昌齡開山，在時限上主要涵蓋唐代詩學。宋詩江西
一派，已頗難以「意境」論之。故錢鍾書論宋人詩，謂「放翁善寫
景，而誠齋擅寫生。放翁如畫圖之工筆；誠齋則如攝影之快鏡，兔起
鶻落，鳶飛魚躍，眼明手捷……蹤矢躡風，此誠齋之所獨也」[187]。
且至明代，從李東陽《懷麓堂詩話》起，至前、後七子的以樂論詩，
倡言「格調」，已表現出對「意境」論的反動[188]。筆者過去站在
「政教中心和審美中心」分野的立場上，將七子詩學概括為「從儒家
詩教回到儒家樂教」[189]，雖非全無道理，卻失於體察更深層的歷史
邏輯，蓋因以「意境」為基本審美範疇觀照所致。主要涵蓋唐宋詩學
的「意境」理論，其概念淵源，應出自佛學。這一理論在與方外之人
多有往來，和本身即為僧侶的王昌齡、皎然和司空圖手中成熟，絕非
偶然。「境者，識中所現之境界也。」[190]「境」是佛學的「知
識」。對佛學而言，心念旋起旋滅，「境」因而是不連續的，靜止
的。王昌齡《詩格》遂以「視境於心，瑩然掌中」[191]表述之。而

---

187 錢鍾書，《談藝錄》（北京：中華書局，1984），頁118。此點承蒙嚴壽
澂兄指出，特此鳴謝。

188 詳見本卷第六章〈詩樂關係論與船山詩學架構〉。

189 見拙文〈從前後七子到王夫之——中國古代兩大詩學潮流之彙合〉，
載《中國詩歌美學》（北京：北京大學出版社，1986），頁48-62。

190 〈相宗絡索〉，《船山全書》，第13冊，頁534。

191 《詩格》卷中，張伯偉，《全唐五代詩格考》（西安：陝西人民出版
社，1996），頁149。

且，黃景進更以引證《高僧傳・習禪篇》爲王昌齡論思與境受佛家禪定工夫影響的證據：所謂「其猶淵池息浪，則澈見魚、石；心水既澄，則凝照無隱」的境界，直與〈文賦〉所謂「精鶩八極，心遊萬仞」的神思判若天壤。黃氏遂寫道：

> 比較王昌齡的意境論與六朝的神思論，可以看到一個明顯的不同：神思的活動是充滿動感的，那是一個迅速變化而且是變化萬端的世界，所以也是非常難以掌握的；相對的，王昌齡的境，卻是一個靜態的世界，它可以讓詩人從容地、仔細地觀照，因此很容易掌握。可以這樣說，王昌齡創作論的奧秘，就在於他將動態的創作過程化爲靜態的觀照過程，從而解決了神思論中的難題。看六朝人的神思論像是聆聽一首動感的交響曲，而看王昌齡的境論，則有如欣賞一幅靜態的名畫。[192]

此一意境的最好注釋也許就是王摩詰將時間亦予空間化的「詩畫」了。詩的「本體」在此是一感覺到的存有（perceived being）。船山對謂王維「詩中有畫」的說法亦不甚以爲然，此見於其對王維〈終南山〉一詩的評語：

> 結語亦以形其闊大，妙在脫卸，勿但作詩中畫觀也。此正是畫中有詩。[193]

---

192 黃景進，〈王昌齡的意境論〉，載《中國文學理論與批評論文集》（台北：新文豐出版公司，1995），頁102。
193 《唐詩評選》卷3，《船山全書》，第14冊，頁1001。

此處「脫卸」有「離形」義，見其對杜甫〈廢畦〉一詩評語：「李巨山詠物五言律不下數十首，有脂粉而無顏色，頹唐凝滯既不足觀；杜一反其蔽，全用脫卸，則但有焄蒿凄愴之氣，而已離營魄。兩間生物之妙，正以形神合一……。」[194] 謂王維「妙在脫卸」而「畫中有詩」，正是借此強調詩不應全然局限於靜態的視境之中。船山亦罕言「境」字。其詩評中僅三見，且兩處意義是負面的。如《明詩評選》卷四論許繼〈雪〉詩道：「皆以離境取而得妙。」[195] 是詩從庭雪落筆，卻拓開寫了十日早春中的蕭條新柳和清淺故池，所以是「離境而取」。對船山而言，無論詩抑或世界，其本質都只是變化（becoming）本身。換言之，船山詩學又回到了「充滿動感的，迅速變化而且是變化萬端的世界」。

因之，雖然船山是情景交融理論的集大成者，其詩學不惟不能簡單地納入「意境」說的體系[196]，甚至代表了自李東陽、前七子以來對「意境」說的反彈。個中原因，不僅有儒家「樂教」和「詩教」的關聯問題，而且涉及以《周易》為代表的中國文明體系與抒情傳統間的關係問題。倘以「意境」為「基本審美範疇」，將使吾人無視此一傳統與文明體系更為久遠淵源的關聯，無視抒情傳統審美體系內部的複雜性。正如阿伯拉姆斯（M.H. Abrams）曾以兩個隱喻——「鏡」與「燈」來分別標示古典主義和浪漫主義時期西方批評家對詩人心靈的不同觀念，吾人亦可借明人季本《龍惕》中所謂「聖人以龍言心而不

---

194 《唐詩評選》卷3，《船山全書》，第14冊，頁1022-1023。

195 《唐詩評選》卷3，《船山全書》，第14冊，頁1290。另一處涉「境」字處見《唐詩評選》卷3孟浩然〈臨洞庭〉評，評語中有「若一往作汗漫嶙嶒語，則為境所凌奪，目眩生花矣」，《船山全書》，第14冊，頁1006。

196 此處包含了對筆者本人過去研究觀念的批評，見拙文〈王夫之的詩歌創作論〉，頁152-163。

言鏡」[197]一語中兩個隱喻——「龍」與「鏡」(境)——來標誌中國
抒情傳統對於詩歌藝術世界的兩種觀念。前者肯認語言的「因體因
氣，因動因心，因物因理」的本質性，更彰顯作品中文氣貫串的「時
間面向」和「文行之象」；後者則盛稱言意之辨，強調「捨筏登
岸」，以文字暗示出「可望而不可即」之空間視境。這兩個傳統在同
一文論家思想中存有——如王昌齡和皎然倡言「境」亦議論
「勢」[198]，胡應麟和李維楨等在「格調」和「興象」概念間徬徨
——證明對詩歌藝術本質此一孰是孰非的思考，恰如思考詩和語言的
關係一樣，似乎是一個永難斷然回答的斯芬克斯之謎。而船山則自某
種存有論的視野，以「勢」為樞軸，使詩之意象世界和文字操作錯綜
而轂轉，從而凸顯對宇宙韻律的把握。對船山而言，詩之視境雖不應
否定，卻不是「瑩然掌中」之一「鏡」，而應體現出宇宙生命如神龍
般的生機和動勢。船山此論或許不無偏宕，相對前人，卻表現了其作
為思想家的思維之邏輯一貫性。

---

197 見《明儒學案》卷13〈說理會編〉：「聖人以龍言心而不言鏡。蓋心
　　如明鏡之說本於釋氏，照自外來，無所裁制者也。而龍則乾乾不息之
　　誠，理自內出變化在心者也。」第1冊，頁275。

198 詳見本書第二卷《佛法與詩境》第三章〈中唐禪風與皎然詩境說〉之
　　第二節。

第五章

船山對儒家詩學「興觀群怨」概念之再詮釋：

兼論抒情傳統本體意識與人類存有觀*

引言

　　王船山論詩的理論著作《詩譯》和《夕堂永日緒論內編》（下稱《內編》)道光間被鄧顯鶴輯爲《薑齋詩話》。《詩譯》無序言，倘若將《詩譯》的首條看作與《內編》「序」相對應的話，則二書皆以論「興觀群怨」開篇。作爲明清之際的通儒，船山以儒家學派創始人孔子(551-479B.C.)詩教的重要概念提舉其詩論，當非屬偶然。而且，此概念亦屢屢出現於其三部詩歌評選的評語中，甚至在船山的《詩廣傳》、《四書訓義》、《四書箋解》、《張子正蒙注》等書中，亦時有討論。自孔子出語以來，響應者代不乏人，但以詮義之開拓，運用之廣泛而言，當首推船山。此一概念於船山詩學意義之重大，亦非比尋常。

　　此一點，方孝岳於1934年出版《中國文學批評》一書時，即已注意到了。該書論到船山，僅言及「推求『興觀群怨』的名理」一義，

＊　本文原載《中國文哲研究集刊》第19期(2001年9月)，2012年收入本書前作了修改。

謂船山論詩「一切拿『興觀群怨』那四個字為主眼」[1]。該書是現代
中國本土對中國古代文論史研究的最初成果之一，與郭紹虞的《中國
文學批評史》上冊同年刊行。1980年代以後，對船山文論的討論在中
國大陸漸趨熱烈，「興觀群怨」的問題亦再被提出。然對船山此說的
意義評價，可大致分為兩個陣營：或專注在作者方面，強調詩創作狀
態中審美的非功利性、非目的性與藝術的社會功利性的統一；或著眼
在讀者方面，強調閱讀對作品意義的創造。前一方面的意義，由筆者
於1984年發表的〈王夫之的詩歌創作論〉一文率先提出[2]，嗣後，黃保
真等《中國文學理論史》第四冊〈王夫之的雜文藝哲學〉一節[3]，以
及陳良運《中國詩學批評史》中專論船山文論一節〈王夫之「興、
觀、群、怨」新釋〉[4]皆持此觀點。而後一方面意義的討論，則可見
諸葉朗〈王夫之詩學三題〉和鄔國平〈王夫之論讀者與作品關係〉一
文[5]。而且，美國著名學者宇文所安在其《中國文學思想讀本》
(*Readings in Chinese Literary Thought*)第十章討論《內編》第一條目
時，亦從文學詮釋學的意義上對此加以評價。宇文氏並由此指出：船
山的觀念與伽德瑪(Hans-Georg Gadamer)的理論相近，而與主張以重
建創作時原有世界為作品意義基礎的浪漫主義詮釋學代表施萊爾瑪赫
(Friedrich Ernst Daniel Schleiermacher)的觀念相左。宇文氏因而認為

1　方孝岳，《中國文學批評》(北京：三聯書店，1986)，頁185。

2　〈王夫之的詩歌創作論〉，《中國社會科學》1984年第3期，頁143-168。

3　成復旺、蔡鍾翔、黃保真，《中國文學理論史》(北京：北京出版社，
　　1987)，第4冊，頁204-212。

4　陳良運，《中國詩學批評史》(南昌：江西人民出版社，1995)，頁
　　500-507。

5　載《學術月刊》1983年第11期，頁75-80。

船山提出了「眞正激進和顯著現代的」觀念[6]。值得提出的是，西方學界1990年代以來，對以注疏經典爲基礎的中國詮釋學的興趣逐漸濃郁[7]。其中兩本書，即張隆溪的《道與邏格斯：東方和西方的文學詮釋》(The Tao and the Logos: Literary Hermeneutics, East and West)和范佐仁(Steven Van Zoeren)的《詩與個性：傳統中國的閱讀、注釋和詮釋》(Poetry and Personality: Reading, Exegesis, and Hermeneutics in Traditional China)都從上述角度提到了船山的理論貢獻。然而，遺憾的是：卻又皆只在全書結論部分作蜻蜓點水的一掠，而未作正面深入的討論[8]。

而且，人們或許忽略了這樣一個事實：上述探討船山「興觀群怨」說提出的兩種義涵，在西方文論中可各以施萊爾瑪赫和伽德瑪爲其代表，其實是相互對立的，一強調「審美意識」(aesthetic consciousness)和「審美鑒別」(aesthetic differentiation)，而另一則強調社會性參與。何以船山對孔門詩教中「興觀群怨」所作的新詮釋，在其義涵上能引申出如此悖謬的見解呢？這其中是否有一誤解？

爲擺脫上述困惑，吾人須面對船山詮釋觀念的思想淵源問題，即：究竟是什麼推動了船山走到「眞正激進和顯著現代的」的思想境界？受范佐仁《詩經》詮釋學史研究的影響，宇文所安提出：船山提出此新詮釋觀念，是欲走出歐陽修以來詩經學的困境。如朱熹因確認

6　*Readings in Chinese Literary Thought*, pp. 452-457.

7　在這方面，讀者可參看李淑珍，〈當代美國學界關於中國注疏傳統的研究〉，載《中國文哲研究通訊》卷9，1999年第3期，頁3-31.

8　見Zhang Longxi, *The Tao and the Logos: Literary Hermeneutics, East and West*, p. 197; Steven Van Zoeren, *Poetry and Personality: Reading, Exegesis, and Hermeneutics in Traditional China* (Stanford: Stanford University Press, 1991), p. 248.

《詩經》中淫奔詩內容,已不得不將「思無邪」的道德責任交給讀者。於是,如宇文氏所說,「在《詩》的內質和讀者人性之間遂有了一平衡的、互映的關係」。而船山則繼續循此向前,以使「每首詩的內容變成閱讀時的一個事件——不再是令讀者思索的原文品質,而是原文品質與讀者現時環境的關係」[9]。此說可以《薑齋詩話》首兩卷開篇論「興觀群怨」時均強調三百篇為依據。由此可推論船山對宋儒由詩經學生發的詮釋學態度有所繼承和發揚。然而,船山對此概念的新詮釋卻並非只為解決《詩經》內容的道德問題,其「興觀群怨」觀念亦業已超越對《詩經》的接受,而成為抒情詩的普遍接受理論。船山作為視野寬廣的偉大思想家,應有更深的觀念淵源。

另外一種解釋是基於船山絪縕生化、眾動不已的宇宙觀念。至少有三本英文著作涉及這一觀點。首先提出的是黃兆傑(Siu-Kit Wong)。他在〈王夫之批評寫作中的情與景〉("Ch'ing and Ching in the Critical Writings of Wang Fu-chih")一文中寫道:在船山看來,「詩作為宇宙的一定部分而與其他部分接觸,即作為人的意識對宇宙本身之物的刺激之回應,而最終當詩被閱讀以及讀者心靈被激動起來,它就不啻為事物之間動與反動這樣一種永恆過程之持續,一個自生,自持而不為任何獨立意志操控的無終止活動的繼續。」[10]布萊克在其《王夫之哲學思想中的人與自然》的末章論船山關於文學表現本質的觀念時,也提出船是將詩「從行為的靜態模式帶往其宇宙其他部分所享有的動態生命世界中」[11]。此外,孫築瑾(Cecile Chu-chin

---

9　*Readings in Chinese Literary Thought*, p. 455.

10　In *Chinese Approaches to Literature from Confucius to Liang Ch'i-Ch'ao*, p. 148.

11　*Man and Nature in the Philosophical Thought of Wang Fu-chih*, p. 281.

Sun)也在其英文著作中重複了這一觀點[12]。此一看法能言之成理的依據在於，船山宇宙觀與詩歌生命觀之間確有一平行模式。然而，此說卻忽略了錢穆所謂船山思想之精深處，即其「能根據個人心性而推演出人文繁變」或「由心學而轉到史學」[13]。許冠三、林安梧即藉此發揮出船山「著重人道用權之歷史人性論」[14]和「人性史哲學」的觀點。

　　本章的討論將從比較儒家詩教以「興觀群怨」論詩歌社會功用之本義、與船山以之兼攝創作和閱讀之歧義入手。由此證明：船山以詩人的非自覺性、非目的性與讀者的「涵泳玩索」相聯繫，乃將創作和閱讀一起納入了一個意義開放的過程之中，並以此肯認了詩歌乃在不同個體的生命體驗中獲得生命。在此吾人再次見證本卷在討論其天人之學和詩勢論所揭示出的某種存有論視野。然而，船山所強調的個別「情遇」卻未必與歷史發展的持續性相關。為辨別船山與伽德瑪的詮釋觀念，本章最後部分進而比較作為伽德瑪詮釋學思想基礎的海德格存有論與船山天人性命之學關於生命存有的觀點，由此肯認錢穆先生和許、林二君著眼的人性史哲學方為船山詮釋觀念之主要思想背景。這一比較將揭示船山生命存有智慧的特異之處，它最終界定了其詮釋學的性質，並展現出其對抒情傳統「本體意識」的某種修正。

12　*Pearl from the Dragon's Mouth:Evocation of Scene and Feeling in Chinese Poetry*, pp. 153-154.

13　錢穆，《中國思想史》（台北：臺灣學生書局，1995），頁245。

14　許冠三，《王船山的歷史學說》（香港：活史學出版社，1978），頁50。

一、由儒家詩教中的「興觀群怨」本義對照船山 詮釋的歧義

作為船山《詩譯》第二條和《夕堂永日緒論內編》首條主題的「興觀群怨」概念，乃出自《論語》〈陽貨〉篇孔子以下的一段話：

> 子曰：小子何莫學夫詩？詩可以興，可以觀，可以群，可以怨，邇之事父，遠之事君，多識於鳥獸草木之名。子謂伯魚曰：女為《周南》、《召南》矣乎？人而不為《周南》、《召南》，其猶正牆面而立也與！[15]

這段話中的「詩」應特指《詩經》，所謂「學夫詩」則應指對已然成為文本的《詩經》的熟讀和研習，這一點從下文提到《周南》、《召南》可以明瞭。所以，孔子在此原是談論《詩經》的功用和效能，而並不涉及詩歌寫作的問題。這種的功用和效能，從人類精神生活的抽象層面說來，可概括為興、觀、群、怨，而從更具體的社會意義層面而言，則可歸納為「邇之事父，遠之事君，多識於鳥獸草木之名」。這種理解，大致反映在歷代注疏之中。魏人何晏的《論語集解》彙集的漢以降諸家注釋為：

> 詩可以興，孔曰：興，引譬連類。可以觀，鄭曰：觀風俗之盛衰。可以群，孔曰：群居相切磋。可以怨，孔曰：怨刺上

---

15 《論語注疏》卷17，阮元主編《十三經注疏》，下冊，頁2525。

政。……子謂伯魚曰：女爲《周南》、《召南》矣乎？人而
不爲《周南》、《召南》，其猶正牆面而立也與！馬曰：周
南、召南，《國風》之始，樂得淑女以配君子，三綱之首，
王教之端，故人而不爲，如向牆而立。16

正如蔡鍾翔先生所指出的，此處只有孔安國將「興」(讀平聲)解作
「引譬連類」易與作爲作詩之法的「興」(讀去聲)相混淆17。而宋人
邢昺《疏》所謂「詩可以令人能引譬連類以爲比興也」18則應理解
爲：詩的「效用」之一爲「令人能」培養出引譬連類的比興能力。邢
昺顯然欲將孔注中對用詩和作詩的含混之處與原文以議論用詩爲主題
的矛盾化解，才以「令人有作詩之能」作爲《詩》的功能在此提出。
下文將說明：此一注疏傳統中「興」(平聲)和「興」(去聲)的含混正
是船山日後對這一概念大膽發揮、進行重新詮釋的起點。然而，在宋
明以後以權威出現的朱熹的注釋中，上述矛盾和含混卻並不存有。朱
熹對這段話的解釋爲：

詩可以興，感發志意。可以觀，考見得失。可以群，和而不
流。可以怨，怨而不怒。邇之事父，遠之事君，人倫之道，
詩無不備，二者舉重而言。多識於鳥獸草木之名。其緒餘
又足以資多識。學詩之法，此章盡之，讀是經者所宜盡心
也。19

16 《論語注疏》卷17，《十三經注疏》，下冊，頁2525。
17 《中國文學理論史》，第1冊，頁17-18。
18 《論語注疏》卷17，《十三經注疏》，下冊，頁2525。
19 《論語》卷9，《四書章句集注》頁178。

所謂「感發志意」、「考見得失」、「和而不流」，乃至「其緒餘又
足以資多識」皆是對讀者而言。所以下文謂「學《詩》之法，此章盡
之，讀是經者所宜盡心也」。此處「是經」從上下文來看，應指《詩
經》而非《論語》。所謂「多識於鳥獸草木之名」一語，據范佐仁的
說法，則說明《詩經》已被作為文本研習。故而此段話明白無誤是以
讀《詩》的種種益處來論《詩》的功用。然而，在船山借「興觀群
怨」論詩之時，孔子原意及朱熹所確立的以「《詩》之功用」來貫串
這一段話的義涵，卻被似乎模稜兩可的說法所取代。《詩譯》的第二
條寫道：

> 「詩可以興，可以觀，可以群，可以怨。」盡矣。辨漢、
> 魏、唐宋之雅俗得失以此，讀《三百篇》者必此也。「可
> 以」云者，隨所「以」而皆「可」也。於所興而可觀，其興
> 也深；於所觀而可興，其觀也審。以其群者而怨，怨愈不
> 忘；以其怨者而群，群乃益摯。出於四情之外，以生起四
> 情；遊於四情之中，情無所窒。作者用一致之思，讀者各以
> 其情而自得。故〈關雎〉，興也；康王晏朝，而即為冰鑒。
> 「訏謨定命，遠猷辰告」，觀也；謝安欣賞，而增其遐心。
> 人情之遊也無涯，而各以其情遇，斯所貴於有詩。是故延年
> 不如康樂，而唐、宋之所繇升降也。謝疊山、虞道園之說
> 詩，井畫而根掘之，惡足知此？[20]

在這段話裡，船山的「興觀群怨」同時涵攝了詩的閱讀和創作，讀者

20　戴鴻森，《薑齋詩話箋注》，頁4-5。

和作者兩個方面：「讀《三百篇》者必此也」，是在論閱讀；「辨漢、魏、唐宋之雅俗得失以此」，則在論作者和文本；「出於四情之外，以生起四情」，是討論創作；「遊於四情之中，情無所窒」，則在討論接受；「是故延年不如康樂，而唐、宋之所繇升降也」，是在評價詩人；「謝疊山、虞道園之說詩，并畫而根掘之」，則在評價詮釋者。正如黃保眞所指出：此處「〈關雎〉，興也；康王晏朝，而即爲冰鑒」是將「興觀群怨」之「興」（讀平聲）貫通爲「賦比興」之「興」（讀去聲）[21]，孔安國注釋中的含混意味在此被有意延伸爲雙重義涵，從而將創作和鑒賞活動中情興和意義的建立視爲一貫通的過程。這種以「興觀群怨」兼攝創作和鑒賞的意思，亦可從《內編》第一條目中見出：

> 興、觀、群、怨，詩盡於是矣。經生家析〈鹿鳴〉、〈嘉魚〉爲群，〈柏舟〉、〈小弁〉爲怨，小人一往之喜怒耳，何足以言詩？「可以」云者，隨所「以」而皆可也。《詩三百篇》而下，唯《十九首》能然。李杜亦彷彿遇之，然其能俾人隨觸而皆可，亦不數數也。又下或一可焉，或無一可者。故許渾允爲惡詩，王僧孺、庾肩吾及宋人皆爾。[22]

這裡所謂「經生家析〈鹿鳴〉、〈嘉魚〉爲群，〈柏舟〉、〈小弁〉爲怨，小人一往之喜怒耳，何足以言詩」，是在議論「言詩」或詮釋；而「《詩三百篇》而下，唯《十九首》能然。李杜亦彷彿遇之，

21　《中國文學理論史》，第4冊，頁208。
22　《薑齋詩話箋注》，頁41。

然其能俾人隨觸而皆可，亦不數數也。又下或一可焉，或無一可者。故許渾允爲惡詩，王僧孺、庾肩吾及宋人皆爾」云云，則分明是在談論詩人及其作品的高下了。

其實，船山將詩人攝入「興觀群怨」，已見諸《詩廣傳》論《大雅・行葦》一詩：

> 方在群而不忘夫怨，然而其怨也旁寓而不觸，則方怨而固不失群，於是其群也深植而不昧。夫怨而可以群，群而可以怨，唯三代詩人爲能，無他，君子辭焉耳。[23]

此處船山顯然將「興觀群怨」歸爲「三代詩人之能」，歸爲「君子之辭」。以上三例清楚地表明：興、觀、群、怨之於船山，不僅是讀者的「四情」，且是作者的「四情」。船山不僅要求讀者「隨所『以』而皆『可』」，且要求詩人以其作品「能俾人隨觸而皆可」。換言之，「興觀群怨」亦是針對作品某種特質而言。故而，「四情」方時時出現在船山實際的詩評中。如：

> 可以群者，非狎笑也。可以怨者，非詛咒也。不知此者，且不可以語詩。上下四旁，古今人物，饒有動情之處，鄙燥者非笑不歡，非哭不戚耳。[24]
> 不待歷數往事而後興懷，故曰可以怨。[25]

23　《詩廣傳》卷4，《船山全書》，第3冊，頁453。
24　陸厥〈中山孺子妾歌〉評，《船山全書》，第14冊，頁540。
25　貝瓊〈鳳凰山歌〉評，《明詩評選》卷2，《船山全書》，第14冊，頁1195。

這些例子表明：儘管船山強調讀者作為詮釋的主體，「興觀群怨」卻已同時成為評估詩歌思想藝術價值的理論術語。這是以往僅以讀者反應理論解釋船山這一觀念的學者未暇看到或不願看到的事實。它也說明只以船山類比伽德瑪仍失於片面。本章前言部分所述以往研究中專注在作者方面的義涵同樣不應忽略。然而，更具興味的是，船山何以能將此兩種在西方文論傳統中對立的方面結合在他對「興觀群怨」的再詮釋中？以下的討論將首先關注此一概念在作者方面的義涵。

二、「遊於四情之中」：生命體驗之間的縱、橫聯繫

　　上文已證明：船山對儒家「興觀群怨」理論的發揮，超越了傳統中局限於詩歌社會效用的義涵。然而，吾人必須同時了解：從儒家文藝倫理學的重要概念中展延出新意，而且在與讀者問題相關聯的語境裡，船山對「興觀群怨」作者方面義涵的討論，實際上又不是孤立的。換言之，船山又是從讀者的接受需要而討論創作如何「能俾人隨觸而皆可」。而這正是他最稱賞的《古詩十九首》、阮步兵《詠懷》、張曲江《感遇》等為代表一類詩作的特點。以其評點的說法，則是：「以淺求之，若一無所懷，而字後言前，眉端吻外，有無盡藏之懷……不但當時雄猜之渠長，無可施其怨忌，且使千秋以還，了無覓腳跟處。」[26] 而這類開高友工所謂「內省性詩歌」（reflexive poetry）傳統作品之美學特質之一，以高氏的論證，正是「基於對藝

26　阮籍〈詠懷〉其一評，《古詩評選》卷4，《船山全書》，第14冊，頁677。

術家和聆聽者的完全認同」，以至「詢問詩中的聲音究竟是發話者抑或受話者都會是無意義的問題」[27]。只有在此作者創作與讀者再創作相統一的開放意義結構裡，吾人方能了然其對創作問題的立場。船山欲解答的是：詩人的興、觀、群、怨如何「能俾人隨觸而皆可」。

船山對此的態度，概而言之，是將儒家「興觀群怨」理論中比較片面的文藝倫理學和社會功利性的考量，化爲一片迴翔不迫，優餘不儉的審美境界；將詩的確定的社會倫理內容化爲朦朧空靈的形式。船山在阮籍《詠懷詩》其十二的評語裡寫道：

> 唯此宵宵搖搖之中，有一切眞情在內，可興，可觀，可群，可怨，是有取於詩。然因此而詩，則又往往緣景、緣事、緣以往、緣未來，終年苦吟而不能自道。以追光躡景之筆，寫通天盡人之懷，是詩家正法眼藏。[28]

「宵宵搖搖」寫詩境的幽深迷茫，意義的撲朔迷離。這種境界的極致亦即船山偏愛的詩的音樂境界。筆者甚至以爲「宵宵搖搖」或許可以象聲解。韓愈孟郊〈遠遊聯句〉有「靈瑟時宵宵，岑猿夜啾啾」，酒賢〈巢湖述懷〉亦有「櫂歌宵宵聲相隨」。「搖搖」則爲狀搖曳之態。「宵宵搖搖」可以是描述此詩聲情如秋風動樹，一片颯然的氛圍。此說可證諸船山爲其詩集所寫序言一類文字中「搖蕩聲情而檃括

---

27 參見Yu-Kung Kao, "The Nineteen Old Poems and the Aesthetics of Self-Reflection," p. 98.（中譯文見柯慶明、蕭馳編，《中國抒情傳統的再發現》（台北：臺大出版中心，2009），上冊，頁223-245。並請參考本書第一卷《玄智與詩興》第一章〈「書寫的聲音」：〈古詩十九首〉詩學質性與詩史地位的再探討〉）。

28 《古詩評選》卷4，《船山全書》，第14冊，頁681。

於興觀群怨」[29]一語。它說明船山重視「興觀群怨」與「聲情」的關聯。《論語》所謂「興觀群怨」原指服務於禮治的詩的社會功用，船山上段話卻謂不得「因此而詩」，強調「唯此宮宮搖搖之中」詩方「可興，可觀，可群，可怨」，力主「以追光躡景之筆，寫通天盡人之懷」。在此，船山其實在充分肯認藝術作品社會功利性的同時，強調藝術作為審美直覺活動的非目的性和非功利性。船山顯然要在兩者之間尋求一種平衡，以解決其統一關係問題。

　　美國學者范佐仁根據崔述對《論語》成書時代的劃分，及《詩》在先秦時代由行禮之樂，到斷章取義的「借文本」（pretext），再到「強文本」的演化，將〈陽貨〉篇中孔子談論「興觀群怨」那段話歸入《詩經》已轉化為「強文本」後，為其後學輯入《論語》的部分[30]。而船山以詩的音樂美論「興觀群怨」，則有某種回歸《詩》作為樂的意味。當然，詩的語言的音樂美其實與伴樂而歌的文詞不同。船山對音樂美的追求，特別表現在對「詩可以興」的解釋中，他寫道：

> 以言起意，則言在而意無窮。以意求言，斯意長而言乃短。言已短矣，不如無言。故曰「詩言志，歌永言」，非志即為詩，言即為歌也。或可以興，或不可以興，其樞機在此。唐人刻劃立意，不恤其言之不逮，是以竭意求工，而去古人愈遠。歐陽永叔、梅聖俞乃推以為極致，如食稻種，適以得饑，亦為不善學矣。……此作寓意於言，風味深永，可歌可言，亦晨星之僅見。[31]

29 〈述病枕憶得〉，見《憶得》，《船山全書》，第15冊，頁681。
30 *Poetry and Personality*, pp. 44-45.
31 孟浩然〈鸚鵡洲送王九之江左〉，《唐詩評選》卷1，《船山全書》，

船山談到「詩言志，歌永言」時又寫道：「詩所以言志也，歌所以永言也，聲所以依永也，律所以和聲也」[32]，即強調情志的傳達與「永言」、「依永」、「和聲」的一致性。船山在此特別關注詩的起興過程，此過程自與詩人之思初發於「取境」不同[33]，他力倡「以言起意」，即以詩爲自然天籟，無端無委，如前章所說，以言呈現著存有者生命的姿勢。而所謂「以意求言」必然「刻劃立意」，淪爲宋人風氣(此處以歐、梅爲極致)，牴觸他一貫主張的「初不設意爲局格」、「初不作爾許心」、「詩之深遠廣大與捨舊趨新，俱不在意」的觀念。「以意求言」也自然不會是「興在有意無意之間」[34]。所以有「或可以興，或不可以興，其樞機在此」。此處他又再次將「興觀群怨」之「興」與「賦比興」之「興」混用。這裡「興」已接近錢鍾書所說的「有聲無義，特發端之起興」。錢氏借明人徐渭〈奉師季先生書〉的話說：「此眞天機自動，觸物發聲，以啓其下段欲寫之情，默會亦自有妙處，絕不可以意義說者。」[35]能「寓意於言，風味深永，可歌可言」，即爲船山所崇尙的「聲情」了。除卻對語言音樂美這一特有的形式重視而外，船山在談到「興觀群怨」時亦處處強調詩意在表達上的不涉理路，不落言筌：

> 議論入詩，自成背戾。蓋詩立風旨，以生議論，故說詩者於
> 興、觀、群、怨而皆可，若先爲之論，則言未窮而意已先

(續)————————————

第14冊，頁897。

32 《尚書引義》卷1，《船山全書》，第2冊，頁251。

33 參見本書第二卷《佛法與詩境》第三章〈中唐禪風與皎然詩境說〉之第二節。

34 《詩譯》，《薑齋詩話箋注》，頁33。

35 錢鍾書，《管錐編》(北京：中華書局，1979)，第1冊，頁63-65。

竭；在我已竭，而欲以生人之心，必不任矣。以鼓擊鼓，鼓
不鳴；以桴擊桴，亦槁木之音而已。[36]

在船山看來，「興觀群怨」是詩中「四情」，故而與議論「自成背
戾」。詩生議論，當然也是一種效用，然而卻不應是作詩者的動機。
在此，吾人又發現船山在尋求創作狀態的直覺和接受活動中可能的意
識自覺的平衡。船山討論「興觀群怨」時時彰顯的正是此種以空靈、
朦朧、繚繞、無端無委為樣態的審美境界的追求：

無端無委，如全匹成熟錦，首末一色。唯此，故令讀者可以
其所感之端委為端委，而興觀群怨生焉。[37]
但從一切懷抱涵攝處細密繚繞，此外一絲不犯，故曰「詩可
以興」，言其無不可興也。有所興則有所廢矣。[38]
一片心理，就空明中縱橫爛漫，除取醜人、酸人、糙板人，
無不於此得興觀群怨以去。[39]

船山強調「無端無委」、「一絲不犯」、「無不可興」，強調「就空
明中縱橫爛漫」，皆欲彰顯詩人在創作時所賦予詩作意義的空靈、朦
朧、歧義、不自覺和不確定。這令人聯想到現代讀者反應理論
（reader-response theory）的批評家伊瑟（Wolfgang Iser）所說的「空白」

36　張載〈招隱〉評，《古詩評選》卷4，《船山全書》，第14冊，頁702。
37　袁宏〈遊仙〉評，《古詩評選》卷5，《船山全書》，第14冊，頁775。
38　許繼〈夜宿淨土寺〉評，《明詩評選》卷4，《船山全書》，第14冊，
　　頁1289。
39　蔡羽〈暮春〉評，《明詩評選》卷5，《船山全書》，第14冊，頁
　　1388。

(leerstellen)或艾可(Umberto Eco)所說的「開放文本」(open text)，但更令人想到的是伽德瑪反主體主義的「對話性」：「語言的對話性質留給說者的主體性一切可能的起點。」[40]船山欲詩「能俾人隨觸而皆可」，「令讀者可以其所感之端委爲端委，而興觀群怨生焉」，正是著眼在與讀者對話的「一切可能的起點」。不無弔詭的是，此處的「俾」和「令」，又在要求作者自覺地創造出詩歌意義的無端無委、空靈、朦朧、歧義和不自覺。他是在這樣的意義上肯定了「作者用一致之思」，而非如德希達完全解構了作者的意圖。這裡，吾人不難看出：在船山詮釋的「興觀群怨」概念中，著眼作者審美心理與著眼讀者鑒賞「隨所『以』而皆『可』」這兩個義涵之間的邏輯關聯。在其對杜甫〈野望〉一詩的評語中，他又將「興觀群怨」與他從因明學借用來以說明詩歌創作直覺特徵的概念「現量」放在一起討論：

> 如此作自是野望絕佳寫景詩，只詠得現量分明，則以之怡神，以之寄怨，無所不可，方是攝興觀群怨於一爐錘，爲風雅之合調。俗目不知，見其有葉落、日沉、獨鶴、昏鴉之語，輒妄臆其有國削君危、賢人隱、姦邪盛之意；審爾，則何處更有杜陵耶？[41]

所謂「現量」，根據船山《相宗絡索》一書中的界定，有「現在義，

---

40 "Text and Interpretation," in Diane P. Michelfelder & Richard E. Pamler eds. *Dialogue and Deconstruction:The Gadamer-Derrida Encounter* (Albany, NY: SUNY Press, 1992), p. 26.轉引自德穆‧莫倫，《現象學導論》，蔡錚雲(譯)(台北：國立編譯館、桂冠圖書公司合作，2005)，頁349。
41 《唐詩評選》卷3，《船山全書》，第14冊，頁1019。

有現成義，有顯現眞實義」，乃「前五於塵境與根合時，即時如實覺
知是現在本等色法」而「不待忖度」[42]。船山藉此以說明凸顯身觀限
制的當下興會，寓目輒書的創作精神狀態[43]。正是其所謂「以追光躡
景之筆，寫通天盡人之懷」，此狀態之下，俗目所見之「有國削君
危、賢人隱、姦邪盛之意」眞眞只是「妄臆」。所謂「妄臆」，是以
「俗目」度詩人之動機，從方法而言，可以說是一種「以意逆志」。
在此，吾人可讀出船山對傳統詮釋觀念的批評意味。與此相反，是所
謂「以之怡神，以之寄怨，無所不可」，即「攝興觀群怨於一爐
錘」，無目的的藝術直覺下的作品本身即合於目的。然在此，吾人卻
又很難分清：船山在「只詠得現量分明」以下幾句，究竟是在談論作
者的創作，抑或讀者的接受？「興觀群怨」既爲作者無目的之目的，
亦爲讀者接受之中無所窒礙的反應。正是在這裡，同是強調詩人創作
之非自覺性，即所謂「興在有意無意之間」，船山卻與西方詮釋學一
派的立場不同。19世紀興起的西方詮釋學（henmeneutics），是以浪漫
主義文學觀念強調詩人之非自覺創造爲前提的。詩人的「不自覺」亦
即無能詮釋，它爲施萊爾瑪赫的批評者之自覺詮釋正名。然而，這卻
並非船山的思路。船山的「興觀群怨」理論並不因詩人的創作審美心
理狀態之不自覺、意義的朦朧、不確定，而導致自覺的意義詮釋。相
反，「經生家」式的詮釋恰恰爲船山所嗤鄙。船山欲以詩人當下興會
中所產生的「無端無委」、「窅窅搖搖」的文本爲讀者的再體驗、再
創造的「興觀群怨」開闢道路。依布萊克的說法，船山「並非談論詮
釋（interprete）詩歌，而是體驗（experience）詩歌」[44]。然而，伽德瑪

42　《船山全書》，第13冊，頁536-537。
43　參見本卷第二章〈船山詩學中「現量」義涵的再探討〉。
44　*Man and Nature in the Philosophical Thought of Wang Fu-chih*, p. 281.

說：「體驗藝術作品包含了理解，因此它本身代表了一種詮釋現象（hermeneutical phenomenon）。」[45]

當船山以前引《詩譯》開篇的一段議論——「作者用一致之思，讀者各以其情而自得……人情之遊也無涯，而各以其情遇，斯所貴於有詩」——將詩人和讀者一起納入一個意義開放的過程之中，他其實是從一個獨特的角度重新界定了抒情文類。在這一點上，船山的確令人想到伽德瑪。伽德瑪就是根據亞歷士多德以觀眾之精神「淨化」討論悲劇，而界定此一藝術的本質，他說：「僅僅這樣一個事實即觀賞者被包括在亞歷士多德悲劇本質的界定之中，就使我們所說的觀賞者本質上屬於正在玩著遊戲中的玩者這一道理顯而易見。」伽德瑪進而提出文學和音樂作品的呈現和演奏對於作品本質的意義：「美學生命的具體時間性，其在被呈現的過程中獲得生命，是於再創造中作為獨特和獨立的現象而存有的。」[46]在《詩譯》的那段話中，詩或《詩》之意義對船山而言，亦非沉滯的文本，而是「遊於四情之中」的人的生命體驗，即「康王晏朝」、「謝安欣賞」時「各以其情遇」，在自身緣構發生中呈現，如伽德瑪那樣肯定詮釋學內在於所有生活面向之中。在此，船山不再強調「審美鑒別」，而是潛在地暗示：詩的理解生自康王晏朝或謝公子弟集聚那樣的社會事件場合，而且是那樣的場合中因與存有者的生命對話相關而成為「人情之遊」。

應當說，船山在議論讀者反映時，已從范佐仁所歸納的以詩為「行禮之樂」移至近乎其所說的斷章取義的「借文本」。但是，面臨上述這類社會場合，船山亦強調賦詩見志須具備一定的精神修養。他

45　Hans-Georg Gadamer, *Truth and Method*, Second, Revised Edition, trans. Joel Weinsheimer and Donald G. Marshall (New York: Continuum, 1998), p. 100.

46　*Ibid*, p. 130, 134.

在《詩廣傳》中，對「謝安欣賞，而增其退心」一事評論道：

> 「訏謨定命，遠猷辰告」，謝安之所服膺也。賦詩可以見
> 志，安也足以當之。知不及，量不遠，條理不熟嘗，亦惡能
> 相觸而生其欣賞哉？豆區之計不足以舒神，倉卒之辭不足以
> 愜聽，尋常之圖不足以暢遇，牴牾之說不足以利幾，久矣。
> 謨之大，猶之長，命之豫，告之以時，所謂良馬輕車，修途
> 平易，而王良造父持其疾徐之節，是樂而已矣。小人不知樂
> 此，無不戚焉。君子之知樂此，無不理焉。屐履之細，生死
> 成敗之大，皆其適也。芥穗而適於遠，四海萬年，興亡得
> 喪，而如指掌之間也。天下以是而望安，安以是而任玄，淝水
> 之功，孰云幸勝哉？衿佩之下，「戎作」、「蠻方」不遐遺
> 也。得衛武公之心者，其唯安乎？相賞而不相違，得之於心
> 跡之表矣。[47]

此處船山以雅量「足以鎮安朝野」的謝安爲例，說明非擺脫「豆區之
計」、「倉卒之辭」、「尋常之圖」、「牴牾之說」，則不足以舒
神、愜聽、暢遇、利幾的道理。他特別提到「淝水之功」，令人想到
《續晉陽秋》所敘苻堅南寇，謝安命駕出墅，與兄子玄圍棋，以及
《世說》所敘謝安聞破賊「意色舉止，不異於常」的的事跡。文中所
推崇的「樂」即「曾點之學」，即宋明儒者所祈嚮的聖學中胸次悠然
之超然境界。有此境界，則人生無處不可以「涵泳玩索」。然而，船
山所謂「得衛武公之心」，卻並非欲人歸返詩人衛武公創作時之具體

---

47 〈論抑四〉，《詩廣傳》卷4，《船山全書》，第3冊，頁468。

心理狀態，而是欲讀者將人生境界提升爲「涵天下而餘於己」，以「餘情」、「廣心」俯仰而樂的審美境界。唯如此，方可避免以「小人一往之喜怒」而言詩。故而船山強調「『興觀群怨』非涵泳玩索，豈可有焉者乎」：

> 況「興觀群怨」非涵泳玩索，豈可有焉者乎！得其揚抉鼓舞之意則「可以興」，得其推見至隱之深則「可以觀」，得其溫柔正直之致則「可以群」，得其悱惻纏綿之情則「可以怨」，得其和柔肫篤之極致則「可以事父」，得其愷弟誠摯之至意則「可以事君」。「可以」者，可以此而又可以彼也，不當分貼《詩》篇。[48]

這裡，儒家詩教中「感發志意」、「考見得失」、「和而不流」、「怨而不怒」、「人倫之道」這些社會倫理道德意味頗重的功能被「揚抉鼓舞之意」、「推見至隱之深」、「溫柔正直之致」、「悱惻纏綿之情」、「和柔肫篤之極致」，和「愷弟誠摯之至意」，這樣一些情感狀態所取代，以彰顯鑒賞詩歌是一種生命體驗。而且，在《詩譯》第二條談到作者和讀者時，顯然指涉一種遞進關係。在這段話的中間部分：「『可以』云者，隨所『以』而皆『可』也。於所興而可觀，其興也深；於所觀而可興，其觀也審。以其群者而怨，怨愈不忘；以其怨者而群，群乃益摯」云云，是將孔子原話中「詩可以興，可以觀，可以群，可以怨」反向讀成：「興以可觀，觀以可興，群以可怨，怨以可群。」這種語序上的顛倒恰好象徵地復演了作為創作心

---

48 《四書箋解》卷4，《船山全書》，第6冊，頁259-260。

理活動逆過程的藝術鑒賞過程。從下文「作者用一致之思，讀者各以
其情而自得」一語可知：從「所興」到「可觀」，從「所觀」到「可
興」，從「所群」到「可怨」，從「所怨」到「可群」，主要是在演
述從創作到接受，從詩人到讀者那樣一個「人情之遊也無涯」的歷時
過程。而且，由此及彼，又均以「也」、「愈」、「益」這樣的副詞
彰顯著一種遞進意味，以顯示讀者對意義創造的主動性質。正是在這
種意義之上，船山的詮釋思想被和伽德瑪扯在一起。後者將文學作品
之被理解、被呈現視作未完成的實際存有（being actualized），因而
說：「所有與語言藝術的邂逅皆是與一個未完成的事件遭遇，而其本
身亦是此事件之一部分。」[49]

　　然而，船山難道是如伽德瑪那樣，嚴格地從人的歷史存有而立論
的嗎？這個問題首先包含了以下的懸疑：船山談論的是否即歷史存有
的人？其次，船山的「興觀群怨」概念能否涵攝歷史存有個體的「詮
釋持續性」？第一個問題須在下節關於船山生命存有哲學的探討中完
全解決。然此處至少可以肯定：船山所謂「人情之遊也無涯」未必僅
僅針對歷時性的詮釋過程而言。如上文所說，僅從「遊於四情之中，
情無所窒」一句而言，船山所謂「隨所『以』而皆『可』也」，也確
實可以指同一時間內讀者，即有從「空間關係」而立論的意思。上文
所引《四書箋解》那段話的最後一句，「『可以』者，可以此而又可以
彼也，不當分貼《詩》篇」亦是如此立論。《四書訓義》裡下面的話同
樣是只著眼文本的內容之於讀者的不同效果而論遊於四情，情無所窒：

　　《詩》之泳遊以體情，可以興矣；褒刺以立義，可以觀矣；

49　*Truth and Method*, p. 99.

> 出其情以相示，可以群矣；含其情而不盡於言，可以怨矣。
> 其相親以柔也，邇之事父者道在也；其相協以肅也，遠之事
> 君者道在也。……小子學之，其可興者即其可觀，勸善之中
> 而是非著；可群者即其可怨，得之樂則失之哀，失之哀則得
> 之愈樂……小子學之，可以興觀者即可以群怨，哀樂之外無
> 是非；可以興觀群怨者即可以事君父，忠孝善惡之本，而歆
> 於善惡以定情，子臣之極致也。……古之爲詩者，原立於博
> 通四達之途，以一性一情周人情物理之變，而得其妙，是故
> 學焉而所益者無涯也。[50]

此處所謂「其可興者即其可觀」、「可群者即其可怨」，都是著眼文
本的內容之於不同的閱讀效果而言。如此看來，除卻著眼上述從作者
到讀者歷時的發展而外，船山亦確有從橫向立論的義涵。

　　其次是船山「興觀群怨」概念的涵攝性問題。在上段話中，以及
前引《詩譯》第二條、《四書訓義》卷二十一、《詩廣傳》卷四，和
其他許多場合中，船山皆是將四情劃爲「興觀」與「群怨」兩組。而
船山的「二分法」乃有所本[51]。船山肯定「於所興而可觀」、「於所
觀而可興」、「以其群者而怨」、「以其怨者而群」，但船山卻不曾
說過「興」與「群」、「觀」與「怨」，或「興」與「怨」、「觀」
與「群」之間可以「情無所窒」。只此一處提到「可以興觀者即可以
群怨」，看來「興觀」對船山而言，是一更具包容性的詮釋現象。而

50　《四書訓義》卷21，《船山全書》，第7冊，頁915。
51　以范佐仁對《論語・陽貨》中「四情」原始意義的解釋，「群」與
　　「怨」須與有助言發相關；而「興」與「觀」則與從他人斷章取義而
　　用詩中獲得教益相關。*Poetry and Personality*, p. 45.

且，「四情」之間縱無「所窒」，宣示僅僅「遊於四情之中，情無所窒」，強調「邇之事父，遠之事君」又未始不是肯定一個閉合的系統，因爲它否定了四情外其他潛在的可能發展。四情本身難道不又是規範麼？這一切在在提醒吾人：只從作者到讀者，或從一代讀者到另一代讀者這種歷史持續性去討論問題，將船山比附伽德瑪，同樣有違船山學本義。實際上，船山更注重的是不確定性——詩人興感的不自覺性和讀者接受時「情遇」的個別性。然而，此一不確定性卻未必與歷史發展的持續性相關。這一點，在比較了船山與伽德瑪詮釋觀念的不同哲學背景之後，才更爲顯豁。

三、船山對抒情傳統本體意識的修正

本章引言部分提到：宇文所安以爲船山的觀念與伽德瑪的理論相近，而與浪漫主義詮釋學代表施萊爾瑪赫的觀念相左。宇文氏的這一比較觀點使筆者想到：從施萊爾瑪赫到伽德瑪的西方詮釋學其實是以關於人的觀念之發展作爲背景的，倘若吾人有意分辨船山和伽德瑪的詮釋思想，同樣應當留心兩位哲人此思想背景之異同。而這就意味著肯認：船山關於生命存有的智慧(劉述先所謂「哲學人類學」)，而並非他的詩經學或宇宙論，才是他詮釋觀念更深刻又更直接的思想背景。

話必須從西方詮釋學的背景說起。在西歐浪漫主義運動中，無論對於詩人兼批評家渥茲渥斯，抑或哲學家謝林，詩人都是燕莫森(Ralph Waldo Emerson)所謂「典型的人」(representative man)或狄爾泰(Wilhelm Dilthey)所謂「一般主體」(general subject)[52]。本世紀持

52　參見Frank Lentricchia, *After the New Criticism*(London: Methuen, 1983), p. 258.

同樣立場的赫什(E.D. Hirsh)甚至反問海德格：倘若人類是無可避免
地暫存的，那麼不同時代之間不僅不能交流，而且亦無理解可言[53]。
而伽德瑪的詮釋學，則以海德格與在世之世界不可分的，以歷史緣構
著的時間境域為真身的人的個體存有——「緣有」(Dasein)作為概念
基礎。詮釋必須在這一個世界和歷史中發生，帶出存有者自身。在將
鑑賞者置於藝術作品的存有中之後，伽德瑪提出了讀者的「緣有」與
過往作者「緣有」的時間關聯問題：

> 藝術的眾神殿並非在純粹審美意識中呈現自己的無時間的現
> 在，而是歷史地收攬、聚合著其精神和心靈的行為。我們的
> 美學體驗也是理解自我的一種模式。理解自我總是經由理解
> 不是自我的事物發生……由於我們在這個世界上接觸藝術作
> 品，而且在個人作品中邂逅一個世界，藝術作品就並非甚麼
> 我們被魔術般地攜去一時的異己所在。毋寧是，我們在作品
> 中，並經由作品學會理解我們自己，這意味著我們揚棄了持
> 續經驗中孤立經驗的斷裂和原子論。由於這一原因，在與藝
> 術和美的關係上，我們必須採取一種並不自命直接性，而是
> 與人類形勢的歷史本質相一致的立場。對直接性、對天才瞬
> 間閃光、對「經驗」(Erlebnisse)意義的呼籲，並不能抗拒
> 對人類存有的持續性和自我理解統一性的承認。[54]

在伽德瑪看來，只有肯認鑑賞者有其自身緣有對作品意義的創造，才

53　*Ibid*, p. 261.
54　*Truth and Method*, p. 97.

有所謂的「詮釋持續性」（hermeneutic continuity）。因爲如海德格所說：「意義是緣[此]有的一種生存論性質。……唯緣有才『有』意義。」[55]故而，「持續性」並非通過「典型的人」或「一般主體」去發現「無時間的現在」或具永恆意義的「經驗」（Erlebnis），而是「經由理解不是自我的事物」理解自我。顯然，伽德瑪將詮釋學置於了存有者人緣有的時間性上。

從儒家傳統詩經學到船山詮釋觀念的發展，亦大致以一種生命存有觀念的轉移爲背景。如蒙羅（Donald J. Munro）所說，中國傳統對「人特有的恆常性」（constancies unique to man）的探討從早期儒家即已開始[56]。而這種以「一般主體」爲潛在命題的詮釋觀念，則也可以追溯到被范佐仁視爲最早具清晰詮釋思想的孟子。《孟子》的〈萬章〉上篇提出「說詩者不以文害辭，不以辭害志，以意逆志，是爲得之」。漢人趙歧對「以意逆志」一句的注釋是：「人情不遠，以己之意，逆詩人之志，是爲得其實。」[57]宋人孫奭的《疏》也以「以己之心意而逆求，知詩人之志，是爲得詩人之辭旨」解說此句[58]。朱熹也對此讚賞道：

> 「以意逆志」，此句最好。逆是前去追迎之意。蓋自將自家意思去前面等候詩人之志來。又曰：謂如等人來最相似今日等不來，明日又等。須是等得來，方自然相合。[59]

55　《存有與時間》，頁177。

56　Donald J. Munro, *The Concept of Man in Early China* (Stanford: Stanford University Press, 1969), pp. 69-73.

57　《孟子注疏》卷9上，《十三經注疏》，下冊，頁2735。

58　《孟子注疏》卷9上，《十三經注疏》，下冊，頁2736。

59　黎靖德編，《朱子語類》卷58，第九條(台北：正中書局，1970)，第4

所以，「以意逆志」其實潛在地肯認了「己之意」與「詩人之志」之間的共通性質，雖然對朱熹而言，未必是時時共通的。正如范佐仁所說，孟子這一段話代表了欲克服斷章取義，克服以《詩》為「借文本」而走向「毛詩」詮釋觀念的最早努力[60]。也因之被奉為後世詮釋思想的圭臬。至北宋時代，歐陽修雖已肯定了《詩經》中淫奔內容的存在，指出了《毛詩》、《鄭箋》的一些錯誤，卻仍然於《詩本義》中寫道：

> 詩文雖簡易，然能曲盡人事，而古今人情一也。求詩義者，以人情求之，則不遠矣。[61]

從漢儒到宋儒的詩經學，其中種種變革，不可謂不大，然對於這種超越歷史時間的同情共感生命存有的信念，卻始終未曾動搖，並成為上述詮釋觀念的支柱。從總的邏輯方向上，它與西方浪漫主義詮釋學代表施萊爾瑪赫倡導的經同情共感進入作者原初心理經驗的進路不無相似，又與狄爾泰提出的於「再體驗」中發現「整體性覺識」的思路接近。

而這樣的信念同時即為中國抒情傳統的「本體意識」。張淑香在將〈《蘭亭集》序〉詮釋為一次「理論的演出」時，曾饒有興味地指出：王羲之在臨文嗟悼「每覽昔人興感之由，若合一契……後之視今，亦猶今之視昔」之時，實質上宣示了抒情傳統本體意識的具體內涵：「由個體生命之情的肯定進而及於集體生命之情的肯定」，並

（續）

　　冊，頁2156-2157。

60　*Poetry and Personality*, p. 72.

61　歐陽修，《詩本義》（四庫善本叢書經部）（台北：藝文印書館，1969年影印本）卷6，頁7。

「由『共時』穿入『歷時』，轉向過去與未來尋求超時間性的集體共同存有理想」[62]。筆者以為張氏的觀點尚需作一點補充。那就是，這種對共同生命之情的肯定，是特別繫於片刻中之「興感」的。正如筆者在〈中國抒情傳統的原型當下〉一文中所說：由於中國傳統文化中既無為歷史而架構的一元敘事文的神學框架，亦無前於抒情傳統的壓倒性敘事文學遺產，「片段效果」對於中國抒情詩原型因而是本質的。所謂「原型」，對中國抒情文學傳統而言，是將一個詩意瞬刻與另一個詩意瞬刻相關聯，以使詩人的感興統一起來[63]，以體現上文所說的「集體生命之情」。創作是如此，鑒賞和創作的關係亦何嘗不是如此？故而，議論作詩為「登高致思，則神交古人，窮乎遐邇」的謝茂秦，論到從熟讀學習寫作，才會寫道：

> 當選其(唐十四家)諸集中最佳者，錄成一帙，熟讀之以奪神氣，歌詠之以求聲調，玩味之以衷精華。得此三要，則造乎渾淪，不必塑謫仙而畫少陵也。夫萬物一我也，千古一心也，易駁而為純，去濁而歸清，使李杜諸公復起，孰以予為可教也。[64]

「夫萬物一我，千古一心也」，正是「使李杜諸公復起」的根據。在此，茂秦教人如何從讀唐詩中「易駁而為純，去濁而歸清」，學作詩人，在方法上其實如同孟子教人如何從閱讀中體認失去的人格。然此

---

62 見張淑香，〈抒情傳統的本體意識──從理論的「演出」解讀『蘭亭集序』〉，載《抒情傳統的省思與探索》(台北：大安出版社，1992)，頁52。
63 詳見拙著《中國抒情傳統》，頁114-148。
64 《四溟詩話》卷3，《歷代詩話續編》，下冊，頁1189。

處所謂「使李杜諸公復起」，卻並非指整體人格而言，而是指在「興感」時刻的才情而言。中國抒情傳統彰顯的，恰恰是在線性歷史時間之無可重複之中、個體生活片段的可重複性[65]。上文所說的「一般主體」在中國抒情詩歌中也是在片段的生命體驗中體現出來。這裡，吾人不妨想到：與中國抒情主體相關的「興會」、「現量」，畢竟與西方浪漫主義理論家所汲汲的「體驗」(Erlebnis)不同[66]，前者並不具有後者所強調以片刻直接經驗代表整個生命歷程的意味。

船山具有特別的詮釋觀念的生命存有哲學特異何在？從他將存有者人置於整體存有界的理氣中以論情景交融，從他自人的感情生活之緣構成──「勢」以論詩的無方無體，吾人已見識了其詩學具某種存有論向度和視野。在對興觀群怨的詮說中，船山以詩之意義開顯於「康王晏朝」、「謝安欣賞」那樣的「情遇」的觀念，同樣顯示出此一存有論視野，由此，他當然不可能肯認上述「一般主體」或「典型人性」。相對其前輩，船山的觀念反而凸顯了人性間的差異，即其所謂「惟命之不窮也靡常，故性屢移而異」[67]。而這正是其新詮釋觀念的基礎。然而，其詮釋觀念所依據的古典存有論難道真的能與海德格的觀念比同麼？吾人不妨先追問：船山所謂人性間差異的根據是什麼？依據船山，蓋出自以下兩端。首先，在天命之授的過程裡，因「摶造無心，勢不能各保其固然」：

> 人物之生化也，誰與判然使一人之識互古而爲一人？誰與判

65　詳見《中國抒情傳統》，頁120。

66　關於這一德文術語 *Erlebnis* 的義涵，讀者可參考 Gadamer, *Truth and Method*, pp. 64-70.

67　《尚書引義》卷3，《船山全書》，第2冊，頁301。

然使一物之命亙古而爲一物？且惟有質而有形者，可因其區
宇，畫以界限，使彼此亙古而不相離。……是故天地以德生
人物也，必使之有養以益生，必使之有性以紀類。養資形
氣，而運之者非形氣；性資善，而所成者麗於形氣。運形者
從陰而濁，運氣者從陽而清。清濁互凝，以成既生以後之養
性，濁爲食色，清爲仁義。……太虛者，本動者也。動以入
動，不息不滯。……搏造無心，勢不能各保其固然，亦無待
其固然而後可以生也。清多者明，清少者愚；清君濁者聖，
濁君清者頑。既已弛人而待命矣，聽理數之分劑，而理數復
以無心，則或一人之養性散而爲數人，或數人之養性聚而爲
一人。已散已聚，而多少倍蓰因之以不齊。[68]

船山這段話是在其特有的宗教意識[69]的生死往來的背景裡，從天地以
德生人物的角度，議論人性之亙古不一的道理。而在「性日生，命日
受」這一船山性命哲學之最具獨創性命題之下，以「形日以養，氣日
以滋，理日以成……天日命於人」[70]，上述觀念更被強化了。而且，
船山亦同時從「受命」的角度論證了人性之亙古不齊：

天命之謂性，命日受則性日生矣。目日生視，耳日生聽，心
日生思，形受以爲器，氣受以爲充，理受以爲德。取之多、
用之粹而善；取之駁、用之雜而惡；不知其所自生而生。是

---

68 《周易外傳》卷6，《船山全書》，第1冊，頁1044-1045。
69 讀者可參看嚴壽澂，〈莊子、重玄和相天──王船山宗教信仰述論〉，
　　《近世中國學術思想抉隱》(上海：上海人民出版社，2008)，頁66-97。
70 《尚書引義》卷3，《船山全書》，第2冊，頁300。

> 以君子自彊不息，日乾夕惕，而擇之、守之，以養性
> 也。……性也者，豈一受成侀，不受損益也哉？[71]

> 若夫健順、五常之理，則天所以生人者，率此道以生……人
> 得此無不正而不均者，既已自成其體，而不復聽予奪於天
> 矣。則雖天之氣化不齊，人所遇者不能必承其正且均者於
> 天，而業已自成其體，則於己取之而足。若更以天之氣化爲
> 有權而己聽焉，乃天自行其正命而非以命我，則天雖正而於
> 己不必正，天雖均而於己不必均；我不能自著其功，而因仍
> 其不正、不均，斯亦成其自暴自棄而已矣。[72]

船山在此以「自成其體，而不復聽予奪於天」說明「性也者，豈一受成
侀，不受損益也哉」的道理。因而，若人做不到「日乾夕惕，而擇之、
守之，以養性」，即便天命授之以正，而自身之性未必正，因爲個人
的努力並不相同。這裡的確是從某種存有論肯定了人性間的差異。

　　基於此種對人性差異的觀念，船山在討論《詩經‧衛風》中〈竹
竿〉一詩時寫道：

> 「巧笑」、「佩玉」、「檜楫松舟」，〈竹竿〉之女不襲
> 〈柏舟〉，稱其情而奚損哉？果有情者，未有襲者也。地不
> 襲矣，時不襲矣，所接之人、所持之己不襲矣。……果有情
> 者，亦稱其所觸而已矣。[73]

---

71 《船山全書》，第2冊，頁301。
72 《讀四書大全說》卷10，《船山全書》，第6冊，頁1138。
73 《詩廣傳》卷1，《船山全書》，第3冊，頁338。

船山在這段評語中，以〈柏舟〉和〈竹竿〉這兩首借舟船上女子之口唱出的歌謠情感之不同來說明問題。據《鄭箋》〈柏舟〉爲「共姜自誓」：「衛世子共伯蚤死，其妻守義，父母欲奪而嫁之，誓而弗許，故作是詩以絕之。」[74]而〈竹竿〉則是寫「衛女思歸」：「適異國而不見答，思而能以禮者也(待禮以成爲室家)。」[75]故而，二詩所抒發的情感可謂恰好相反。船山藉此以發揮「果有情者，未有襲者也。地不襲矣，時不襲矣，所接之人、所持之己不襲矣」的道理。顯然，船山是在附會，其眞正的意思並非強調具「一般主體」的人會在時、地不同的情況下，會對「所接之人」在情感上有所不同，而是強調「所持之己」之「不襲」。這一點，可以從其對〈柏舟〉一詩的議論中見出：

> 爲〈柏舟〉之女者，亦天矣，爲〈柏舟〉之母者，亦天矣。乃天自授〈柏舟〉之母以不順之化，而固使〈柏舟〉之女順爲命也。天授我以爲人，則既於天之外而有人，既於天之中而有人，則於人之外而繁有天，惡能以其固有爲必肖天之廣大，而無擇於逆順哉？[76]

船山強調人既於天之外，輒須「擇於逆順」。而恰恰由於「擇」，方才有「所持之己」的不同。故而，船山藉〈柏舟〉和〈竹竿〉二詩情感的比較，正是欲穿鑿地說明：由於個體與個體，以及同一個體每在「稱其所觸」之時，其所處身的歷史境遇、社會環境、人際環境皆不會相同，所以，其自我情感也不會一樣。然而，只有眞實地「稱其所

---

74 《毛詩正義》，《十三經注疏》，上冊，頁312。
75 《毛詩正義》，《十三經注疏》，上冊，頁325。
76 《詩廣傳》卷1，《船山全書》，第3冊，頁330。

觸」，方爲「果有情者」。此處，船山雖然在談作詩之人，而非讀詩或言詩之人，但他一樣道出了：「人情之遊也無涯，而各以其情遇，斯所貴於有詩」這樣一個討論鑒賞詮釋時提出的原理。上文所說的作爲抒情傳統「本體意識」的繫於片刻「興感」中的「共同之情」，在此未被肯定。而片刻「興感」同樣是船山論詩的前提：船山所說的「野望絕佳寫景詩」是「只詠得現量分明」，而「謝安欣賞」《大雅・抑》二章又何嘗不是一時興會呢？而對船山而言，詩人之「興感」乃生於情、景往來之際，其間自充滿偶然，所謂「物亦非必有不善之幾……吾之動幾亦非有不善之幾，物之來幾與吾之往幾不相應以其正」[77]即強調這種偶然。故而，船山至少並不強調古人所謂「興感之由，若合一契」的觀念。

然而，如此一種對於生命體驗中人性的觀察，是否可以冠之以「人性史哲學」呢？[78]從一種邏輯慣性而言，似乎如此。由林安梧先生提出的以「人性史哲學」概括船山思想的觀點，使筆者注意到了船山詮釋觀念之思想淵源何在，對思路的開啓，甚有裨益。然於概念的使用上，並非無可商榷之處。誠然，如林安梧所說，船山在討論人類族類和類階性質之時，確有「中國之天下，軒轅以前，其猶夷狄乎！太昊以上，其猶禽獸乎」[79]的歷史進化論說法。而且，如上文所述，船山對人性間的差異亦是充分肯認的。然而，下落到具體個體而言，船山卻從未否定前於歷史的人之道德屬性的總體規定性和限度，故有所謂

---

77 《讀四書大全說》卷8，《船山全書》第6冊，頁962-963。對船山情景理論與其性命哲學關係的討論，請詳見本卷第三章〈船山天人之學在詩學中之展開〉。

78 見林安梧，《王船山人性史哲學之研究》，頁45-70。

79 《思問錄外編》，《船山全書》，第12冊，頁467。

「人物之生，莫之壹而自如其恆」[80]。推究其因，蓋以船山實未如林安梧所說，使「自然史之世界」成爲「人性史之世界所對比而生的世界」，甚至「以人性史的哲學而說自然史的哲學」，對承繼理學傳統的船山而言，自然史和人性史之間是連續而不可而分的[81]。船山寫道：

> 立天之道，曰陰與陽，而一陰一陽劑焉；統天之行，元、亨、利、貞，而四德敘焉；是則天之「衷」也。形而上衷乎天，形而下衷乎人。由天以之人，因其可成可載而降之人，乃受於天，亦既主形主氣，而莫不以爲性之藏也，故曰「恆」。是故形則有「恆」耶，氣則有「恆」也。然而有不「恆」者，形之有痿躄，性之有狂易，或傷之，或陷之，一人之身而前後殊，斯不「恆」也。形之有利鈍，氣之有衰王，利易而鈍難，王壯而衰餒，均人之身而彼此殊，斯不「恆」也。[82]

> 天以陰陽、五行爲生人之撰，而以元、亨、利、貞爲生人之資。元、亨、利、貞之理，人得之以爲仁、義、禮、智；元、亨、利、貞之用，則以使人口知味，目辨色，耳察聲，鼻喻臭，四肢順其所安，而後天之於人乃以成其元、亨、利、貞之德。非然，則不足以資始流形，保合而各正也。故曰：此(成性)天事也。[83]

80　《周易外傳》卷6，《船山全書》，第1冊，頁1046。

81　此一觀點，乃筆者與嚴壽澂君討論所得，特誌於此。

82　《尚書引義》卷3，《船山全書》，第2冊，頁294-295。

83　《讀四書大全說》卷10，《船山全書》，第6冊，頁1137-1138。

顯然，船山在此是從天、人的連續裡討論人性，即強調其所謂「天命不息，而人性有恆」[84]之說。所謂「以元、亨、利、貞爲資」的「仁、義、禮、智」亦即前於歷史的人之現成的道德屬性。船山以「恆」來說明其總體規定性。當然，船山不否認個體間差異的存有，即所謂「均人之身而彼此殊，斯不『恆』也」。然而，這種差異顯現於個體之間，卻主要不是彰顯「歷史人性」的進化，而是體現天之搏造無心，不主故常。林安梧所謂與「貞一之理」構成張力對比而產生「人之歷史性」的「相乘之幾」[85]，其實也只是出於天人相續之際的不主故常，以及個體在總體人性規定不變的情況下「擇之」、「守之」之差異。這種不「恆」卻並不妨礙總體上的「恆」，因爲元、亨、利、貞之資並無改變，只是所造之業未必時時處處相同。這正如他談論陰陽之氣，雖「有大成之序，而實無序」：

> 以天化言之，寒暑之變定矣，而驟寒之暑，由暑之寒，風雨陰晴，遞變其間，非日日漸寒，刻期不爽也。[86]

所以，在這種歷史和自然史的連續裡，船山有關生命存有觀念的傾向，雖然不妨如許冠三以敖太加(Jose Ortega Y. Gasset)的話「人但有歷史，並無定性」去比較，但船山卻並未真正否認人類終極的「定性」。如果說船山思想具有某種存有論向度，其中與存有者所在的世界，並不是海德格所首先指稱的與其他人們「同緣在」的歷史人文世界，而是陰陽、五行之「天」。如此全面地理解船山生命存有的智

---

84 《讀四書大全說》卷10，《船山全書》，第6冊，頁1138。
85 林安梧，《王船山人性史哲學之研究》，頁58。
86 《周易内傳》卷6，《船山全書》，第1冊，頁605。

慧，而並非作任何一種意義的誇大，吾人方得以正確地探討其對儒家
「興觀群怨」的再詮釋。

　　因為船山並未最終超越從天、人連續這一道德形上學邏輯探討人
的道德規定性問題，故而，在他對「興觀群怨」重新詮釋時，儘管同
樣以一種生命存有觀念的轉移為背景，其在觀念上卻與伽德瑪基於海
德格「緣在」為概念基礎的詮釋思想不可同日而語。這也就是說，船
山雖然在作者和讀者同情共感的思路之外，提出了「人情之遊無涯，
而各以其情遇，斯所貴於有詩」，其所謂「四情」即「興、觀、群、
怨」，仍如「以元、亨、利、貞為資」之「仁、義、禮、智」一樣，
總體上仍是現成的具「恆」性之「情」。此其所謂「人之歷今昔也，
有異情乎？通賢不肖而情有所定，奚今昔之異也？……情同……而情
之致也殊」[87]。「四情」之間縱無「所窒」，「遊於四情之中」本身
卻又是規範。故而他才強調「可以興觀群怨者皆可以事君父，忠孝善
惡之本」，此其所謂「立於博通四達之途，以一性一情周人情物理之
變……故學焉而所益者無涯也」。此處所謂「無涯」，和《詩譯》所
謂「人情之遊也無涯」之「無涯」，如船山謂「天之神化惟不已」，
卻又肯認「互相易於六位之中，則天道之變化，人事之通塞盡焉」[88]
一樣，終歸是現成的故可賅可盡的，終歸是「常一而變萬，變萬而未
改其一也」[89]。所以絕非由歷史時間形成的理解距離。由此，吾人亦不
難了然：何以船山所謂「隨所『以』而皆『可』也」和「遊於四情之
中，情無所窒」能兼攝作者和讀者，且具調和歷時關係和單純平列空間
關係的義蘊。對船山而言，後者最終涵攝了前者。此之謂「莫之壹而自

87　〈論燕燕〉二，《詩廣傳》卷1，《船山全書》，第3冊，頁320。

88　《周易內傳》卷1，《船山全書》，第1冊，頁42。

89　《周易外傳》卷7，《船山全書》，第1冊，頁1089。

如其恆」。船山於擬古稱賞「以吟者心理，求躋己懷於古志」[90]亦由
此而發。但船山的確揚棄了傳統中所謂「興感之由，若合一契……後
之視今，猶今之視昔」，這樣一種在無窮片段中重複的個體生命體驗
論。然而，此一修正並未最終否定抒情傳統之本體意識，僅使之更具
涵攝義和邏輯合理性。

結論

　　船山的「興觀群怨」說是以對儒家經典概念進行再詮釋而界定詩
歌藝術。在此，船山所透露的詮釋思想的優異之處在於：船山並未像
現代西方「新批評」或讀者反應理論那樣，在討論作品意義的建構時
執於一端。這種種執於一端的詮釋觀念——無論是執於作者(如E.D.
Hirsch)，或執於文本(如新批評)，或讀者(如Stanley Fish)——其實
皆弔詭地犧牲了西方後現代主義所倡導的詮釋多元主義(hermeneutic
pluralism)[91]。而船山則經由將創作問題納入「興觀群怨」概念，建
立了一個從作者之「意」(「作者用一致之思」)到作品[在閱讀中呈
現]之「義」的圓融的，和相對開放的詩歌美學生命存有的結構。而
這種美學生命之能在「四情」中持續存有，是以作者「不奔注於一情
之發」[92]、「不毗於憂樂」和讀者不執於「一往之喜怒」之間的呼應
為前提的。無論對作者抑或對讀者而言，船山所倡導的均是一種胸次

90　錢宰〈擬客從遠方來〉評，《明詩評選》卷4，《船山全書》，第14
　　冊，頁1285。

91　張隆溪對此種悖謬和弔詭有一精采的討論，見其 *The Tao and the Logos*,
　　pp. 191-196.

92　《詩廣傳》卷3，《船山全書》，第3冊，頁392。

悠然的道德的，卻又是審美的精神境界。於是，西方詮釋學中著眼於作者方面而強調「審美意識」和著眼讀者接受方面而強調社會生活世界的矛盾在此並不存有。船山由此恢復了孔子思想中將倫理規範與情感心理融而為一的原則，克服了後世儒家文藝觀中某種側重藝術作品社會倫理效果的偏頗，而提出了藝術創作的超功利、無具體目的性和作品的社會效果統一問題的一種解決之道。在很大程度上，它體現為以內聖境界為追求的宋明新儒家對於「美」與「善」，文與道合一問題的最終解求[93]。伽德瑪說：藝術真理的問題能為更廣闊的詮釋學問題鋪平道路。船山對詩歌意義問題所提出的見解，其意義也遠遠超越了詩學本身。有趣的是，他對「興觀群怨」的再詮釋本身已經是一個例證。

　　船山的「興觀群怨」說強調詩歌的意義在「情遇」中開顯，即強調詩歌的美學價值在於具體的生命體驗。此一觀點徹底否定了由漢代詩經學者所設定的由重建詩人創作之「意」而建立作品之「義」的詮釋觀念，而將意義置於存有者讀者自身的緣構發生之中。而且，此存有論的視野實亦昭顯於其《內編》以下討論創作各條目中——其以「勢」彰顯詩乃人莫之能測的「意」之動態展開，其論興會則強調人須「觀面相當」地親證天人性命之往來授受，其以「現量」論詩則強調把握「吾之動幾與天地　之動幾相合」的興會當下——這一切均表明：船山以此開篇而論詩，正如以論「詩樂關係」為序，皆具提綱振領的意味。

　　船山以「人情之遊也無涯，而各以其情遇，斯所貴於有詩」，談論的是從創作到接受的體驗問題。但他同時也間接提出了抒情傳統的

本體意識問題。船山由其性命之學出發，強調性命授受過程中天之「摶造無心」和個體之「人日受命於天」，故而在詩學中彰顯了每一片刻興感之中，詩人或讀者「所持之己」可能的差異。在這一點上，他已與傳統詩學觀念有所不同，並由此建立起其關於詩歌美學生命的理論。但是，因船山未能離開以天、人連續的邏輯而論人性生成，其詩學透出的存有論智慧也最終未能悖離由共時穿入歷時以肯認人類共同之情的立場。其所肯認的「人情之遊也無涯」也就未必與歷史發展的持續性相關。然唯其如此，船山也才得以從本文化立場去總結抒情傳統。

第六章

詩樂關係論與船山詩學架構：

兼論傳統詩學與中國思想中超形上學*

引言

　　詩樂關係論是關乎船山詩學體系的重要概念。儒家的，乃至中國古代的文藝學本自樂論濫觴。而且，中國古人言及超凡智慧，亦常與聲音和聽覺相關聯。美國學者狄沃斯金(Kenneth J. DeWoskin)舉《呂氏春秋・季夏紀》中所謂「聖人聞其聲而知其風，察其風而知其志，觀其志而知其德，盛、衰，賢、不肖，君子、小人，皆形於樂」[1]，班固《白虎通德論・聖人》論聖人時有所謂「聖人者何？聖者，通也，道也，聲也」[2]，以及《說文解字》和應劭《風俗通義》對「聖」字的義訓爲例，說明古代中國人以聽覺作爲智慧之原的比喻，正可以與柏拉圖和西方語文所暗示的以視覺作爲智慧之原的傳統構成對比[3]。無論狄沃斯金的說法是否全面，船山確是承此一傳統而來。因而，其《詩廣

---

* 　本文原載新竹《清華學報》新31卷，第1-2期合刊(2001年3月)，收入本書時作了大幅修改。

1 　《呂氏春秋》，《諸子集成》(上海：上海書店，1987)，第6冊，頁59。

2 　班固，《白虎通德論・聖人》，《漢魏叢書》(長春：吉林大學出版社影印本，1992)，頁167。

3 　Kenneth J. DeWoskin, *A Song for One or Two: Music and the Concept of Art in Early China* (Ann Arbor: Center for Chinese Studies, The University of Michigan, 1982), pp. 32-33.

傳》有所謂「夫覷其所不可見,覺其所不及者,其惟幾與響乎?……
詩之情、幾也,詩之才、響也;因詩以知升降,則其知亂治也早矣」[4]。
船山作爲明清之際的大儒,既由渾灝精深的中國文明體系出發以透視
詩之本質,詩與樂之關係自應是其立論思索的基點之一。

　　果然,船山最重要的詩學論著《夕堂永日緒論內編》(以下簡稱
《內編》)即以討論詩樂關係爲序,冠於各條議論之首。《內編》前五
條皆與其對詩的義界有關,其中次序並不苟然,似有意取逐漸壓縮論題
的邏輯。然則,詩與樂的關係論的內涵外延,應比詩的美學生命從詩
人—文本—讀者的發展(《內編》第一條論「興觀群怨」),比「作者一
致之思」(《內編》第二條論「寓意」),比詩意在文本中的開顯(《內
編》第三條論「勢」),比詩人與世界的關係(《內編》第四條論「情
景」),更其寬廣和更具終極義,實爲船山對詩義界之至高一層。

　　據筆者管見,近人對船山詩學上述問題的討論,當以唐君毅先生
《中國哲學原論・原教篇》中討論人文化成論時〈詩禮樂〉一節爲最
早。該篇以孔子興、立、成觀念爲綱,引證船山各書材料豐贍,然落
點尚不在其詩學體系[5]。筆者1980年代初嘗試研究王船山詩學時,亦
曾對李東陽和前七子以樂論詩與船山詩學之關聯進行過思索。但囿於
當時理論和學術視野,未能看到兩者之間糾葛的深刻意義,對船山等
強調詩、樂關係的價值判斷亦基本消極[6]。張節末1986年發表〈論王
夫之詩樂合一論的美學意義——兼評王夫之詩論研究中的一種偏頗〉

4　〈論瞻卬〉,《詩廣傳》卷4,《船山全書》,第3冊,頁479。

5　《中國哲學原論・原教篇》,頁636-646。

6　〈從前後七子到王夫之——中國古代兩大詩學潮流之彙合〉,《中國詩
　　歌美學》,頁48-62。初刊於《學術月刊》1983年第1期,頁55-60。

一文[7]，乃近年較早一篇正面評價船山上述觀念的研究。此文在一定程度上是對筆者1980年代初船山詩學研究中謬誤的批評。重讀此文，筆者感到張先生的批評十分中肯，切中要害。然而，以今日的學術進境，張文亦並非無可補正之處。如以「詩樂合一論」概括船山的詩樂觀，即失於簡單化，雖然船山本人確有此說。此中涉及的問題須在船山與李東陽、前七子等觀念間更細緻的比較中，亦須在船山本人思想發展軌跡的考量中見出。此外，船山在此一問題上的觀念，其理論意義尚大有開掘之空間。本章期在張文基礎上，對此一問題作更爲廣闊和深入的探討。

　　本章以下將由明代李東陽、前七子等以樂論詩的觀念切入，以釐析船山與前者在詩樂關係上觀念的異同。由此，本章將以其視樂爲詩之極詣爲前提，探討和評價其「聲情」理論。最後，本章將全面探討船山詩樂關係論之超越音樂美義涵的諸方面。以此證明：堪稱體大慮周的船山詩學，自藝術哲學而言，實以對詩樂關係之重新思考爲樞機。基於此，船山不僅得以原始儒家的樂教觀念顛覆狹隘的倫理教化主義，又不僅得以超越宋人的尚意詩學，以重新從詩意在動態的時間形式中開顯來界定詩，而且亦使其以《周易》爲淵源的詩論涵攝情景理論，成爲中國古代詩論之集大成。

一、以樂論詩和宋明精神文化的變遷

　　以樂論詩是明代從李東陽到前、後七子詩學思想的支柱觀念之

7　張節末，〈論王夫之詩樂合一論的美學意義──兼評王夫之詩論研究　　中的一種偏頗〉，《學術月刊》1986年第12期，頁43-50。

一。在中國古代文學批評史上，此是繼建安至永明間樂論影響詩學之後，音樂觀念再次入侵，導致中國詩歌理論重建的重要文化現象。當然，此次以樂論詩的始作俑者，或許應推南宋人鄭樵（1104-1162），鄭氏高倡「樂以詩爲本，詩以聲爲用……詩者，人心之樂也」[8]。鄭樵著意分辨「聲」與「義」先後之序，謂：「孔子言詩皆取詩之聲，不曾說詩之義如何」[9]；「有聲斯有義，與其達義不達聲，無寧達聲不達義。」[10]但顯然在宋代理學的思想空氣中，鄭氏的說法是難成氣候的。朱熹（1130-1200）論詩，即取相反的看法：「凡聖賢之言詩，主於聲音少，而發其義者多，仲尼所謂『思無邪』，孟子所謂『以意逆志』者，誠以詩之所以作，本乎其志之所存……得其志而不得其聲音有矣，未有不得其志而能通其聲音也……故愚意竊以爲……志者詩之本，而樂者其末也。末雖亡不害本之存。」[11]

降及明弘治年間，以樂論詩終以李東陽（1447-1516）《懷麓堂詩話》的問世爲標誌，而漸成扶搏之勢。而所謂詩者，已非如鄭樵專指《詩經》，而是泛指古今之詩。這一點，可從《懷麓堂詩話》以下一段話中見出：

> 陳公父論詩專取聲，最得要領。潘禎應昌嘗謂予詩宮聲也。予訝而問之。潘言其父受於鄉先輩曰：「詩有五聲，全備者少，惟得宮聲者爲最優，蓋可以兼眾聲也。李太白、杜子美爲宮，韓退之爲角，以此例之，雖百家可知也。」予初欲求

8　鄭樵，〈通志總序〉，《通志》（北京：中華書局，1987），第1冊，（志）頁2。
9　〈關雎辨〉，轉引自吳文治主編，《宋詩話全編》，第4冊，頁3465。
10　〈祀餗正聲序論〉，《宋詩話全編》，第4冊，頁3478。
11　〈答陳體仁〉，《朱子大全》卷37，《四部備要》，第3冊，頁592-593。

聲於詩，不過心口相語，然不敢示人。聞潘言，始自信以爲
昔人先得我心。天下之理，出於自然者，固不約而同也。趙
撝謙嘗作《聲音文字通》十二卷，未有刻本。本入內閣而亡
其十一，止存總目一卷，以聲統字，字之於詩，亦一本而分
者。於此觀之，尤信。門人篝者有聞予言，必讓予曰：「莫
太泄露天機」，否也！[12]

這段敘述說明了論詩取聲的觀點在弘治時流行的情況。圍繞這一話題，
此段文字中竟提到至少七人：陳獻章(1428-1500)、李東陽、潘應昌、潘
應昌之父、潘父之鄉先輩、趙撝謙和李東陽的「門人」。求聲於詩，西
涯初時尚「不敢示人」，但得知陳白沙、潘應昌亦持此說，又知趙撝
謙乃有《聲音文字通》一書入內閣之後，遂不屑理會門人「莫太泄露
天機」的說法了。所以，《懷麓堂詩話》竟以「詩在六經中別是一
教，蓋六藝中之樂也」一語開篇，以「後世詩與樂判而爲二」[13]爲詩
壇把脈。李東陽之後，以樂論詩在弘、正年間前七子，以及嘉靖年間
後七子的詩論直至明清之際雲間派中形成傳統[14]。其要義，有以下數
端。

首先，強調詩與樂之通同，謂詩是一種音聲現象，即偏重西方詩
論所說的melopoeia一面。如李夢陽即以「夫人動之志必著之言，言

12　見《歷代詩話續編》，下冊，頁1373-1374。
13　《歷代詩話續編》，下冊，頁1369。
14　有關雲間派音調說與七子派的關聯請參看張健《清代詩學研究》(北京：北
　　京大學出版社，1999)，頁58-71。另外，該書論王夫之詩學一章亦提綱挈領
　　地討論了船山與七子及雲間派的關係：「把王夫之放到明末清初的詩學潮
　　流中來看，他也是試圖對公安、竟陵派的性靈說與七子派的格調說進行綜
　　合。……在這一點上可以將他的詩學看作是雲間派詩學的繼續。」頁264。

斯永,永斯聲,聲斯律,律和而應,聲永而節,言弗睽志,發之以章,而後詩生焉」[15]來界定詩之本質。

其次,以《樂記》「凡音之起,由人心生也」為立論基點,而不像永明時以樂論詩者那樣追求聲調的「秩敘」和規則,而主張藉音聲以宣暢情感。如李東陽說:「今泥古詩之成聲,平仄短長,字字句句,摹仿而不敢失,非惟格調有限,亦無以發人之性情。若往復諷詠,久而自有所得,得於心而發之乎聲,則雖千變萬化,如珠之走盤,自不越乎法度之外矣。」[16]李夢陽則以「聖以時動,物以情徵,竅遇則聲,情遇則吟,吟以宣和,宣以亂暢,暢而永之而詩生焉,故詩者,吟之章而情之自鳴者也」[17]以說詩。

復次,與宋儒之主「理」不同,明人以樂論詩,時與氣論相映帶。李東陽曰:「文章功業,大抵皆氣之所為。氣得其養,則發而為言,言而成文為聲者,皆充然而有餘。」[18]李夢陽亦曰:「夫詩發之情乎?聲其區乎?正變者時乎?……至其為聲,則剛柔異而抑揚殊,何也?氣使之然。」[19]徐禎卿亦曾以「蓋因情以發氣,因氣以成聲,因聲而繪詞,因詞而定韻」[20]來概括詩之生成。

此外,此一以樂論詩的思潮還連帶產生了對以往以繪畫為詩之姊妹藝術的批評。李東陽於《懷麓堂詩話》寫道:

---

15 李夢陽,〈林公詩序〉,《空同集》卷51,《文淵閣四庫全書》,第1262冊,頁1262-469。

16 《懷麓堂詩話》,《歷代詩話續編》,下冊,頁1370。

17 〈鳴春集序〉,《空同集》卷51,《文淵閣四庫全書》,頁1262-473。

18 李東陽,〈黎文僖公集序〉,《懷麓堂集》卷64,《文淵閣四庫全書》,第1250冊,頁1250-668。

19 〈張生詩序〉,《空同集》卷51,頁1262-470。

20 徐禎卿,〈談藝錄〉,《歷代詩話》(北京:中華書局,1981),下冊,頁765。

詩貴不經人道語。自有詩以來，經幾千百人，出幾千萬語，
而不能窮。是物之理無窮，而詩之為道亦無窮也。令今畫工
畫十人，則有相似而不能別出者，蓋其道小而易窮。而世之
言詩者，每與畫並論，則自小其道也。[21]

此是以詩句文辭和音節變化之「無窮」對照繪畫形象世界而發的議
論。至於詩、畫之間之可通之處，在他看來，亦不過是用筆簡遠虛實
的原則而已：

古歌辭貴簡遠。……予嘗題柯敬仲墨竹曰：「莫將畫竹論難
易，剛道繁難簡更難。君看蕭蕭只數葉，滿堂風雨不勝
寒。」畫法與詩法通者，蓋此類也。[22]

　　此處對繪畫的看法合理與否可存而不論。重要的是，這些話說明
了對詩歌美學特徵認知的轉移。這令人想起18世紀中葉英語詩歌批評
中發生的類似現象：從柏克（Edmund Burke）和柯林思（William
Collins）等強調詩之音樂性的論點，亦伴隨著強烈的反繪畫性傾向
（anti-pictorialism）[23]。正如張岱所說：「可以入畫之詩，尚是眼中金
銀屑也。」[24]

　　明代詩評中這種風氣，直與宋、明之間社會精神文化的變遷息息

21　《歷代詩話續編》，下冊，頁1372。

22　《歷代詩話續編》，下冊，頁1375。

23　讀者對此有興趣可參看Kevin Barry, *Language, Music and the Sign: A
Study in Aesthetics, Poetic Papatice from Collins to Coleridge*(Cambridge:
Cambridge University Press, 1987).

24　張岱，〈與包介嚴〉，《琅嬛文集》（長沙：嶽麓書社，1985），頁152。

相關。日本學者楠本正繼在比較宋、明文化精神時，曾以朱子學與陽明學的對比爲例說明兩者的差異：朱子學響往超越的本體，其工夫，是沉潛地歸依本來存有的靜的工夫，近乎老莊和曹洞系之默照禪；至於陽明，則戒懼也好，愼獨也好，與任何人談起做工夫，必定說是動的。而陽明後學，亦均主張人心不離情意、重視生命的精神無異。而盛行明代的臨濟禪亦尊重活機。因此，「宋代精神文化的基調是靜，明代精神文化的基調則是動；宋學與明學間的葛藤，正體現了宋明兩大文化間的葛藤。」[25]正如空靈澹靄的宋畫與滋潤清秀的明畫之間的對比，高貴嚴肅、洗練至極的宋瓷與自由奔放的明瓷之間的對比一樣，上述明代詩學中之以樂論詩，亦彰顯了宋、明間從響往靜的超越本體到體現「動」的文化精神之轉移。船山生當明季，上述思潮雖已式微，卻仍具影響力，此點不應懷疑。然船山能附此說，亦與其自身思想背景有關。

25　參見〈宋明兩思想の葛藤〉，載國士館大學附屬圖書館編，《楠本正繼先生中國哲學研究》（東京：國士館大學，1975），頁181。此條係嚴壽澂兄提供，特此鳴謝。有關明代思想的特徵爲「動」和「氣」，還可參見岡田武彥，《宋明哲學の本質》（東京：木耳社，1984）、佐野公治，〈明代前半期の思想動向〉，《日本中國學會報》第26期，1974年；島田虔次的〈中國近世主觀唯心論──萬物一體的仁の思想〉，《東方學報》1958；上田弘毅的〈明代哲學中的氣──王陽明和左派王學〉，中譯文載《氣的思想》（上海：上海人民出版社，1990），頁435-451；以及福島仁的〈理的哲學和氣的哲學〉，《中國社會與文化》，1988年6月；以及劉咸炘，《推十書‧三進》（成都：成都書店，1996年影印）。

二、「詩者，幽明之際者也」：船山論藝之「超形上學」

　　船山對詩與樂關係的討論，可大致劃分爲兩種情勢或兩個時期。第一種情勢是在研討經學論樂的文字時涉及詩樂關係，涉及的著作有：《尙書引義》（1655-1665年之間成）、《四書箋解》（約1659年前）、《讀四書大全說》（1665年重訂）、《四書訓義》（不詳，但應在以上兩書之同期，1665年前）、《禮記章句》（1677年成）。此外，尙有研討關學的《張子正蒙注》（1685年成，1690年重訂）。第二種情勢則是在論詩時涉及這一話題，這樣的著作有：《詩廣傳》（1683年重訂）、《夕堂永日緒論內編》（1690年），夕堂永日之八代、四唐、宋元、明詩評選的評論部分(應比《夕堂永日緒論》稍早)。列出這樣一個目錄，即可推知：除《張子正蒙注》外，前一種情勢下討論詩樂關係，基本上是在船山正面研究詩學問題之前——《詩廣傳》雖然以《詩經》爲對象，但主要是循「賦詩言志」的路數借題發揮，尙非純粹的詩學著作。船山論述詩與樂關係思路的發展大致是：由儒家經典（以及張子《正蒙》）入手，他建立了樂具宇宙本體性質的觀念，並提出「詩樂之理一」[26]，「詩與樂相爲表裡」[27]的說法；然而，經由對詩學的正面探討，他在堅持樂之至高性的同時，亦注意分辨詩、樂在天人之學和美學意義上的相異之處。而正由後者，船山詩學方才有可能成爲集傳統詩學大成的理論總結。

26　《張子正蒙注・樂器篇》，《船山全書》，第12冊，頁316。
27　《讀四書大全說》卷4，《船山全書》，第6冊，頁623。

因此，船山在第一階段對此問題的討論，乃依據其自身的哲學觀念，以對儒家經典詮釋的方式展開。主旨在宣示人可經由音樂而體認天人合德，融入整體存有界的大化淊流。他首先自其易學出發，肯認《禮記‧樂記》以樂爲陰陽相摩、天地之和的觀念：

> 引伸易繫傳所明乾坤之化生六子以變化於兩間而成萬物者，以推樂之所自生也。……凡此者皆乾坤之動幾，升降相乘，以息相吹，以氣相擊，應感訢合，變化以成兩間之和。故六子各效合而成化，而樂之所自生，高下清濁，遞爲君臣，互相倡和，摩蕩鼓奮，動煖變化，合以成章者，此即太和洋溢之幾不容已者爲之也。[28]

這樣一種「升降相乘，以息相吹，以氣相擊，應感訢合」是永無止息的，因爲「太虛者，本動者也，動以入動，不息不滯」[29]，音樂本身體認了太和絪縕之中綿綿不盡、「無有間斷」的時間性，彰顯了方東美所謂「動態歷程觀的本體論」[30]。只在時間中流動的音樂因而肯定了時間是領悟天地之道及其秩序的根據。

如本卷第二、三章所述，船山的心性論本來即強調「無定體而行其性者」之「心」[31]，而人之受命成性只在天人之間「二氣之運，五行之實」的授受往來之際。故體現太和和合之樂可直通於心性活動：

---

28 《禮記章句》卷19，《船山全書》，第4冊，頁913。
29 《周易外傳》卷6，《船山全書》，第1冊，頁1044。
30 〈中國形上學中的宇宙與個人〉，見《生生之德》，頁290-291。
31 《讀四書大全說》卷3，《船山全書》，第6冊，頁553。

「聲音之感，不待往取而自入，故感人心者莫如樂。」[32]而雅樂更出自「氣之靈」[33]、「精微之蘊」[34]的「神」，是尚未入於形象，拘礙於形質的氣之清者，能超越物象之區隔以動人之心：

> 天以神爲道，性者神之撰，性與天道，神而已也。禮樂所自生，一順乎陰陽不容已之序而導其和，得其精意於進反屈伸之間，而顯著無聲無臭之中，和於形聲，乃以立萬事之節而動人心之豫。[35]

「心涵神也」[36]，「心本神之舍也」[37]，樂故而貫通天與人，自然與人文。人可經由此樂令「涵神」而具「動幾」之心與升降飛揚不止的存有界同體相通。在此，船山藉對「人心之動，物使之然也」一語作出批評，強調人心之動並非全然被動：

> 顧其曰「人心之動，物使之然」，則不知靜含動理，情爲性緒，喜怒哀樂之正者，皆因天機之固有而時出以與物相應，乃一以寂然不動者爲心之本體，而不識感而遂通之實，舉其動者悉歸外物之引觸，則與聖人之言不合，而流爲佛、老之濫觴，學者不可不辨也。[38]

32　《禮記章句》卷19，《船山全書》，第4冊，頁921-922。
33　同上書，卷1，頁23。
34　同上書，卷2，頁84。
35　《張子正蒙注》卷2，《船山全書》，第12冊，頁95。
36　《張子正蒙注》卷1，《船山全書》，第12冊，頁31。
37　同上書，卷2，頁95。
38　《禮記章句》卷19，《船山全書》，第4冊，頁889。

「因天機之固有而時出以與物相應」正是強調人心內本身之「動
幾」。故日後在《詩廣傳》中,此「動幾」與「物之來幾」統被稱爲
「物理之貞勝」:

> 君子之貴夫樂也,非貴其中出也,貴其外動而生中也。彼嵇
> 康者,坦任其情,而昒於物理之貞勝,惡足以與於斯![39]

船山批判嵇康基於主體主義的「哀樂中出,而音不生其心」觀念時,提
出了樂乃體證「物理之貞勝」的「外動而生中」,亦即天、人之間於氣
化流行中共鳴。此處吾人再次見證了船山學的某種存有論視野:他討論
情感和藝術之時目光總落在存有者與存有界相互構成的境域之中。然
而,此一視野亦同時使其凸顯人在存有界中的獨特存有方式。出於儒家
人文化成的思想,船山論樂又強調對聲、音和樂三者加以區分:

> 今使任心之所志,言之所終,率爾以成一定之節奏,於喝嘔
> 啞,而謂之樂在是焉,則蛙之鳴、狐之嘯、童稚之伊吾,可
> 以代聖人之製作。然而責之以「直溫寬栗,剛無虐,簡無
> 傲」者,終不可得。是欲即語言以求合於律呂,其說之不足
> 以立也,明甚。[40]

這裡不能不說已與以樂爲「乾坤之動幾」、「化之交感」[41]的自然主
義觀念悖謬了。當然,此一悖謬在《禮記‧樂記》中即已存在。縱然

---

39 〈論鼓鐘〉,《詩廣傳》卷3,《船山全書》,第3冊,頁424。
40 《尚書引義》卷1,《船山全書》,第2冊,頁252。
41 《禮記章句》卷19,《船山全書》,第4冊,頁910-911。

悖謬，船山此處實際在強調樂使天道成爲人道，轉換「天之天」爲
「人之天」。或如張載那樣申明此乃「先王之樂，必須律以考其
聲……律者自然之至，此等物雖出於自然，亦須人爲之」[42]。樂之律
呂在這樣的意義之上，當然亦不同於語言了。而這種對音樂無比崇高
意義的肯定，其實已伏下其日後在詩、樂的差異點上論詩的觀念[43]。

　　以上是對船山研討經學時論樂的一個概括，其中也提到詩，但卻
並非正面討論詩。從《詩廣傳》、夕堂永日之八代、四唐、明詩評
選，到《夕堂永日緒論內編》，船山在詩樂關係上的討論，重點已逐
漸轉移到詩。在《詩廣傳》中，船山始辨明詩與樂之不同。他首先區
分出言、事／音、容兩對範疇：

> 樂爲神之所依、人之所成。何以明其然也？交於天地之間
> 者，事而已矣，動乎天地之間者、言而已矣。事者容之所出
> 也，言者音之所成也。未有其事，先有其容，容有不必爲
> 事、而事無非容之所出也。未之能言，先有其音，音有不必
> 爲言、而言無非音之成也。天之與人、與其與萬物者，容而
> 已矣，音而已矣。……是以知：言事人也，音容天也。不可
> 以事別，不可以言紀，繁有其音容、而言與事不能相逮，則
> 天下之至廣至大者矣。動而應其心、喜怒作止之幾形矣，發
> 而因其天、郁暢舒徐之節見矣，而抑不域之以方所，則天下

42　張載，《經學理窟・禮樂》，章錫琛（點校），《張載集》（北京：中華
　　書局，1985），頁263。
43　船山《尚書引義》卷1討論詩與歌時，其實已經提出了「人聲」
　　（「言」）與樂的區別問題：「蓋言在而永亡，孰爲黃鍾，孰爲大呂，
　　頹然其不相得也。」見《船山全書》，第2冊，頁253。

> 之至清至明者矣。乘乎氣而不逐萬物之變，生乎自然而不襲古今擬議之名，則天下之至親至密者矣。盡乎一身官竅之用、而未加乎天下，則天下之至簡至易者矣。該乎萬事、事不足以傳其神，通乎群言、言不足以追其響，則天下之至靈至神者矣。故音容者，人物之元也，鬼神之紹也；幽而合於鬼神，明而感於性情，莫此爲合也。今夫言，胡之與粵有不知者矣，音則無不知也。今夫事，聖之與愚有不信者矣，容則無不信也。故道盡於有言、德不充，功盡於有事、道不備，充而備之、至於無言之音、無事之容、而德乃大成。故曰：「成於樂。」變動於未言之先，平其喜怒；調和於無事之始，治其威儀。音順而言順，言順者音順之緒餘也。容成而事成，事成者容成之功效也。……今夫鬼神，事之所不可接，言之所不可酬。彷彿之遇，遇之以容；希微之通，通之以音。霏微蜿蜒，嗟籲唱嘆，而與神通理。故曰：「殷薦上帝，以配祖考。」大哉，聖人之道！治之於視聽之中，而得之於形聲之外，以此而已矣。雖然，更有進焉，容者猶有跡也，音者尤無方也。容所不逮，音能逮之，故音以節容，容不能節音。……雖然，尤有進焉。八音備，大聲震，蕩滌於兩間，而磬特詘然，至於磬而聲愈希矣。……[44]

船山在此極言音、容相對於言、事的優位：音、容之繁，言與事不能相逮，故而爲「天下之至廣至大者」；音、容應其心、因其天，而抑不域之以方所，故而爲「天下之至清至明者」；音、容不逐萬物之

44 〈論那二〉，《詩廣傳》卷5，《船山全書》，第3冊，頁511-512。

變，不襲古今擬議之名，故而爲「天下之至親至密者」；音、容又因盡乎一身官竅之用、而未加乎天下，故而爲「天下之至簡至易者」；最後，音、容又以「該乎萬事、事不足以傳其神，通乎群言、言不足以追其響」，而爲「天下之至靈至神者」。由下文的革絲竹匏和「成於樂」，此處的「音」應指樂中之音，而「容」應包括「手容」、「足容」的樂舞。《詩經》的頌詩本身即意味著詩、樂、舞的結合。在此，吾人不妨將他的話引申爲以是否以「言」爲體而對詩與樂進行理論分辨。

　　船山從祭祀之樂通於鬼神而作引申（廣作引申乃《詩廣傳》一書的特點）。鬼神對船山而言，乃「百物之精英，天地之化跡」[45]，是世界幽隱的方面，故「事之所不可接，言之所不可酬」，只能「彷彿之遇，遇之以容；希微之通，通之以音」。在此，船山再次從尚未入於形象、尚未拘礙於形質之氣的靈通性觀念，以形跡的幽微與否作爲論證超越性質的理據。此一邏輯在《詩廣傳》中一再出現。如論〈那〉這首祭歌時，他藉詩中提到「革兆鼓」而比較祭祀時出現的五采、五味和五音：

> 聲臭者，神之所主也。雖有絢采，弗視弗知其色；雖有潔薦，弗食弗知其味。待食待視而親者，人之用也。幽細之音不聽而聞，繚繞之氣不嗅而覺，聲響之達隔垣不蔽，苾芬之入經宿而留，不見其至，莫之能拒，斯非人用之見功、非人用之能也，神之用也。……
>
> 抑周之尚臭也，又不如殷之尚聲也。聲與臭者，入空者也。

45　《禮記章句》卷19，《船山全書》第4冊，頁904。

> 聲入空，空亦入聲，兩相函而不相舍，無有見其畛也。臭雖
> 入空者也，而既有質矣，居然與空有畛域也；吹之而徙，是
> 抑有來去也。……畛域者，猶自以其材質立於空之中，而與
> 空二，不偏察矣。則惟臭入空，而空不入臭也。昭明焄蒿淒
> 愴之氣，固與空爲宅而質空者也。空之所入，固將假之；空
> 之所弗入，亦弗知之；所以求者至乎神，而神不至乎其所以
> 求，故蕭艾脂膋之氤氳，誠不如革兆鼓磬筦之昭徹也。際之
> 於上，涵之於下，播之於四旁，搖蕩虛明而生其歆洽，殷道
> 至矣。[46]

他以「待食待視而親」而將五味和五色歸爲「人之用」。而以不聽而
聞、隔垣不蔽，和不嗅而覺和不見其至、莫之能拒將幽細之音和繚繞
之氣歸爲「合於漠而漠爲之介紹」的「神之用」。又以有無畛域和有
否以材質立於空而將聲置於臭之優位。形跡的幽微入空和無邊際是他
判斷超越程度的標準。在船山，形跡的「霏微蜿蜒」與否，是相對而
言，具不同層次的。特別值得提出的是，船山在論證形跡希微者的優
位的同時，卻又以「際之於上，涵之於下……搖蕩虛明而生其歆
洽」，「事者容之所出也，言者音之所成也」，「聲與臭者，入空者
也」[47]，肯定了處優位的音、容、聲，與處下位的言、事、臭之間是
存有界展開過程中的交互作用。因此，優位者從不意味著隔絕，音、
容對於事、言是「幽而合於鬼神，明而感於性情」，聲對於臭是「際

---

46 《詩廣傳》卷5，《船山全書》，第3冊，頁510。類似的邏輯又見其論
　　《大雅・文王》中「上天之載，無聲無臭」兩句詩的發揮，《詩廣
　　傳》卷4，《船山全書》第3冊，頁439。
47 〈論那一〉，《詩廣傳》卷5，《船山全書》，第3冊，頁510。

之於上，涵之於下」。筆者以爲，船山將實在理解爲一幽明隱顯彼此交替的過程，除卻使他推導出「音順而言順，言順者音順之緒餘也」這一其詩評中的支柱觀念外，更彰顯其心目中形上、形下世界的貫通。船山提出的「詩者幽明之際也」的論題，同樣包含這一弔詭：

> 禮莫大於天，天莫親於祭，祭莫效於樂，樂莫著於詩。詩以興樂，樂以徹幽，詩者幽明之際者也。視而不可見之色，聽而不可聞之聲，搏而不可得之象，霏微蜿蜒，漠而靈，虛而實，天之命也，人之神也。命以心通，神以心棲，故詩者象其心而已矣。人(依劉氏鈔本)非神，物非情，禮節文斯而非僅理，敬介紹斯而非僅誠。來者不可度，以既「有成」者驗之，知化以妙跡也。往者不可期，以「不敢康」者圖之，用密而召顯也。夫然，續不可見之色、如絺繡焉，播不可聞之聲、如鍾鼓焉，執不可執之象、如瓚斝焉；神皆神，物皆情，禮皆理，敬皆誠，故曰而後可以祀上帝也。嗚呼！能知幽明之際，大樂盈而詩教顯者、鮮矣，況其能效者乎？效之於幽明之際，入幽而不慚，出明而不叛，幽其明而明不倚器，明其幽而幽不棲鬼，此詩與樂之無盡藏者也，而孰能知之！[48]

此段話又是藉祭祀的樂歌(〈周頌‧昊天有成命〉)而發。「幽明之際」首先是對此祭祀而言，是二后的鬼神世界與祭祀者的世界在祭祀時刻的際會。依照船山本人關於人死之後「形返於氣之實，精返於氣

48　《詩廣傳》卷5，〈論昊天有成命〉，《船山全書》，第3冊，頁485-486。

之虛」的觀點[49]，此處的鬼神與幽冥非指個體鬼神的世界，而應為二后在太虛間的清醇之氣和清氣集聚之所。船山如橫渠，「言幽明而不言有無」，是體用圓融地強調「體不滯」和「用無時而息」[50]。由此，船山得以在義理上作出多方面的發揮。船山論證詩介於幽、明之際，天、人之際，形上和形器世界之際時，提出了一系列有限二元相對的概念和事物：幽與明，密與顯，神與人，幽與器，鬼與明，情與物，不可見之色與絺繡，不可聞之聲與鐘鼓，不可執之象與瓚斝，天之命、人之神與象人心之詩，等等。船山先肯定了「人非神，物非情，禮節文斯而非僅理，敬介紹斯而非僅誠」，即上述顯明與幽冥世界的不同。然後又以對此祭歌中的兩句——「昊天有成命」和「成王不敢康」——的附會，發揮出人既可驗來、又可圖往，「用密而召顯」，使幽明之間因人心而際會的道理。由此，詩歌才有了「續不可見之色、如絺繡焉，播不可聞之聲、如鍾鼓焉，執不可執之象、如瓚斝焉；人皆神，物皆情，禮皆理，敬皆誠」的效用，以達致「合神於人」或「人神之通」[51]的境界。在這段話裡，船山以「禮莫大於天，天莫親於祭，祭莫效於樂，樂莫著於詩」，再次將一系列形上的幽者置於更形下的明者之際畔。「善言詩者，言其際也」[52]，船山著眼之處正是一個「際」字。「際」是際畔，但對船山而言，更是際會和際遇。在際會和際遇之中，「幽其明」和「明其幽」，此之謂「詩與樂之無盡藏者也」。

49　《莊子解》卷19，《船山全書》，第13冊，頁590。嚴壽澂君對此有精論，見其〈莊子、重玄與相天——王船山宗教信仰述論〉。

50　見其《周易內傳發例》，《船山全書》，第1冊，頁659。

51　〈論烈文〉，《詩廣傳》卷5，《船山全書》，第3冊，頁485。

52　〈論民勞一〉，《詩廣傳》卷4，《船山全書》，第3冊，頁458。

　　在具體說明這段話對詩樂關係的意義之前，筆者首先須指出它揭示了中國傳統文藝一重要特色。此特色應與方東美指出的中國哲學的「超越形上學」(transcendental metaphysics)或傅偉勳所謂「超形上學的弔詭性」相對應，源自同一文化精神。由「超越形上學」，中國哲學摒斥了單純二分法，得以「嚮往無上理境之極詣」，而又「提其神於太虛而俯之」[53]。傅偉勳以莊子之「無無」，大乘佛學之「空空」和伊川之「至微者理也，至著者象也，體用一源，顯微無間」辯說此中之「弔詭性」[54]。船山在詮解《周易‧繫辭》關於形上、形下之通時亦曰：

> 形而上者，非無形之謂。既有形矣，有形而後有形之上。無形之上，互古今，通萬變，窮天窮地，窮人窮物，皆所未有者也。故曰：「惟聖人然後可以踐形。」踐其下，非踐其上也。[55]

　　而吾人倘以是否具象的意義論「形上」（「形而上，即所謂清通而不可象者也」[56]）和「形下」，則中國文藝中亦有一「超形上學的弔詭性」。由此，論抽象之藝術，書論有「取象」說：「因象以瞳矓」[57]、「縱橫皆成意象」[58]；隸書「或若鷙鳥將擊，並體抑怒，良

53　方東美，〈中國形上學中之宇宙與個人〉，見《生生之德》，頁283-284。

54　傅偉勳，〈哲學探求的荊棘之路〉，《從西方哲學到禪佛教》（北京：三聯書店，1989），頁45-51。

55　《周易外傳》卷5，《船山全書》，第1冊，頁1028。

56　《張子正蒙注》卷1，《船山全書》，第12冊，頁20。

57　張懷瓘，《法書要錄》卷7，《中國美學史資料選編》（北京：中華書

馬騰驤，奔放向路」[59]。樂論亦有「取象」說，感受音樂故而能「聽聲類形，狀似流水，又象飛鴻」[60]；論樂因而謂「會節有極象之則」[61]，「因妙有而來，向無間而至⋯⋯有非象之象，生無際之際⋯⋯熏然泄泄，將生於象罔」[62]。而對一般認為具象摹擬之藝術如繪畫，至高的境界卻是「事絕言象」、「若拘以體物，則未見精粹，若取之象外，方厭膏腴」[63]。中國畫在具象造形外，更追求抽象的筆趣墨趣，畫論因而又力主「取勢」，強調「墨淬筆痕托心腕之靈氣以出，則氣之在是亦即勢之在是也」[64]。中國詩歌向為西方學者認作尤重「視境」（phanopoeia）[65]，但經華生（Burton Watsoin）以來諸家統計，比之西方詩，中國詩卻多簡單和總稱性意象。對於形色世界，可謂「遇之匪深，即之愈希，脫有形似，握手已違」。「詩之至處」故而是「泯端倪而離形象⋯⋯引人於冥漠恍惚之境」[66]。高友工更以近體詩的詞彙連綴特點和對句間的並列為例，說明中國詩強調超越「參指性閱

（續）————————————

　　　局，1980），上冊，頁254。
58　杜本〈論書〉，崔爾平編，《歷代書法論文選續編》（上海：上海書畫出版社，1996），頁227。
59　成公綏，〈隸書體〉，《全上古三代秦漢三國六朝文》，第2冊，頁1798。
60　馬融，〈長笛賦〉，《全上古三代秦漢三國六朝文》，第1冊，頁565。
61　呂溫，〈樂理心賦〉，董誥等編，《全唐文》（北京：中華書局，1996），卷625，第7冊，頁6308。
62　呂溫〈樂出虛賦〉，《全唐文》卷625，第7冊，頁6308-6309。
63　謝赫，〈古畫品錄・第一品五人〉，見《歷代論畫名著彙編》頁17-18。
64　《芥舟學畫編》卷1〈取勢〉，《中國畫論類編》，頁907。
65　這種看法的其中一例見Andrew Welsh, *Roots of the Lyric: Primitive Poetry and Modern Poetics*(Princeton: Princeton University Press, 1978), p. 69.
66　見葉燮，《原詩》，見《原詩・一瓢詩話・說詩晬語》（北京：人民文學出版社，1979），頁30。

讀」（referential reading）的「性質閱讀」（qualitative reading）：讀詩時「關注其抽象性質而非其現實環境，並由此強調詩的形式結構的形成」[67]。而「象外」、「清空」、「貴虛」和船山藉書論術語所表達的詩人行文本身氣勢的追求，又是phanopoeia一詞無從涵該的。能賅盡中國諸藝術之美學理想者，的確是「幽明之際」這樣的界說，它揭明藝術心靈的精微在能「際之於上，涵之於下」，透察形下和形上之一貫、具象與抽象之間的顯微無間、近與遠、象內與象外的希微之通。中國藝術最美麗的「玄珠」，則亦非「象罔」不可以求之。

　　船山以上兩段話當然並非專論詩樂關係，但不妨引申出與本章論題相關的重要思想。在一系列形上與形下、幽與明、密與顯的兩兩相對的概念裡，「詩以興樂，樂以徹幽，詩者，幽明之際者也」一語實際上指出了入於幽又處優位之樂與詩的關係：首先，樂因其更「霏微蜿蜒」和「入空」而比詩更具超越性。然而，「幽明之際」又指明處於優位之樂與詩並不隔絕，而可「涵之於下」，即包容在詩裡；同時，處於下位的詩，亦能「際之於上」，即以具無言之神、不可見之色（「聲者，不見之色所盪也」[68]）和希微清空為其至高境界。即如朱謙之論樂所說，能「以自然（感覺）躍進於超自然（超感覺）」[69]。「際」既指出詩處於可見與不可見、空間與時間藝術的際畔，言與「不落言筌」和無言之聲的際畔，處於「指事造形」，執著感性與「色相俱空」心靈世界的際畔，「際」亦指出上述兩個世界在詩中的

67　見其"Chinese Lyric Aesthetics," in *Words and Images: Chinese Poetry, Calligraphy and Painting*, p. 71.

68　見其論《大雅・文王》中「上天之載，無聲無臭」兩句詩的發揮，《詩廣傳》卷4，《船山全書》，第3冊，頁439。

69　朱謙之，《中國音樂文學史》（北京：北京大學出版社，1989），頁25。

交會和際遇。由此，他超越了前輩的以樂論詩，超越了李東陽所謂
「詩乃六藝之樂」的概念，比其所謂「詩樂之理一」的義涵亦遠爲豐
富。船山詩學作爲集古代詩學思想之大成的體系，亦由此方得以展
開。這種展開，其實涵攝了強調言出於音，詩出於樂和強調詩、樂分
別這兩個方面。

三、船山論詩之「聲情說」

　　基於其以樂爲至神至清之極詣、辨別詩、樂界限、又以樂涵之於
詩的觀念，船山才在其最重要的詩學著作──《夕堂永日緒論內編》
的序言中寫道：

> 周禮大司樂以樂德、樂語教國子，成童而習之迨聖德已成，
> 而學〈韶〉者三月。上以迪士，君子以自成，一惟於此。蓋
> 涵泳淫泆，引性情入微，而超事功之煩黷，其用神矣。世教
> 淪夷，樂崩而降於優俳，又旁出而爲經義。乃天機不可式
> 遏，旁出而生學士之心，樂語孤傳爲詩。詩抑不足以盡樂德
> 之形容，又旁出而爲經義。……二者一以心之元聲爲
> 至。……韻以之諧，度以之雅，微以之發，遠以之致；有宣
> 昭而無掩靄，有淡宕而無獷戾，明於樂者，可以論詩……[70]

　　這段話包含著從文化史角度重新提出詩樂關係的意義──「樂語

70　戴鴻森，《薑齋詩話箋注》，頁36。

孤傳爲詩」──「樂語」者，「所歌之文詞也」[71]。由中國文化的尚
古傳統，他再次肯認了樂對詩的優位。又以「樂語孤傳」，肯定樂與
詩的關聯，其中亦包含類似李東陽「後世詩與樂判而爲二」的感慨。
而「以心之元聲爲至」，「韻以之諧，度以之雅，微以之發，遠以之
致；有宣昭而無掩蔽，有淡宕而無獷戾，明於樂者，可以論詩」云
云，則是以下將要論證的船山「聲情」說的一個綱領性表述。在此，
船山實際上在繼續由宋人鄭樵、朱熹肇其端，明人章湟揚其波[72]的有
關詩中「聲」與「義」孰爲先後的討論。

　　祖克坎德爾(Victor Zuckerkandl)曾這樣對比聲音在語言和音樂中
之不同功用：在語言中，詞的聲音和意義是各自獨立的；而在音樂
中，聲音符號和音樂的意義卻無法分割。語言總有一個其前已建立的
事物世界，爲了這一世界，語言指配了詞彙；而音樂卻必須由自身創
造其意旨的世界。所以，「音樂的意義並不在於它指示什麼，而在於
其指向本身。……意義並非被指陳的事物，而是指陳的風格……因
此，在嚴格的意義上，音調意味著什麼已實際地和充分地包含在音調
本身之中了。」[73]祖克坎德爾討論的，正是鄭樵和朱熹所爭辯的
「聲」和「義」孰爲先後，鄭樵、章湟與朱熹對此可說是各執一端。
而船山的觀念則不啻肯認「詩意味著什麼已被實際地和充分地包含在

71　《張子正蒙注・樂器篇》，《船山全書》，第12冊，頁333。

72　章湟，《圖書編・樂以聲歌爲主議》：「齊魯毛韓諸家，以序說相雄
　　長，以義理相授受，而經生學者始不識詩，言知義而不知聲詩
　　也。……知聲詩而不知義，尚可備登歌充庭舞；彼知義而不知詩者，
　　窮極物情，工則工矣，而絲簧弗協，將焉用之？」轉引自朱謙之，
　　《中國音樂文學史》，頁33-34。

73　見其 *Sound and Symbol: Music and the External World*, trans. Willard R.
　　Trask (Princeton: Princeton University press, 1973), pp. 67-68.

音調本身之中了」。其所謂「意、語、氣，相得而成聲音者也」[74]，
「義」(意)被涵攝在「聲音」之中，而聲則須合自然之律。故而，依
船山，律、聲、永、言、志的關係應爲：

> 律調而後聲得所和，聲和而後永得所依，永依而後言得以
> 永，言永而後志著於言。[75]

船山所謂「明於樂者，可以論詩」正據此而發。此是其以樂爲詩之優
位，以詩爲樂之緒餘(即「言順者音順之緒餘也」)，而欲回本溯源，
嚮往無上極詣邏輯的合理推衍。

「以心之元聲爲至」，則如李東陽申言「觀《樂記》論樂聲處，
便識得詩法」[76]那樣，將儒家《樂記》引入詩論。船山如李東陽、前
七子，在強調詩的音樂美時，走著一條與南朝聲律說相反的路線。齊
梁對「四聲八病」的究詰乃使詩歌音樂美趨向律化，如船山所言，即
「屈元聲自然之損益，以拘桎於偶發之話言，發即樂而非以樂樂」[77]。
船山卻力求使詩行的流動不依託外在的格律而直爲「心之元聲」。近
年對歌詩的研究已使學界了解：永明時代所謂「性別宮商」，即以四
聲對應五音非如早年研究者如郭紹虞所推斷，僅爲一種「喻義」，而
是對入樂有實際意義的[78]。然船山以「以心之元聲爲至」所昭顯者，

---

74 〈論絲衣〉，《詩廣傳》卷5，《船山全書》，第3冊，頁502。
75 《尚書引義》卷1，《船山全書》，第2冊，頁251。
76 《懷麓堂詩話》，《歷代詩話續編》，下冊，頁1372。
77 《尚書引義》卷1，《船山全書》，第2冊，頁251。
78 這方面的著作請參見任半塘，《唐聲詩》(上海：上海古籍出版社，
　　1982)，李健正，《最新發掘唐宋歌曲》(四川人民出版社，1992)，和
　　吳相洲，《唐代歌詩與詩歌》(北京：北京大學出版社，2000)。

應爲一立足古體吟詠的詩的聲調論，而非近體歌詩的詩樂論。船山在
批評中推崇齊梁以前之古體詩、貶斥盛唐以後的五言近體正映現了這
一觀念。以下所謂「如調瑟理笙」、「如引人於張樂之野」、「如微
風振簫」有「宮徵疊生之妙」和「絲竹管弦蟬聯暗換之妙」云云，仍
不脫喻義。因爲樂府古詩即便可唱，其聲調亦非船山所得知。故而，
在船山以樂證詩的說法中，所謂「樂」，應當是指平仄、節奏和音
韻，而非歌唱旋律。船山寫道：

> 《樂記》云：「凡音之起，從人心生也。」固當以穆耳協心
> 爲音律之準。「一三五不論，二四六分明」之說，不可恃爲
> 典要。[79]
> 聲律拘忌，擺脫殆盡，才是詩人舉止。[80]
> 轉韻如不轉，此如調瑟理笙，妙在唇指，不在譜也。[81]

所謂「聲律拘忌，擺脫殆盡」是要詩「以心之元聲爲至」，即以音樂
美直接體現內在情緒的起伏。從其對「一三五不論，二四六分明」和
「轉韻」的議論可知：其是藉音樂爲喻，討論詩不受近體格律束縛的
音樂美。由對「聲」和「情」之同一性的強調，船山鑄就「聲情」一
詞，「聲情」、「文行之象」[82]與「情景」構成其詩學時間和空間的
兩個面向。「聲情」作爲船山批評常用的術語之一，本身即表現出其

79　《薑齋詩話箋注》，頁82。
80　程嘉燧〈十六夜登瓜州城看月懷舊寄所親〉，《明詩評選》卷6，《船
　　山全書》，第14冊，頁1536。
81　何遜〈擬青青河畔草轉韻體爲人作其人識節工歌〉，《古詩評選》卷
　　5，《船山全書》，第14冊，頁808。
82　參見本卷第四章〈船山以「勢」論詩與中國詩歌藝術本質〉之第二節。

不以嵇康「聲無哀樂論」為然：

> 一往動人，而不入流俗，聲情勝也。聲情不由習得，故天下
> 無必不可學文之心，而有不可學詩之腕……。[83]
> 一片聲情，如秋風動樹，未至而先已颯然。[84]
> 聲情不屬長慶，正使點序自有驚濤舞雪之妙。[85]
> 聲情至此，不復問其古今，一倍妒殺。[86]
> 惟此種不琢不麗之篇，特以聲情相輝映，而率不入鄙，樸自
> 有韻。[87]
> 全以聲情生色。宋人論詩以意為主，如此類直用意相標榜，
> 則與村黃冠盲女子所彈唱，亦何異哉？[88]

「聲情」是以「聲」體「情」，使外在的「聲」昭徹內在的「情」，
外在的節奏模寫內在的節奏。由於船山肯認「在人之氣於情才用，皆
二氣之動也」[89]，遂如倡言「夫詩發之情，聲氣其區」的前七子，以
流動之「氣」作為內在節奏的依據：

83　晉樂歌辭〈休洗紅〉評，《古詩評選》卷1，《船山全書》，第14冊，頁5。

84　孫賁〈將進酒〉評，《明詩評選》卷1，《船山全書》，第14冊，頁
　　1165。

85　顧開雍〈柳生歌〉評，《明詩評選》卷2，《船山全書》，第14冊，頁1231。

86　劉基〈漢宮曲〉評，《明詩評選》卷8，《船山全書》，第14冊，頁
　　1568。

87　鮑照〈代門有車馬客行〉，《古詩評選》卷1，《船山全書》，第14
　　冊，頁531。

88　鮑照〈擬行路難〉其八評，《古詩評選》卷1，《船山全書》，第14
　　冊，頁537。

89　《讀四書大全說》卷10，《船山全書》，第6冊，頁1053。

一氣四十二字，平平衍衍，終以七字，於悄然暇然中遂轉遂
收，氣度聲情，吾不知其何以得此也！其妙都在平起。平，
故不迫急轉抑。前無發端，則引人入情處，淡而自遠，微而
弘，收入促切而不短。用氣之妙，有如此者！嗚呼，安得知
用氣者而與言詩哉！[90]

由「知用氣者而與言詩」透露出其所謂「用氣」的秘密在於「平
起」。「平起」使得詩人有了駕馭聲調變化的餘地，而不必「迫急轉
抑」，使得詩人從容地「於悄然暇然中遂轉遂收」。西方對音樂和抒
情詩的界定中有所謂「姿勢」（gesture）說。「姿勢化的時間運動」使
詩、樂對於時間的組織完全區別於敘事作品對時間的組織──前者是
節奏的，感覺的，而後者卻是概念的[91]。「平」更是船山所推崇的五
言之「內在姿勢」：

平之一字，乃五言至極處。盡唐、宋作者，止解出聲，不解
內聲，淒緊唐突，唯不平耳。[92]
鍾嶸論詩，寶一「平」字……亂石排空，奔濤拍岸，自當呼
天索救，不得復有吟詠。[93]
寧平必不囂，寧淺必不豪，寧委必不屬。古人之決於養氣，

90　鮑照〈代白紵舞歌詞〉評，《古詩評選》卷1，《船山全書》，第14
　　冊，頁533。

91　見Lawrence Kramer, *Music and Poetry: The Nineteenth Century and After*
　　(Berkeley: University of California Press, 1984), pp. 10-11.

92　劉基〈旅興〉評，《明詩評選》卷4，《船山全書》，第14冊，頁1248。

93　張九齡〈奉和聖製送尚書燕國公說朔方軍〉評，《唐詩評選》卷3，
　　《船山全書》，第14冊，頁1053-1054。

體也固然。[94]

因「平」而有「徐」，亦即「猶夷出之」。「用氣」如此則清，「陵
囂之氣淘汰俱盡」：

> 樂府之製，以蹈屬感人，而康樂不爾。汰音使淨，抑氣使
> 餘，固君子之所生心，非流俗之能穆耳也。[95]
> 讀子桓樂府，即如引人於張樂之野，冷風善月，人世陵囂之
> 氣淘汰俱盡。[96]
> 子桓論文，云「氣之清濁有體，不可力疆而致。」其獨至之
> 清，從可知已。藉以此篇所命之意假手植、粲，窮酸極苦，
> 桀毛豎角之色，一引氣而早已不禁。微風遠韻，映帶人心於
> 哀樂，非子桓其孰得哉？[97]

在這種基於「抑氣使餘」、迴翔不迫的姿勢化的時間運動之中，船山
感到了音樂般的美感。他以豐富的形容語彙如「斂括悠適」[98]、「靜
秀安詳」[99]、「曼聲緩引」[100]、「風回雲合，繚空吹遠」[101]、「緩
引夷猶」[102]、「曲引清發，動止感人」[103]、「氣自清適」[104]、「別

94　張羽〈酒醒聞雨〉評，《明詩評選》卷4，同上書，頁1275。
95　謝靈運〈相逢行〉評，《古詩評選》卷1，《船山全書》，第14冊，頁524。
96　曹丕〈釣竿〉評，《古詩評選》卷1，《船山全書》，第14冊，頁502。
97　曹丕〈善哉行〉評，《古詩評選》卷1，《船山全書》，第14冊，頁505。
98　陸機〈塘上行〉評，《古詩評選》卷1，同上書，頁518。
99　陸機〈上留田行〉評，《古詩評選》卷1，同上書，頁520。
100　謝惠連〈前緩聲歌〉評，《古詩評選》卷1，同上書，頁528。
101　曹丕〈雜詩二首〉評，《古詩評選》卷4，同上書，頁662。
102　阮籍〈詠懷〉評，《古詩評選》卷4，同上書，頁683。

有吹送，非以藻詞」[105]、「雲行風止之妙」[106]、「迴翔動淡，如風在空」[107]等等，去描述這種在語言中擺動的生命姿勢之美。語言文字之美感常有不以「意義」言者，因爲同樣的意義可以作不同的語言表述，而詩應然爲其中一獨一的表述。船山此處感受到的美感即不來自語言的意義，亦與意象無關，更非詩的格律所能造就，而主要是流動在詩人語氣、語致和音韻中的生命情調。船山對此感受微妙，以爲不啻爲音樂之一種。他在評謝靈運〈遊南亭〉一詩時寫道：

> 條理清密，如微風振簫；自非夔曠，莫知其宮徵疊生之妙。
> 翕如、純如、皦如、繹如，於斯備。……即如迎頭四句，大
> 似無端，而安頓之妙，天與之自然。……見此四語承授相
> 仍，而吹送迎遠，即行即止，向下條理無不以之而起。嗚
> 呼，不可知已！[108]

此用《論語‧八佾》中孔子語魯大師樂語以論詩。按船山《四書訓義》對此的解釋，則是：

> 其本合者可以合也，則順而合之；其不合者不可強合也，則
> 相間以合之；無不合矣，此音之翕如與否，而樂之得於始者

（續）────────────

103 曹植〈贈王粲〉評，《古詩評選》卷4，同上書，頁664。
104 張諤〈延平門高齋亭子應歧王教〉評，《唐詩評選》卷4，同上書，頁1075。
105 王建〈早春午門西望〉，《唐詩評選》卷4，同上書，頁1109。
106 劉基〈旅興〉評，《明詩評選》卷4，同上書，頁1252。
107 湯顯祖〈答丁右武稍遷南僕丞懷仙作〉評，《明詩評選》卷4，同上書，頁1331。
108 《古詩評選》卷5，《船山全書》，第14冊，頁733。

可知矣。於是而從矣：引而長之，疾徐以任之，其先與後不
相戾、彼與此不覺其異者，則爲純如。乃於純如之中，一音
自爲一音，而洪細高下不相掩也，則爲皦如。於皦如純如之
中，一音復生一音，而抑揚唱和不相離也，則爲繹如。[109]

按船山的理解，孔子所謂「翕如、純如、皦如、繹如」是說明音樂中
樂器之間配合的和諧，不同樂器所演奏的樂段與樂段之間的融合，每
個樂器所演奏的樂段的相對清晰，以及不同樂器所演奏的不同樂段的
自然相生的銜接關聯。船山藉此所強調的，是音樂中的「一氣推衍」
的和諧貫通。非如此者，依其《讀四書大全說》的說法，則是「和不
充而氣不持，汲汲然斷續鉤鎖，以爲首尾，如蚓之斷，僅有生氣施於
顛末，是鄭聲之變，哀音亂節之徵也」[110]。船山以此語論詩，旨在說
明好詩在於詩人善於「用氣」，使情感在音聲中優游地展開：「吹送
迎遠，即行即止，向下條理無不以之而起」，而詩句之間則如樂句之
間那樣「承授相仍」有「宮徵疊生之妙」，眞眞是「天與之自然」。

　　然而，與孔子所設想的演奏不同，船山所追求的詩之「大樂之
聲」是「妙在唇指不在譜」和不預擬腔色的即興之樂，即「當其始
唱，不謀其中；言之已中，不知所畢；已畢之餘，波瀾合一；然後知
始以此始，中以此中」[111]。這是由於語言藝術的詩歌畢竟又不同於音
樂，船山必須面對言與意，言與聲永之間錯綜複雜的關係。船山在這
一問題上總的觀念，可概括爲《尚書引義‧舜典三》中如下的文字：

109　《四書訓義》卷7，《船山全書》，第7冊，頁350-351。
110　《讀四書大全說》卷4，《船山全書》，第6冊，頁623。
111　見其曹操〈秋胡行〉評，《古詩評選》卷1，《船山全書》，第14冊，
　　　頁499-500。

> 詩所以言志也，歌所以永言也，聲所以依永也，律所以和聲
> 也。……
> 不以濁則清者不激，不以抑則揚者不興，不以舒則促者不
> 順。上生者必有所益，下生者必有所損。聲之洪細，永之短
> 長，皆損益之自然者也。[112]

船山的意思很清楚：詩之所以言志，即在於有其清濁、抑揚、舒順、
損益、洪細、短長這些聲音的變化。由此，吾人即可理解其對言與
意，言與聲永之間兩對關係的意見了。首先，在言與意義的關係上，
船山強調詩之定體乃「辭必盡而儉於意」，以區別於《尚書》的「意
必盡而儉於辭」[113]：

> 古人之約以意，不約以辭，如一心之使百骸；後人斂詞攢
> 意，如百人而牧一羊，治亂之音，於此判矣[114]。
> 神運氣中，無涯際也。簡字不如簡意，意簡則弘，任其繚
> 繞，皆非枝葉。[115]

基於「約以意，不約以辭」這一原則，他力主「以言起意」、「寓意
於言」，並一再嘲弄宋人論詩以意為主。他在孟浩然〈鸚鵡洲送王九
之江左〉一詩的評語中寫道：

---

112 《尚書引義》卷1，〈舜典三〉，《船山全書》，第2冊，頁251，252，255。
113 《詩廣傳》卷5，〈魯頌一‧論駉〉，《船山全書》，第3冊，頁506。
114 古歌謠〈雞鳴歌〉評，《古詩評選》卷1，《船山全書》，第14冊，頁495-496。
115 胡翰〈擬古〉評，《明詩評選》卷4，同上書，頁1281。

以言起意，則言在而意無窮。以意求言，斯意長而言乃短。
言已短矣，不如無言。故曰「詩言志，歌永言」，非志即為
詩，言即為歌也。或可以興，或不可以興，其樞機在此。唐
人刻畫立意，不恤其言之不逮，是以竭意求工，而去古人愈
遠。歐陽永叔、梅聖俞乃推以為至極，如食稻種，適以得
饑，亦為不善學矣。⋯⋯此作寓意於言，風味深永，可歌可
言，亦晨星之僅見。[116]

由於「言」是有聲的，直接與「聲情」相關，故而船山力主「以言起
意」而非「以意求言」。此處依然是上文所說的「聲」和「義」孰為
先後的問題。所謂「寓意於言，風味深永，可歌可言」即宣稱以
「言」和「聲」統馭「意（義）」，在很大程度上亦即肯認「詩意味著
什麼已被實際地和充分地包含在音調本身之中了」。因為「言所自
出，因體因氣，因動因心，因物因理」，如本卷第四章所論，船山以
為言直接呈現著存有者生命的姿勢。

其次，在言與聲的關係上，船山自上文所論對言、事／音、容的
分辨，以聲和為優先考慮，即「聲和而後永得所依，永依而後言得以
永」。其評宋之問〈至端州驛見杜五審言沈三詮期閻五朝隱王二無競
題壁慨然成詠〉一詩時寫道：

樂府之作既被管弦，歌行之流必資唱嘆。管弦唱嘆之餘，而
以感悲愉於天下，是聲音之動雜而文言之用微矣。若復納之
範晬，則言不宣於其聲；抑或授之準繩，乃法必互異於其

---

116 《唐詩評選》卷1，《船山全書》，第14冊，頁897。

律，而況枯木朽壞，單絲肥臠之猝發無情者哉！苟非宛轉生
心，則必韻流神駿。起出無端，則當橘心而動；止藏有待，
則在濫志而知歸；調達無隔宿之言，則欣戚乘於俄頃；機警
投無心之會，則抃躍終篇。以此四端，區其得失，豈復在或
文或質、一經一緯之間哉？廣博易良而不奢，非知樂者無從
語此。[117]

這段話雖以談論樂府和歌行的管弦和唱嘆開始，但正如以上所分
析的，仍是以樂為喻討論詩歌吟誦中的音樂性。船山強調只應在「管
弦唱嘆之餘，而以感悲愉於天下」，明示「聲音之動雜而文言之用
微」。即是說，詩行只應在一片「聲情」中颯然而下，「欣戚乘於俄
頃」而韻流神駿，抃躍終篇。換言之，詩的語言是在其音樂的節奏中
推衍，而有「宮徵疊生之妙」的。船山對謝朓〈新治北窗和何從事〉
的評語，表達了類似的意見：

漢、魏作者，惟以神行，不藉句端著語助為經緯。陶、謝以
降，神有未至，頗事虛引為運動。顧其行止合離，斷不與文
字為緣。……唯然，歌詠初終，猶覺去樂理未遠。後人用此
者，一反一側，一呼一諾，一伏一起，了了與經生無異，而
絲竹管弦蟬聯暗換之妙湮滅盡矣……。[118]

船山此處猶強調施「樂理」於詩。所謂「惟以神行，不藉句端著語助

117 《唐詩評選》卷1，《船山全書》，第14冊，頁891。
118 《古詩評選》卷5，《船山全書》，第14冊，頁773。

爲經緯」，是描繪詩句的鋪衍全如徐禎卿所說的「因情以發氣，因氣以成聲，因聲而繪詞」，爲聲氣所推動；至少亦須達到「行止合離，斷不以文字爲緣」的境界。而「絲竹管弦蟬聯暗換之妙」正是上文所說的「疾徐以任之，其先與後不相戾、彼與此不覺其異者」的「純如」和「一音復生一音，而抑揚唱和不相離也」的「繹如」。

由以上對船山「聲情」理論的概括，不難推衍：以樂理爲詩理，詩臻至極詣亦爲樂的觀念考量，船山詩學的確是與明代李東陽、前七子的理論思潮一脈相承。其所追求者，非如南朝永明時期所力主的詩歌音樂美之「秩敘」和愈進纖細之規範，恰恰相反，在「以樂論詩」的旗幟下，從西涯到船山，明代詩論倡導的頗類似西方浪漫主義抒情詩所推崇的「感情的眞實聲音在節律上是不可預知和不規則的」意識。此處有本章第二節所論其對形跡幽微、非拘礙於形質的聲音優位的認知。所謂「[待食]待視而親者，人之用也。幽細之音不聽而聞……神之用也」[119]。在這一點上，船山甚至與現代音樂學的觀念不無共通之處[120]。不同的是，現代西方詩學以charm或「神諭般的韻律」（oracular rhythm）來界定這種格律化之外的音樂美訴求[121]，而在中國傳統中，「神諭般的韻律」中的神秘性，卻被「氣化」中的神秘性——「神」——替代了。

---

119 〈商頌・論那〉，《詩廣傳》卷5，《船山全書》，第3冊，頁510。

120 漢斯立克（Eduard Hanslick）說：「樂音的影響不僅更快，而且更直接、更強烈；其他藝術說服我們，音樂突然襲擊我們。」楊業治譯，《論音樂的美》（北京：人民音樂出版社，1982），頁74。

121 見Northrop Frye, *Anatomy of Criticism: Four Essays* (Princeton: Princeton University Press, 1957), pp. 271-272.

結論

　　總上所論，船山的詩樂關係論繼承了明代李東陽至前、後七子以樂論詩的詩學傳統。自儒家思想家的立場出發，船山更以大化中陰陽二氣之交感作爲樂之原。從而，其以樂論詩之主旨在宣示人可經由樂而融入整體存有界的湍流，可由樂令「涵神」而具「動幾」之心與升降飛揚不止的存有界之「精微之蘊」同體相通。由此，船山肯定了聲音在感覺世界中的優位，音樂因而成爲藝術之極詣，並以此規定了律、聲、永、言、志的關係。其詩評中的「聲情說」亦即據此而立，此說要在「抑氣使餘」，在言與意的關係上倡「以言起意」、「寓意於言」；在聲與言的關係上，堅持以聲和爲先。關注以詩之語氣、語致和音韻體現儒者肯認的生命情調。

　　然而，船山的詩樂關係論的理論意義尚不止於以上的概括。首先，船山以此再度肯認中國抒情傳統濫觴於樂，再度將中國詩學與由〈樂記〉肇端的中國文藝學傳統銜接，再度確認詩作爲時間和聽覺藝術的本質。祖克坎德爾曾說：「視與聽不惟以物理刺激、器官以及對象的不同相區別，而且甚至更因其自我與世界的不同具體聯繫方式相區別：對視覺而言世界總由兩極構成；對聽覺而言，世界則只爲一條溪流。」[122]船山藉詩的時間藝術本質其實強調了藝術直接性的觀念[123]。樂與畫不同亦在：後者強調以其存有的空間形式體現出自我與世界「兩極」間之距離，而前者則須體認出時間直接參與生成的生

---

122 *Sound and Symbol*, p. 291.
123 其所謂「調達無隔宿之言，則欣戚乘於俄頃；機警投無心之會，則抃躍終篇」的說法，即爲直接性與音樂性關聯之證據。

命「溪流」。船山詩論之「現量說」中情感自與物色在一相關系統的網絡中潛在對應,「詩勢說」中為「氣所驅遣」的「意中之神理」乃與宇宙生命在節律上的一致,其實皆基於此人與存有界共在同一生命「溪流」的存有論視野。

其次,船山的詩樂關係論,如其詩勢說,一方面肯定由詩或樂體認不可執、不可見的宇宙律動,肯認了中國抒情藝術中有空漠霏微之形上或抽象性質。另一方面,又聲言「詩者,幽明之際也」,強調此藝術不止於此空漠霏微,而是搖蕩於虛明之間。如其易學「陰陽嚮背,半隱半現」之說,在詩體生成中幽與明、聲情「墨氣」與情景又是轂轉錯綜、隱顯交互的。由此,船山得以合乎邏輯地承繼、發揚宋以來的情景理論,而在其詩學中開啓一光明璀璨、華奕照人的「清明畫氣」世界。詩遂不僅為一時間藝術,亦同時是一「空間藝術」。船山由此從根本上避免了只從「凡音之起,由人心生也」的狹隘觀念去界定詩。因為以樂論詩,如以畫論詩,同樣會失於片面。因為詩與樂畢竟不同,音樂美在詩中其實並非獨立現象,在言語中語法重讀從來伴隨著邏輯重讀而出現。作為語言藝術的詩,其音調並不能脫離意義而存有。迴避「寓意於言」的「意」而奢談「言宣於聲」,勢必陷入荒唐。這種尷尬,後七子及「末五子」已經感覺到了。

最後,船山詩樂關係論的意義還在於其藉對鄭樵「有聲斯有義」命題的發揮,肯認了詩歌藝術中形式的本質意義。西方近代美學家如佩特(Walter Pater)之所謂一切藝術最高之境界皆逼近音樂,其實亦是著眼於音樂中內容與形式的渾融而立說的。形式本身已包涵意味,在《尚書引義·舜典三》中闡發得十分清楚:

> 聖人從內而治之,則詳於辨志;從外而治之,則審於授律。

內治者，慎獨之事，禮之則也；外治者，樂發之事，樂之用
也。故以律節聲，以聲葉永，以永暢言，以言宣志。……律
調而後聲得所和，聲和而後永得所依，永得所依而後言得以
永，言得永而後志著於言。故曰「窮本知變，樂之情也。」
非志之所之，言之所發，而即得謂之樂，審矣。[124]

船山以「從外而治之」和「從內而治之」的劃分，將作為藝術活動的
詩、樂，與一般道德實踐區別開來。如張節末所說，所謂「外治」強
調了歌、永、言這些音樂形式因素。而在闡明內治、外治的不同之
後，他又以律—永—歌—言的順序「將從內容到形式的因果鏈條完全
顛倒過來」，從而使「藝術形式上升為注意的焦點」[125]。船山在此
是以原始儒家的樂教觀念顛覆了後世文藝觀中時而表現出的狹隘倫理
教化主義。這一思想，自李東陽和前七子詩論中即已萌生：李東陽宣
稱詩「有異於文者，以其有聲律諷詠，能使人反覆諷詠，以暢達情
思，感發志氣……而有益於名教政事大」[126]，李夢陽以「聞其樂而
知其德」[127]論詩，其議論與其說強調教化，不如說彰顯了詩歌聲律
音節的感染力。而船山之獨有貢獻在於：他不但發揮了明代格調派詩
論的這一積極思想，尤有甚者，且以此重新詮釋了孔子論詩的經典概
念「興觀群怨」。

　　孔子所謂「興觀群怨」原指服務於禮治的詩的社會功用，船山強

---

124 《船山全書》，第2冊，頁251。
125 〈論王夫之詩樂合一論的美學意義〉，頁43-44。
126 〈滄州詩集序〉，吳文治主編，《明詩話全編》（南京：江蘇古籍出版
　　社，1997），第2冊，頁1661。
127 〈與徐氏論文書〉，《明詩話全編》，第2冊，頁1983。

調「唯此窅窅搖搖之中」詩方「可興，可觀，可群。可怨」，則將上文所說的從形式到內容的邏輯貫徹於批評，從而肯認了藝術活動的直覺性和超功利性與藝術的社會性並不相悖[128]。

---

128 詳見本卷第五章〈船山對儒家詩學「興觀群怨」概念之再詮釋〉。

本卷結論

　　本卷以上各章的論證揭示出王船山詩學諸面向皆具某種存有論視域。具體而言，在其有關詩樂關係的討論中，船山以樂為陰陽二氣相摩中至神至清之極詣，且申言「詩樂之理一」和詩臻至極詣亦為樂。如樂之詩遂令「涵神」而具「動幾」之心，與升降飛揚二氣之「精微之蘊」同體相通，人即可藉詩而融入整體存有界之湍流。

　　此一存有論視域令船山在對儒家興觀群怨說進行再詮釋之時，不再肯認「古今人情一」和「萬物一我」、「千古一心」，卻反而強調「果有情者，未有襲者也」和「人情之遊無涯」。詩的意義對他而言，只在不同「情遇」中開顯。由此船山徹底否定了漢代詩經學者所設定的由重建詩人創作之「意」而建立作品之「義」的詮釋觀，意義由此被置於存有者讀者自身的緣構發生之中。尤有進者，船山以此彰顯了每一片刻興感之中，詩人或讀者「所持之己」可能差異，從而修正了抒情傳統的本體意識。

　　此一存有論視域令船山以「勢」為樞軸，使詩之意象世界和文字操作錯綜而轂轉，以凸顯對宇宙韻律的把握。在詩的時間面向中，「取勢」意味著詩人在詩興與存有同現共流（自身緣構發生）中把握生命之流的歸趨──「詩之神理」。詩的語言故而「因體因氣，因動因心，因物因理」，呈現著存有者生命的姿態。在詩的空間面向中，倡

言「勢」令詩境虛涵著以心感受著的宇宙靈動之態,詩遂成爲詩人自大化流衍中擷取的一段光影。而以「勢」統率詩的兩個向度／詩自身生命流的延續和詩所擷取的世界,詩人作爲存有者得以在融入整體存有界大化湍流之時,在節律上與之共鳴。

此一存有論視域使儒家的生命智慧成爲中國詩學的情景交融的「語義學」。人之受命、成性,既被置於宇宙的流衍存有之中,時時在在的「清明晝氣」之中,詩人遂應向光明的蒼昊,向天地山川、光風霽月敞開心、目,以情與景之間的往來親證天人性命的授受。而能令「情皆可景」、「景總含情」者,乃心中之「神」與天地「神理」間的「類應」。此「類應」只在兩者能否「動皆協一」,躊躇謀劃之間,詩人即已將世界對象化,已將自身外於存有界的湍流了。

此一存有論視域亦見於船山有關情景交融的「語法學」。船山以詩爲「神動天流」,即令詩進入天地間絪縕化醇的不息之流中。其討論詩歌創作的「創生」之「情」和「凝成」之「景」,對應著「陽」和「陰」這對其用以描述宇宙樣態和秩序之最基本的對稱符號範疇。而驅使情的創始義的「意」,正彰顯了存有者人特異於一般存有界的天職。

此一存有論亦見於船山論詩的現量說。詩人既在存有界絪縕不息,必無止機的流衍之中,把捉外化與內心之「相値相取」,則須在「俯仰之間」。「現在」因而是詩唯一的眞實。如以樂論詩一樣,船山在此從另一角度強調了詩的直接性。不妨參照西方當代一位學者對詩人柯林思以詩論詩、宣稱詩是音樂、抗拒繪畫傾向的名詩〈對夜晚的頌歌〉(Ode to Evening)的析論:

　　詩並不在觀照者與被觀照者之間確立距離。相反,詩呈現了

> 這樣一個神話：它即是昏暗中聲響和寂靜的一部分。這一神
> 話摧毀了一個可理解性的程式。這個程式就是在被摹仿者和
> 摹仿的媒介之間指定出距離。作品的意義、再現和清晰度都
> 有賴於此距離。一個鏡子或照相機就要求一個距離。眼睛也
> 要求距離。這就是洛克（John Locke）以後可理解性的特
> 徵。……觀看這一行為是洛克式思想和詞語操作的中心比
> 擬。[1]

此可作為船山論詩何以抗拒[時間]距離，堅稱「要以從旁追敍，非言
情之章也」的說明。然而，船山卻未因此全然否定了在整體存有界中
人的審美活動的獨異性——他說：「外有其物，內可有其情；內有其
情，外必有其物」，內之情和外之物以一「可」字和一「必」字加以
區分，提示出了人獨有的天職。

　　此一存有論視域下「獨一之詩」之美學形態，與西方古典和近代
美學中的優美和崇高皆不侔。因船山之存有論既不容忍作為崇高基礎
的主、客對立，亦非優美的小、光滑、和精緻形態所能包容。船山心
儀的「獨一之詩」具「天地氣象」，卻絕不具「崎嶇嶢确之態」；
「輯而化浹，懌而志寧」卻具「浩渺之志」。

　　那須是在世存有之心與本己居有世界相互構成中顯現的聖境，體
證著宋明儒之生命情調。

　　總之，船山是自在世存有者與以天地標示的整體存有界相互構成
的境域來討論詩的產生、呈現和詮釋的。在此相互構成之中，人與整
體存有之天地既不相離，亦不相易。天地渾淪而無心，只人具領會、

1　Kevin Barry, *Language, Music and the Sign*, pp. 49-50.

開顯存有意義之心；天地萬匯乃一常動不息、日新富有之存有，「只人自間斷」[2]，只人有「明不繼」[3]。船山詩學所追求的聖境——那首始終未被道出，卻在每首詩中道說的「獨一之詩」——則斷然爲詩人誠其心以體之天化不息，以顯之天地之德。斷然是聖學之「明」，斷然不會在天地理氣之流中「間斷」，斷然是「天地接續之際，命之流行於人者也」，斷然是繼「天之天」之「人之天」。

然而，因爲船山將存有者人置諸其中的整體存有界畢竟不是海德格的「共同緣有」（Mitdasein），而是二氣絪縕其中的太虛。自然史和人性史之間對他而言是連續而不可分的。故而船山縱然以爲「均人之身而彼此殊，斯不『恆』也」，這種差異顯現於個體之間，卻主要不在彰顯「歷史人性」的進化，而是體現天之摶造無心，不主故常，以及個體在總體人性規定不變的情況下「擇之」、「守之」之差異。因而，其所謂不「恆」卻並不妨礙總體上的「恆」，因爲元、亨、利、貞之資並無改變，只是所造之業未必時時處處相同。

由此一存有論的視域，船山徹底扭轉了佛學蔭庇下中國詩學的方向。後者由佛學對世界的現象論態度，將詩學的視域移向主體論的「境」、「妙悟」、「能轉物」。而由佛學「於諸法上念念不住」的「無念」[4]，詩境亦傾向超然於時間的連續，且猶捫「象外之象」，「如藍田日暖，良玉生煙，可望而不可置於眉睫之前也」[5]，「瑩徹玲瓏，不可湊泊，如空中之音，相中之色，水中之月，鏡中之象」[6]。

2　《讀四書大全說》卷5，《船山全書》，第6冊，頁736。

3　《周易內傳》卷2，《船山全書》，第1冊，頁269。

4　《六祖大師法寶壇經》，《大正新修大藏經》，第48冊，頁353。

5　戴叔倫語，見司空圖〈與極浦書〉，祖保泉、陶禮天，《司空表聖詩文集箋校》（合肥：安徽大學出版社，2002），頁215。

6　嚴羽語，引自魏慶之，《詩人玉屑》卷1（上海：上海古籍出版社，

而船山詩學則與上述兩端截然對反,不僅要求詩人要呈現一實有的存有界,且強調其是在持續的流衍之中——「兩間之固有者,自然之華因流動生變而成其綺麗……貌其本榮,如所存而顯之」、「取景則擊目驚心、絲分縷合之際,貌固有而言之不欺」。而詩人若非浸入整體存有界的湍流——「一於天理之自然,則因時合義」,詩則不能為「神動天流」。

以此一存有論視域,船山不僅再次將中國詩學與由〈樂記〉肇端的中國文藝學傳統銜接,更以此將其納入以《周易》為源頭之中國文明主流之中。然而,此一存有論視域亦使吾人深一層思索此一抒情傳統之本質。中國抒情傳統一向被以主要表現內在體驗來加以界定[7],這顯然指出了中國文學傳統中最為核心的特質,本人對此並無異議。可以進一步考慮的也許是,吾人是否宜在主體論視域內對此進行描述?中國抒情傳統的自我宣言是自〈詩大序〉以下的文字開始的:

> 詩者,志之所之也,在心為志,發言為詩。情動於中而形於言,言之不足故嗟嘆之,嗟嘆之不足故永歌之,永歌之不足,不知手之舞之,足之蹈之也。[8]

(續)————————————————

7　陳世驤先生〈中國的抒情傳統〉(楊銘塗譯)謂中國正派批評「關注意象和音響挑動萬有的力量。這種力量由內在情感和移情氣勢維繫,通篇和諧」。《陳世驤文存》(台北:志文出版社,1972)頁36。高友工先生在〈中國抒情美學〉中討論抒情美學時說:「用最簡單的術語加以說明,一名抒情藝術家的創造力來自他的內心心理狀態之表達,而這又是通過符號的組織。」見柯慶明、蕭馳編,《中國抒情傳統的再發現》(台北:臺大出版中心,2009),下冊,頁596。

8　〈毛詩序〉,引自《十三經注疏》,上冊,頁269-270。

1982),上冊,頁3。

這一段文字如果孤立地看，的確是一種全然的主體表現論。然而，緊接這一段文字的是：

> 情發於聲，聲成文謂之音，治世之音安以樂，其政和；亂世之音怨以怒，其政乖；亡國之音哀以思，其民困。故正得失，動天地，感鬼神，莫近於詩。先王以是經夫婦，成孝敬，厚人倫，美教化，移風俗。[9]

在這段文字顯然取自《禮記·樂記》，其中「治世之音安以樂，其政和；亂世之音怨以怒，其政乖；亡國之音哀以思，其民困」是說樂與詩乃治亂之表徵；然以下的文字卻續申樂與詩堪「正得失，動天地，感鬼神」和「經夫婦，成孝敬，厚人倫，美教化，移風俗」，換言之，詩如音樂一樣，又是治亂的根由。這一循環論證乃基於雙向的「感」，即〈樂記〉界定音樂的「其本在人心之感於物也」[10]。詩、樂是治亂之表徵，受感者是作樂作詩之人；詩、樂為治亂之所由，受感者是群體人心。這顯示在中國抒情傳統裡，詩的本質並非只是主體的「感」，而是相互主體(inter-subjectivity)間或同一有機體中的「感」。詩人與世界的關係並非從屬性(subordinative)的，而是關聯性的(coordinative)。

在主體論視域中描述中國抒情傳統遇到的最大弔詭是，在被認為是抒情傳統最終奠定的魏晉時代，中國詩人卻向外發現了山水之美。即如宗白華先生所說：「晉人向外發現了自然，向內發現了自己的深

9　同上書，頁270。
10　《禮記》，引自《十三經注疏》，下冊，頁1527。

情。山水虛靈化了，也情致化了。」[11]山水美的發現，是在魏晉對漢代宇宙圖式論的持續解構思潮中發生的[12]。與郭象倡言與天地大化玄合相感──「與物冥者，故群物之所不能離也，是以無心玄應，唯感之從」[13]──一樣，六朝詩學亦昭顯人與宇宙自然同處一有機體之中的「感」。劉勰《文心雕龍・物色》開篇即強調「物色之動，心亦搖焉」、「物色相召，人誰獲安」、「詩人感物，聯類不窮」[14]。透露出與秦漢以降以「召類」、「依類相動」、「感類」標舉的相關系統論一脈相通。篇末讚語更以「山沓水匝，樹雜雲合，目既往還，心亦吐納；春日遲遲，秋風颯颯，情往似贈，興來如答」[15]凸顯人寓於宇宙有機體之中的訢合融洽。日後更玄學化的詩學更倡言「虛佇神素，脫然畦封」、「絕佇靈素，少迴清眞……俱似大道，妙契同塵」[16]，欲詩人冥然相忘於造化，如魚相忘於江湖。

相比起來，明儒王船山的詩學則更能彰顯人雖寓於整體存有界中，卻與之不相易，強調惟人具領會、開顯存有意義之心。這個「動以出」之「心」，既與玄學詩學的「無心玄應，唯感是從，泛乎若不繫之舟」[17]態度判然，又與不知「心中有仁」，安居久住而直言「即心即佛」的佛學詩學，正爾天淵[18]。然而，從另一種意義上，船山詩

11　〈論《世說新語》和晉人的美〉，《美學散步》（上海：上海人民出版社，1981），頁183。

12　參見本書第一卷《玄智與詩興》第五章〈郭象玄學與山水詩之發生〉。

13　《莊子注・逍遙遊》，《諸子集成》（第3冊）本《莊子集釋》，頁13。

14　詹鍈，《文心雕龍義證》下冊，頁1728，1730，1733。

15　同上書，頁1761。

16　司空圖，〈二十四詩品〉，引自《司空表聖詩文集箋校》，頁164，168。

17　郭象，《莊子注・逍遙遊》，《諸子集成》本《莊子集釋》，頁13。

18　《讀四書大全說》卷5，《船山全書》，第6冊，頁675。

學不是又可以看作兩者的某種合題麼？船山不是在清理主體論的同時，卻保留著由「主體」體認的「情」麼？不是在肯認整體存有界的同時，又強調了主體人的存有論地位嗎？

在多種意義上，船山詩學皆不啻為中國古典詩學諸思潮的匯流，體現了政教與審美、空間藝術與時間藝術、存有界視域與主體視域等傾向的合題。其最堅執者，乃華夏主流文化所宣示的人在「三才之道」中卓然而為「天地之心」：「聖人之同乎天地者一本，聖人之異乎天地者分殊。」[19]此一存有論向度，值得據以反思吾人有關抒情傳統的論述。

---

19 《讀四書大全說》卷5，《船山全書》，第6冊，頁710。

後記

　　2012年2月，我為本書第三卷的結論畫上句號，一段漫長的學術路程終於走完。本書第一卷第二章初刊於1996年，倘因曾收入《中國抒情傳統》可以不計的話，那麼最早一篇(即現第三卷第三章)也應寫於1998年。2001年我在美國密西根大學出版了關於《紅樓夢》的英文著作以後，我的時間更完完全全投注給《中國思想與抒情傳統》。這期間我相當專注，盡量少去參加學術會議，除了受邀為兩個英文刊物寫過書評，編選《中國抒情傳統的再發現》而外，再沒有寫過其他文字，以致會使人誤認為我的學術方法就只是詩加上哲學而已。直到2009年12月，我將三卷書稿送呈臺灣聯經出版公司審查以後，才啟動了另一項工程，即中國古代山水詩美感話語的研究。但自2009年12月以後，我又寫了本書的緒論、第一卷的導論和第三卷的結論，為使三卷成為一個有系統的論著，又做了進一步的統稿，並根據審查意見對各卷進行了幾度修改。

　　人生的十二、三個年頭就這樣過去了。在新加坡這個沒有季節和地理變化的島國，似水年華給我留下的記憶似乎只有哪一年在忙哪一章，此外就是身邊舊同事的風流雲散。1993-94年間這個只有二、三十人的中文系竟然來了十四位取得西方學位的中國大陸學者。到此書完成之時居然只剩下我一個人！如果再計入來自其他國家、地區的舊

同事的離去，則近乎十三的倍數了。爲了《中國思想與抒情傳統》我未曾旁騖，「夢裡不知身是客，一晌貪歡」，竟然忘記爲自己事業的歸宿作點安排。現在我躋身於那些新同事中間，翻用舊俄一位詩人的名句來說，眞個是：「像沒有成熟就枯萎了的果子，掛在鮮花和嫩葉中間，吃起來難吃，看起來也難看。」

　　但我仍然認爲：以本書的主旨，耗費多年時間是值得的。1987年我自學術思想尚有所禁錮的中國大陸到美國求學，西方學術眞正予我以震撼的主要並不是其漢學，而是西方人對西方文學傳統研究之精彩紛呈。相比起來，國人對自己輝煌文學傳統的研究不免顯得蒼白。我以絕大部分時間修讀了西方文學和文學批評課程，卻回過頭從事中國傳統文學的研究，目的就在能以新視野對中國文學的詮釋有所開闢以展現其輝煌。這比襲西方漢學之成路更具挑戰性。「中國抒情傳統」這一學術型態正爲我提供了這樣一個平臺。此書各卷的結撰乃至索引和引用書目悉從現代學術體例，這是作者爲使中文成爲國際主要學術語言之一的努力，這也是當世文史大師余英時先生之願景。

　　然此書之作卻令我嘗到了饒宗頤先生1973年回香港前的種種滋味。中國詩歌是憑依美麗的中文這一土壤生長、開出的花朵。在以中文教書的同時，是否宜以中文詮釋此一傳統？是否只要使用中文寫作，無論西方學者如何評價也算不得有影響的學術？這已經觸及到文化尊嚴的問題。余英時先生在看到本書第一卷後，曾於2012年2月3日致信筆者。現徵得先生同意，將此信中一段文字錄於此：

　　　先生之書超出時人及西方同類論述之處甚多。既是中國文哲
　　　之研究，自當以中文發表爲第一要務，若用英文，則西方讀
　　　者恐寥寥不逾數十人，而中文、日本同行反而不會閱讀，豈

不可惜。以英文爲標準學術語言，起於自然科學，於人文研
究並不恰當。反視西方各國文史哲著作，亦無不出之以本國
語言。就我在史學方面所見，德、法、義大利等史學作品，
凡屬一流者，無不以德、法、義大利語文發表也。英文雖
有，遠不能與其本國著作相提並論。

余先生的話讓我更有自信：如果讓我回到1998年去重新策劃人生，我
仍會作同樣的選擇。而且我相信中文學界會以生長出這一輝煌文學傳
統的語言創造出無愧它的學術！

　　本書各篇均在臺灣、中國大陸和香港最重要學術期刊《中國文哲
研究集刊》（七篇）、《漢學研究》（四篇）、（新竹）《清華學報》（三
篇）、《中華文史論叢》（三篇）、《中國文化研究所學報》（一篇）上
發表過。這些刊物嚴格的作業程序和審查制度，使我寫作每篇時須對
自己能力作最大的發揮。我很感謝這些刊物和審查人，沒有其敬業精
神，本書很難達致今日的水準。此外，我也感謝聯經出版公司慨然考
慮出版此書。本書三卷在出版前組織了學術審查，這些審查意見使作
者避免了許多錯誤和尷尬。第三卷的審查人之一，意見中肯而深刻，
讓我花數月時間去消化，令此卷的思想境界得以提升。作者在此一併
表達深摯的謝忱！

2012年3月

引用書目

中文部分

丁福保輯，《清詩話》（上海：上海古籍出版社，1978）。

丁福保輯，《歷代詩話續編》（北京：中華書局，1983）。

上田弘毅，〈明代哲學中的氣──王陽明和左派王學〉，小野尺精一
　　等編著，李慶譯，《氣的思想》（上海：上海人民出版社，
　　1990）。

孔穎達疏，《禮記正義》，阮元主編，《十三經注疏》（北京：中華
　　書局，1983），下冊。

方孝岳，《中國文學批評》（北京：三聯書店，1986）。

方東美，《生生之德》（台北：黎明文化有限公司，1989）。

毛亨注、孔穎達疏，《毛詩正義》，《十三經注疏》（北京：中華書
　　局，1983），上冊。

王士禎，〈帶經堂詩話〉（北京：人民文學出版社，1982）。

王夫之，《古詩評選》，《船山全書》（長沙：嶽麓書社，1996），第
　　14冊。

王夫之，《四書訓義》，《船山全書》（長沙：嶽麓書社，1996），第
　　7冊。

王夫之，《宋論》，《船山全書》（長沙：嶽麓書社，1996），第11
　　冊。

王夫之，《周易內傳》，《船山全書》（長沙：嶽麓書社，1996），第
　　1冊。

王夫之，《周易外傳》，《船山全書》（長沙：嶽麓書社，1996），第
　　1冊。

王夫之，《尚書引義》，《船山全書》（長沙：嶽麓書社，1996），第
　　2冊。

王夫之，《明詩評選》，《船山全書》（長沙：嶽麓書社，1996），第
　　14冊。

王夫之，《思問錄內篇》，《船山全書》（長沙：嶽麓書社，1996），
　　第12冊。

王夫之，《相宗絡索》，《船山全書》（長沙：嶽麓書社，1996），第
　　13冊。

王夫之，《張子正蒙注》，《船山全書》（長沙：嶽麓書社，1996），
　　第12冊。

王夫之，《楚辭通釋》，《船山全書》（長沙：嶽麓書社，1996），第
　　14冊。

王夫之，《詩廣傳》，《船山全書》（長沙：嶽麓書社，1996），第3
　　冊。

王夫之，《薑齋詩集》，《船山全書》（長沙：嶽麓書社，1996），第
　　15冊。

王夫之，《讀四書大全說》，《船山全書》（長沙：嶽麓書社，
　　1996），第6冊。

王夫之，《讀通鑑論》，《船山全書》（長沙：嶽麓書社，1996），第

10冊。

王夫之，《唐詩評選》，《船山全書》（長沙：嶽麓書社，1996），第
　　14冊。

王守仁撰，吳光等編，《王陽明全集》（上海：上海古籍出版社，
　　1992）。

王畿，《王龍溪全集》（台北：華文書局影印道光二年刻本，1970）。

任半塘，《唐聲詩》（上海：上海古籍出版社，1982）。

成復旺、蔡鍾翔、黃保眞，《中國文學理論史》（北京：北京出版
　　社，1987），凡五冊。

朱伯昆，《易學哲學史》（北京：華夏出版社，1995）。

朱熹，〈讀唐志〉，《朱子大全》卷70，《四部備要》（上海：中華
　　書局，1937），第3冊。

朱熹，《四書章句集注》（北京：中華書局，1983）。

朱謙之，《中國音樂文學史》（北京：北京大學出版社，1989）。

牟宗三，〈以合目的性之原則爲審美判斷之超越的原則之疑竇與商
　　榷〉，《鵝湖月刊》第17卷第12期，1992年6月。

牟宗三，《心體與性體》（台北：正中書局，1991）。

牟宗三，《生命的學問》（台北：三民書局，1994）。

牟宗三，《圓善論》（台北：臺灣學生書局，1985）。

何晏注、邢昺疏，《論語注疏》，阮元主編，《十三經注疏》（北
　　京：中華書局，1983），下冊。

余英時，《中國思想傳統的現代詮釋》（南京：江蘇人民出版社，
　　1995）。

冷仙，〈琴聲十六法〉，文化部文學藝術研究院音樂研究所編，《中
　　國古代樂論選輯》（北京：中央音樂學院音樂研究所，

1981)。

吳文治主編，《宋詩話全編》（南京：江蘇古籍出版社，1998）。

吳文治主編，《明詩話全編》（南京：江蘇古籍出版社，1997）。

吳立民、徐蓀銘編，《船山佛道思想研究》（長沙：湖南出版社，1987）。

吳相洲，《唐代歌詩與詩歌》（北京：北京大學出版社，2000）。

吳偉業，〈張南垣傳〉，《梅村家藏稿》（宣統三年武進董氏誦芬室刊本，1911）卷52。

吳與弼，《康齋集》，《文淵閣四庫全書》（台北：臺灣商務印書館影印，1983），第1251冊。

呂不韋，《呂氏春秋》，《諸子集成》（上海：上海書店，1987），第6冊。

李平，〈中國古代樂論的易學基礎〉，《中國文化研究所學報》1995年第4期。

李東陽，《懷麓堂集》，《文淵閣四庫全書》（台北：臺灣商務印書館影印，1983），第1250冊。

李健正，《最新發掘唐宋歌曲》（四川人民出版社，1992）。

李淑珍，〈當代美國學界關於中國注疏傳統的研究〉，《中國文哲研究通訊》卷9，1999年第3期。

李夢陽，《空同集》，《文淵閣四庫全書》（台北：臺灣商務印書館影印，1983），第1262冊。

沈子丞編，《歷代論畫名著彙編》（北京：文物出版社，1982）。

劭雍，《伊川擊壤集》，上海涵芬樓藏明成化乙未畢亨刊本影印（出版年不詳）。

周敦頤，《周濂溪集》（上海：商務印書館，1937）。

周調陽，〈王船山著述考略〉，湖南、湖北兩省哲學社會科學學會聯合會合編，《王船山學術討論集》（北京：中華書局，1965）。

宗白華，〈中國文化的美麗精神往哪裡去？〉，《宗白華全集》（合肥：安徽教育出版社，1994），第2冊。

宗白華，《美學散步》（上海：上海人民出版社，1981）。

岡田武彥撰，吳光、錢明、屠承先譯，《王陽明與明末儒學》，（上海：上海古籍出版社，2000年）。

林安梧，《王船山人性史哲學之研究》（台北：東大圖書公司，1987）。

俞劍華編，《中國畫論類編》（香港：中華書局分局，1973）。

胡應麟，《詩藪》（上海：上海古籍出版社，1979）。

范陽，〈論王船山歷史觀的脈絡及其新因素〉，湖南社科院等編，《王船山學術思想討論集》（長沙：湖南人民出版社，1984）。

唐君毅，《中西哲學思想比較論文集》（台北：臺灣學生書局，1988）。

唐君毅，《中國文化之精神價值》（台北：正中書局，1994）。

唐君毅，《中國哲學原論》（台北：臺灣學生書局，1989）。

徐蓀銘，〈王船山論迎隨〉，湖南社科院等編《王船山學術思想討論集》（長沙：湖南人民出版社，1984）。

班固，《白虎通德論》，《漢魏叢書》（長春：吉林大學出版社影印本，1992）。

袁行霈，《中國詩歌藝術研究》（北京：北京大學出版社，1987）。

袁保新，《從海德格、老子、孟子到當代新儒學》（台北：臺灣學生

　　　　書局，2008）。

馬一浮，《復性書院講錄》，虞萬里校點，《馬一浮集》（杭州：浙
　　　　江古籍出版社，1996年）。

馬克‧費羅芒─默里斯撰，馮尚譯，《海德格爾詩學》（上海：上海
　　　　譯文出版社，2005）。

高友工，〈試論中國藝術精神〉（上），《九州學刊》第2卷第2期，
　　　　1987年2月。

高友工，〈文學研究的美學問題：美感經驗的定義與結構〉，見《中
　　　　外文學》第7卷第12期，1979年5月

梁宗岱撰，李振聲編，《梁宗岱批評文集》（珠海：珠海出版社，
　　　　1998）。

海德格撰，孫周興譯，《在通向語言的途中》（北京：商務印書館，
　　　　2005）。

海德格撰，陳嘉映、王慶節（譯），《存在與時間》（北京：三聯書
　　　　店，2000）。

海德格撰，孫周興（編），《海德格爾選集》（上海：三聯書店，
　　　　1996），凡二冊。

崔爾平編，《歷代書法論文選續編》（上海：上海書畫出版社，
　　　　1996）。

康德撰，宗白華譯，《判斷力批判》（北京：商務印書館，1965）。

張亨，〈論語論詩〉，《文學評論》（台北：巨流圖書公司，1980），
　　　　第六輯。

張伯偉，《全唐五代詩格考》（西安：陝西人民出版社，1996）。

張伯偉，《禪與詩學》（杭州：浙江人民出版社，1996）。

張岱，《琅嬛文集》（長沙：嶽麓書社，1985）。

張健，《清代詩學研究》(北京：北京大學出版社，1999)。

張淑香，〈抒情傳統的本體意識──從理論的「演出」解讀『蘭亭集序』〉，《抒情傳統的省思與探索》(台北：大安出版社，1992)。

張祥龍，《海德格爾思想與中國天道──終極視域的開啟與交融》(北京：三聯書店，1997)。

張載，《張載集》，章錫琛(點校)(北京：中華書局，1985)。

張節末，〈論王夫之詩樂合一論的美學意義──兼評王夫之詩論研究中的一種偏頗〉，《學術月刊》1986年第12期。

張懷瓘，《法書要錄》，《中國美學史資料選編》(北京：中華書局，1980)。

莊昶，《定山集》，《文淵閣四庫全書》(台北：臺灣商務印書館影印，1983)，第1254冊。

許冠三，《王船山的歷史學說》(香港：活史學出版社，1978)。

郭紹虞編，《中國歷代文論選》(上海：上海古籍出版社，1979)。

郭紹虞編，《宋詩話輯佚》(北京：中華書局，1980)。

郭慶藩，《莊子集釋》，《諸子集成》(上海：上海書店，1987)，第3冊。

陳少松，〈試論王夫之的「神理」說〉，《學術月刊》1984年第7期。

陳良運，《中國詩學批評史》(南昌：江西人民出版社，1995)。

陳那(大龍域菩薩)，〈因明正門理論本〉，《大正新修大藏經》(台北：新文豐出版公司，1983)，第32冊，論集部。

陳鼓應，《易傳與道家思想》(北京：三聯書店，1996)。

陳獻章，《陳獻章集》(北京：中華書局，1987)。

陳贇，〈幽明之故與天人之際——從船山易學的視域看〉，《周易研究》2004年第5期，頁72-80。

傅偉勳，〈哲學探求的荊棘之路〉，《從西方哲學到禪佛教》（北京：三聯書店，1989）。

勞思光，《新編中國哲學史》（台北：三民書局，1998）。

曾昭旭，《王船山哲學》（台北：遠景出版事業公司，1983）。

曾昭旭，《充實與虛靈——中國美學初論》（台北：漢光文化有限股份公司，1993）。

湛若水，《湛甘泉先生文集》，《四庫全書存目叢書》（台南：莊嚴文化事業有限公司，1997），集部第56冊。

程亞林，〈寓體系於漫話——試論王夫之詩歌理論體系〉，《學術月刊》1983年第11期。

程頤、程顥撰，王孝魚點校，《二程集》（北京：中華書局，1981）。

費正剛等輯，《全漢賦》（北京：北京大學出版社，1993）。

馮友蘭，〈新原人〉，《貞元六書》（上海：華東師範大學出版社，1996），下冊。

馮天瑜，〈王船山理性主義歷史觀探微〉，湖南社科院等編，《王船山學術思想討論集》（長沙：湖南人民出版社，1984）。

黃宗羲，《宋元學案》（北京：中國書店，1990）。

黃宗羲，《明儒學案》（台北：明文書局，1991）。

黃明同，〈王船山歷史哲學的邏輯路徑初探〉，湖南社科院等編，《王船山學術思想討論集》（長沙：湖南人民出版社，1984）。

黃景進，〈王昌齡的意境論〉，《中國文學理論與批評論文集》（台北：新文豐出版公司，1995）。

黃簡編，《歷代書法論文選》（上海：上海書畫出版社，1996）。

涂光社，《勢與中國藝術》（北京：中國人民大學出版社，1990）。

葉朗，〈王夫之詩學三題〉，《學術月刊》1983年第11期。

董誥等編，《全唐文》（北京：中華書局，1996）。

虞愚，《因明學》（北京：中華書局，1989）。

鄔國平，〈王夫之論讀者與作品關係〉，《學術月刊》1983年第11
　　　期。

漢斯立克(Eduard Hanslick)撰，楊業治譯，《論音樂的美》（北京：
　　　人民音樂出版社，1982）。

熊十力，《因明大疏刪注》（台北：廣文書局，1971）。

趙岐注、孫奭疏，《孟子注疏》，阮元主編，《十三經注疏》（北
　　　京：中華書局，1983），下冊。

趙昌平，〈謝靈運與山水詩起源〉，載《中國社會科學》1990年第4
　　　期。

劉明今、蔣凡、顧易生，《宋金元文學批評史》（上海：上海古籍出
　　　版社，1996）。

劉培育、周雲之、董志鐵編，《因明論文集》（蘭州：甘肅人民出版
　　　社，1982）。

劉義慶撰，余嘉錫箋疏，《世說新語箋疏》（北京：中華書局，
　　　1983）。

劉暢，〈試論莊子哲學與船山美學思想的關係〉，《學術月刊》1985
　　　年第10期。

劉勰撰，范文瀾注，《文心雕龍注》（北京：人民文學出版社，
　　　1987）。

劉咸炘，《推十書》（成都：成都書店，1996影印）。

歐陽修，《詩本義》（四庫善本叢書經部）（台北：藝文印書館，1969
　　　年影印本）。

潘立勇，〈宋明理學的人格美育思想及其現代意義〉，《文藝研究》
　　　2000年第1期。

蔡英俊，《比興物色與情景交融》（台北：大安出版社，1986）。

鄭樵，〈通志總序〉，《通志》（北京：中華書局，1987），第1冊。

黎靖德編，《朱子語類》（台北：正中書局，1970）。

蕭馳，〈王夫之和柯勒律治詩學比較研究〉，《文藝研究》1996年第
　　　2期。

蕭馳，〈王夫之的詩歌創作論──中國詩歌藝術傳統的美學標本〉，
　　　《中國社會科學》1984年第3期。

蕭馳，〈從前後七子到王夫之──中國古代兩大詩學潮流之彙合〉，
　　　《中國詩歌美學》（北京：北京大學出版社，1986）。

錢穆，《中國思想史》（台北：臺灣學生書局，1995）。

錢穆，《中國學術思想史論叢》（台北：東大圖書公司，1993）。

錢穆，《論語新解》（成都：巴蜀書社，1985）。

錢鍾書，《管錐編》（北京：中華書局，1979）。

鮑桑葵撰，張今譯，《美學史》（北京：商務印書館，1985）。

戴里克‧柯克(Deryck Cooke)撰，茅于潤譯，《音樂語言》（北京：
　　　人民音樂出版社，1981）。

戴鴻森，《薑齋詩話箋注》（北京：人民文學出版社，1981）。

謝榛撰，宛平點校，《四溟詩話》（北京：人民文學出版社，1961）。

羅大經，《鶴林玉露》（北京：中華書局，1983）。

羅宗強，《魏晉南北朝文學思想史》（北京：中華書局，1996）。

羅倫，《一峰文集》，《文淵閣四庫全書》（台北：臺灣商務印書館

影印，1983），第1254冊。

嚴可均輯，《全上古三代秦漢三國六朝文》（北京：中華書局，
1991）。

嚴壽澂，《近世中國學術思想抉隱》（上海：上海人民出版社，
2008）。

龔鵬程，《詩史本色與妙悟》（台北：臺灣學生書局，1993）

外文部分

英文

Abrams, M.H., *The Mirror and the Lamp: Romantic Theory and the Critical Tradition* (London: Oxford University Press, 1971).

Albrecht, W.P., *The Sublime Pleasures of Tragedy* (Lawrence: University Press of Kansas, 1975).

Ames, Roger T. ed. *Wandering at Ease in the Zhuangzi* (Albany: State University of New York, 1998).

Barry, Kevin, *Language, Music and the Sign: A Study in Aesthetics, Poetic Papatice from Collins to Coleridge* (Cambridge: Cambridge University Press, 1987).

Black, Alison Harley, *Man and Nature in the Philosophical Thought of Wang Fu-chih* (Seattle: University of Washington Press, 1989).

Burke, Edmund, *A Philosophical Enquiry into the Origin of Our Ideas of the Sublime and Beautiful*, ed. James T. Boulton (Notre Dame: University of Notre Dame Press, 1968).

Cheng, Chung-Ying, "Greek and Chinese Views on Time and Timeless," in *Philosophy East and West* 24. 2 (1974).

DeWoskin, Kenneth J., *A Song for One or Two: Music and the Concept of Art in Early China* (Ann Arbor: Center for Chinese Studies, The University of Michigan, 1982).

Eliade, Mircea, *The Myth of the Eternal Return, Cosmos and History* (Princeton: Princeton University Press, 1991).

Eoyang, Eugene, "Moments in Chinese Poetry: Nature in the World and Nature in the Mind," in *Studies in Chinese Poetry and Poetics* ed. Ronald C. Miao (San Francisco: Chinese Materials Center, INC, 1978).

Fang, Thomé H., *The Chinese View of Life: The Philosophy of Comprehensive Harmony* (Hong Kong: Union Press, 1957).

Frye, Northrop, "Approaching the Lyric," in *Lyric Poetry: Beyond New Criticism*, ed. Chaviva Hosek and Patricia Parker (Ithaca: Cornell University Press, 1985).

Frye, Northrop, *Anatomy of Criticism: Four Essays* (Princeton: Princeton University Press, 1957).

Gadamer, Hans-Georg, *Truth and Method*, Second, Revised Edition, trans. Joel Weinsheimer and Donald G. Marshall (New York: Continuum, 1998).

Graham, A.C., *Disputers of Tao: Philosophical Argument in Ancient China* (La Salle, Illinois: Open Court, 1993).

Graham, A.C., *Yin-Yang and the Nature of Correlative Thinking* (Singapore: The Institute of East Asian Philosophies,

Occasional Paper and Monograph Series no. 6, 1986).

Henderson, John B., *The Development and Decline of Chinese Cosmology* (New York: Columbia University Press, 1984).

Jullien, Francois, *The Propensity of Things: Toward A History of Efficacy* (New York: Zone Books, 1995).

Kao, Yu-Kung, "Chinese Lyric Aesthetics", in *Words and Images: Chinese Poetry, Calligraphy, and Painting*, ed. Alfveda Murck and Wen C. Fong (Princeton: Princeton University Press, 1991)

Kao, Yu-Kung, "The Nineteen Old Poems and the Aesthetics of Self-Reflection," *The Power of Culture: Studies in Chinese Cultural History*, ed. Willsrd J. Peterson, Andrew H. Plaks, and Ying-shih Yü (Hong Kong: The Chinese University Press, 1994).

Kao, Yu-Kung, "The Aesthetics of Regulated Verse," in *The Vitality of the Lyric Voice*, eds. Shuen-fu Lin and Stephen Owen (Princeton: Princeton University Press, 1986).

Kim, Young-Oak, "The Philosophy of Wang Fu-Chih (1619-1692)," Ph.D. diss., Harvard University, 1982.

Langer, Susanne K., *Feeling and Form: A Theory of Art Developed from Philosophy in A New Key* (London: Routledge & Kegan Paul LIT., 1967).

Langer, Susanne K., *Problems of Art: Ten Philosophical Lectures* (New York: Charles Scribner's Son, 1957).

Lentricchia, Frank, *After the New Criticism* (London: Methuen, 1983).

McMorran, Ian, *The Passionate Realist: An Introduction to the Life and Political Thought of Wang Fuzhi* (Hong Kong: Sunshine Book

Company, 1992).

Munakata, Kiyohiko, "Concepts of *lei* and *Kan-lei* in Early Chinese Art Theory," in *Theories of the Arts in China* (Princeton: Princeton University Press, 1983).

Munro, Donald J., *The Concept of Man in Early China* (Stanford: Stanford University Press, 1969).

Needham, Joseph, *Science and Civilization in China* (Cambridge: Cambridge University Press, 1956).

Ng, On-Cho, "Toward an Interpretation of Ch'ing Ontology," in *Cosmology, Ontology, and Human Efficacy: Essays in Chinese Thought*, eds. Richard J. Smith and D.W.Y. Kwok (Honolulu: University of Hawaii Press, 1993).

Owen, Stephen, *Readings In Chinese Literary Thought* (Cambridge, M.A.: Council on East Asian Studies, Harvard University, 1992).

Owen, Stephen, *Traditional Chinese Poetry and Poetics: Omen of the World* (Madison: The University of Wisconsin Press, 1985).

Poe, Edgar Allan, "The Poetic Principle," *Critical Theory since Plato* ed. Hazard Adams (New York: Harcourt Brace Jovanovich, 1971).

Simpson, David ed., *German Aesthetic and Literary Criticism: Kant, Fichte, Schelling, Schpenhauer, Hegel* (Cambridge: Cambridge University Press, 1984).

Sun, Chu-chin, *Pearl from the Dragon's Mouth: Evocation of Scene and feeling in Chinese Poetry* (Ann Arbor: Center for Chinese Studies, The University of Michigan, 1995).

Trask, Willard R., trans., *Sound and Symbol: Music and the External World* (Princeton: Princeton University Press, 1973).

Van Zoeren, Steven, *Poetry and Personality: Reading, Exegesis, and Hermeneutics in Traditional China* (Stanford: Stanford University Press, 1991).

Welsh, Andrew, *Roots of the Lyric: Primitive Poetry and Modern Poetics* (Princeton: Princeton University Press, 1978).

Wilhelm, Hellmut, *Heaven, Earth, and Man in the Book of Changes* (Seattle: University of Washington Press, 1977).

Wong, Siu-Kit, "Ch'ing and Ching in the Critical Writings of Wang Fu-chih," *Chinese Approaches to Literature from Confucius to Liang Ch'i-ch'ao* (Princeton: Princeton University Press, 1978).

Wong, Siu-Kit, *Notes on Poetry from the Ginger Studio* (Hong Kong: The Chinese University Press, 1987).

Xiao, Chi, *The Chinese Garden as Lyric Enclave: A Generic Study of the Story of the Stone* (Ann Arbor: The Centre of Chinese Studies Publications, Michigan University, 2001).

Yan, Shoucheng "Coherence and Contradiction in the Worldview of Wang Fuzhi (1619-1692)," Ph.D. diss., Indiana University, 1994.

Yu, Pauline, *The Reading of Imagery in the Chinese Poetic Tradition* (Princeton: Princeton University Press, 1987).

Zhang, Longxi, *The Tao and the Logos: Literary Hermeneutics, East and West* (Durham: Duke University Press, 1992).

Zucerkandl, Victor, *Sound and Symbol: Music and the External World* (Princeton: Princeton University Press, 1956).

日文

佐野公治，〈明代前半期の思想動向〉，《日本中國學會報》第26
　　　期，1974。

岡田武彥，《宋明哲學の本質》(東京：木耳社，1984)。

島田虔次，〈中國近世主觀唯心論──萬物一體的仁の思想〉，《東
　　　方學報》，1958。

國士館大學附屬圖書館編，《楠本正繼先生中國哲學研究》(東京：
　　　國士館大學，1975)。

福島仁，〈理的哲學和氣の哲學〉，《中國社會與文化》，1988年6
　　　月。

索引

　　本索引以筆劃順序排列。詞目包括本書出現的詩學、文藝學和哲學術語，以及部分詩學、文藝學、哲學、漢學和船山學人物。外國人名以漢譯拼音爲準。詩人和文獻名一般不列。

十二畫

中國思想與抒情傳統 第三卷：聖道與詩心

2012年8月初版
2023年7月初版第二刷
有著作權・翻印必究
Printed in Taiwan.

定價：新臺幣520元

著　　　者	蕭　　　馳
編　　　輯	沙　淑　芬
校　　　對	吳　淑　芳
封 面 設 計	蔡　婕　岑

出　版　者	聯經出版事業股份有限公司	副總編輯	陳　逸　華
地　　　址	新北市汐止區大同路一段369號1樓	總 編 輯	涂　豐　恩
叢書主編電話	(02)86925588轉5310	總 經 理	陳　芝　宇
台北聯經書房	台北市新生南路三段94號	社　　長	羅　國　俊
電　　　話	(02)23620308	發 行 人	林　載　爵
郵政劃撥帳戶第0100559-3號			
郵 撥 電 話	(02)23620308		
印　刷　者	世和印製企業有限公司		
總　經　銷	聯合發行股份有限公司		
發　行　所	新北市新店區寶橋路235巷6弄6號2F		
電　　　話	(02)29178022		

行政院新聞局出版事業登記證局版臺業字第0130號

本書如有缺頁，破損，倒裝請寄回台北聯經書房更換。　　ISBN　978-957-08-4036-0 (精裝)
聯經網址 http://www.linkingbooks.com.tw
電子信箱 e-mail:linking@udngroup.com

國家圖書館出版品預行編目資料

中國思想與抒情傳統 第三卷：**聖道與詩心**／蕭馳著．
初版．新北市．聯經．2012.08．328面．14.8×21公分．
ISBN 978-957-08-4036-0（精裝）
[2023年7月初版第二刷]

1.CST：（清）王夫之 2.CST：詩學 3.CST：宋明理學
4.CST：詩評

851.478   101013973